小学館文庫

霧《ウラル》

桜木紫乃

小学館

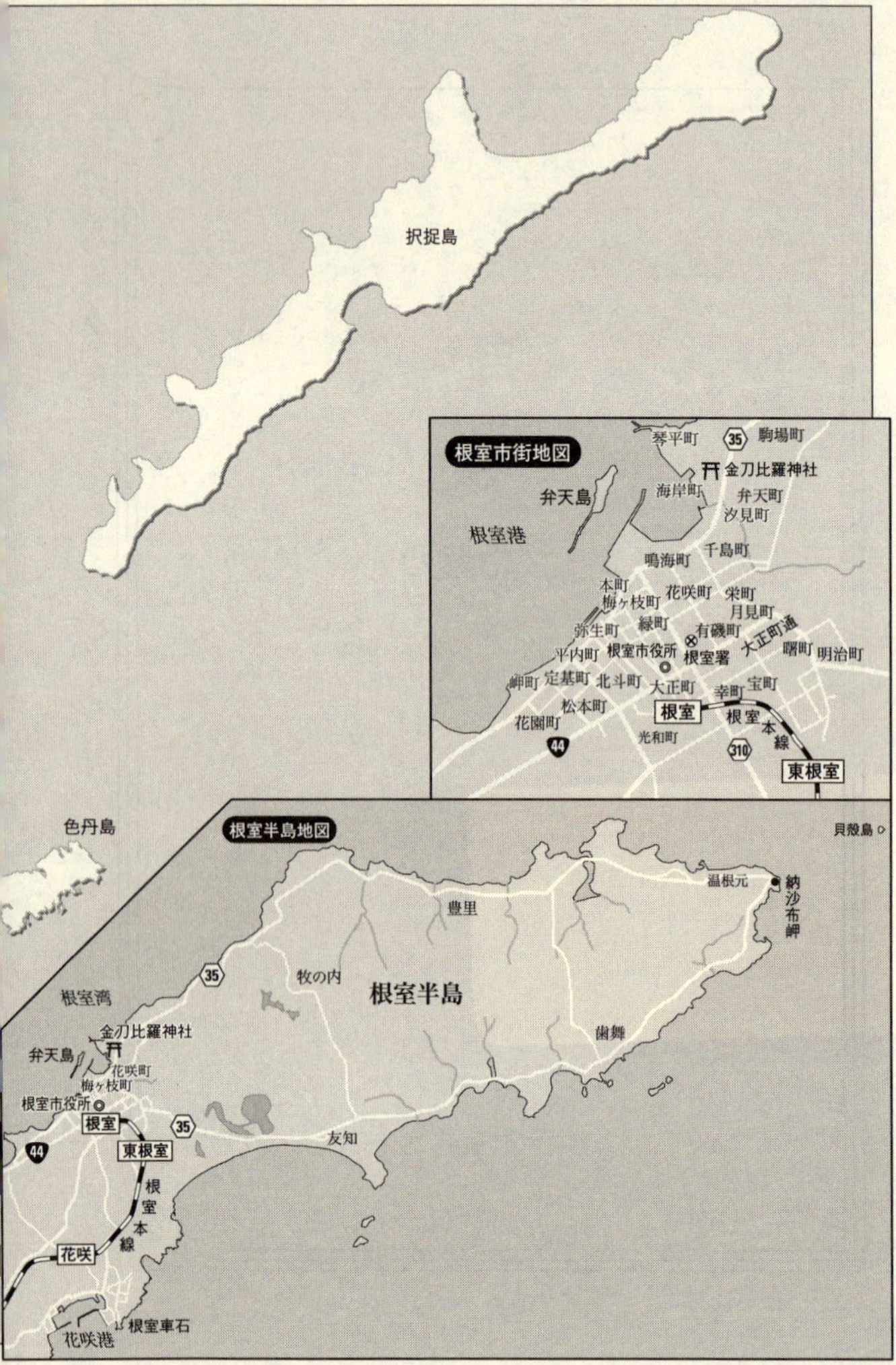

択捉島
根室市街地図
琴平町
35
駒場町
金刀比羅神社
弁天島
海岸町
弁天町
汐見町
根室港
鳴海町
千島町
本町
梅ヶ枝町
花咲町
栄町
月見町
弥生町
緑町
有磯町
大正町通
平内町
根室市役所
根室署
曙町
明治町
岬町
定基町
北斗町
大正町
幸町
宝町
松本町
根室
根室本線
花園町
44
光和町
310
東根室
色丹島
根室半島地図
貝殻島
温根元
納沙布岬
豊里
牧の内
根室半島
35
根室湾
金刀比羅神社
弁天島
花咲町
梅ヶ枝町
根室市役所
根室
35
東根室
44
友知
歯舞
根室本線
花咲
根室車石
花咲港

道東・北方領土地図
0
20
40km
オホーツク海
知床岬
国後島
羅臼町
根室海峡
知床半島
能取湖
網走市
網走湖
斜里町
小清水町
清里町
斜里岳
美幌町
相生線
屈斜路湖
標津町
野付水道
多楽島
摩周湖
中標津町
野付半島
歯舞群島
北見相生
野付湾
標津線
志発島
阿寒湖
弟子屈町
水晶島
津標線
別海村
244
根室湾
納沙布岬
勇留島
243
根室市
秋勇留島
風蓮湖
標茶町
花咲
釧網本線
厚床
44
根室本線
厚岸町
霧多布
浜中町
太平洋
釧路村
白糠町
厚岸湾
釧路市

目次

霧《ウラル》

1

河之辺《かわのべ》珠生《たまき》は呼吸を整え、「雪の間」の前に膝をついた。

料亭「喜楽楼《きらくろう》」の二階廊下には今夜も、三味線や男女の笑い声が響く。

昭和三十五年三月、根室半島の花街に夜霧が漂い始めた。海峡にひしめいていた氷もゆるみ、長い春が始まろうとしている。歓楽街の賑《にぎ》わいは戦後十五年を経た今も、国境海域を戦の場として生きる海の男たちに支えられている。

珠生がひとりでお座敷を任されるようになってまだ日が浅いが、戸板一枚向こうに行けば、芸ひとつの世界だ。二十歳という年齢も関係ない。そこは若さで許されることが極端に少なくなる場所だった。

「お待たせいたしました、珠生でございます」

雪の間には珠生以外の女は呼ばれていなかった。今夜の客は、戦後の海峡で私腹を肥やし続けている水産会社社長の三浦《みうら》だ。背丈はないが、漁師上がりのがっちりとした肩と猪首《いくび》、色黒の男だった。下座には彼の秘書兼運転手の、相羽重之《あいばしげゆき》が座っている。こちらは社長とは違い色白の細面だ。ふたりとも、膳を前にしてあぐらをかいているが、珠生は細面の男がけっこうな長身であることを知っている。

以前眠そうな顔でゆらりと花街の小路《こうじ》から出てくる相羽の姿を見かけたことがあった。小路に住むのが女であることは、すぐにわかった。

相羽とはこの冬に、三味線の稽古から戻る際に初めて言葉を交わした。人もまばらな雪道を、長身の相羽が不機嫌な顔をして歩いていれば嫌でも目立つ。社長の送り迎えで何度か見かけているので、ばったり会えば挨拶くらいはする。たとえばそれが女の部屋から戻る際でも、そんなことには気づかぬふりをするのが約束だ。

あの日初めて、珠生は相羽に声をかけたのだった。

――こんにちは、今日はおひとりですか。

ひょいと下げた頭を戻したあとも、男の様子は変わらなかった。訝《いぶか》しげな顔で珠生を見下ろしたままだ。「喜楽楼の珠生でございます。三浦社長にはいつもお世話になっております」と付け加えて、やっと男の目元から棘《とげ》が消えたのを覚えている。

「こちらこそ」男は短く応えた。それ以上は話す気もないらしいと、所在なげな態度ですぐにわかった。相手が珠生の顔と名前を覚えていなかったことに、軽い失望と怒りが湧き上がった。

「たまにはお座敷に遊びにいらしてくださいな。喜楽楼にも楽しいことはたんとございますよ」そんな言葉で誘いながら「そういえばこちらも」と、男の名前を失念したことを告げた。珠生なりの仕返しだったが、男はそんな心もちに気づく様子もなく答えた。

「相羽と言います」

相羽重之は珠生の挑発に乗ってこなかった。一瞥《いちべつ》して「それじゃあ」と再び通りを歩き始めた。最初の会話がそんな風だったので、珠生もいよいよ意地になった。見かける時間と曜日の予測がつき始めた今月始めに、待ち伏せをして街角の甘味処《かんみどころ》へと相羽を誘った。案外あっさりと応じながらも決して喜んでいるわけでもなさそうな男を、テーブルを挟んで小一時間観察したのだった。

「小路のほうには、どんないいひとがいらっしゃるのかなと思っておりました」

あれは、と言いかけた唇が少し間を置いた。

「親父《おやじ》のほうの用事です」

三浦が囲っている女が家の修繕やら届けもの、用向きがなんであれすぐに相羽を呼び出すという。節操のない同業者かもしれぬと珠生もちいさくため息を吐《つ》いた。

その後、もう一度同じ店でぜんざいを食べた。なんということはない、相羽が通りを歩いていそうな時間帯に、三味線を持ったままぶらぶらする。偶然を装い声をかける。

「生まれはどこなんですか」

「国後《くなしり》です」

珠生が思いつくままにあれこれと質問をするのを、短い言葉で答える相羽がおかしかった。彼の生い立ちに触れたところで、甘味処での会話をやめざるを得なかったのが心残りだった。出身地を訊《き》いたあとすぐに、三浦水産の奉公人が店に駆け込んできて、相羽の名を呼んだのだ。誰が珠生と一緒にいることを告げたのか。奉公人の出現は、珠生自身もすぐには不思議に思えぬほどの早さだった。耳打ちをされすぐに、彼は勘定を済ませて店を出て行った。

そして今夜の座敷だ。

珠生は居住まいを正してふたりの男に三つ指をついた。すかさず三浦が言った。

「今日は役人もいないし接待でもないから、楽にやってくれ」

男たちが海の上や陸で繰り広げる世界の裏話のほとんどは花街に集まってくる。いいところばかり吸い尽くして出涸《でが》らしを捨てる人間、出涸らしを拾い集めてさらに絞り尽くす人間、土地の男はさまざまだ。捨てるばかりになった出涸らしを畳に撒《ま》いて埃《ほこり》を吸わせる者がでてくるころには、茶葉も自分の存在理由に満足するという「不思議のおまけ」がついてくる。花街の女は、そんな人間たちの境目をいっとき曖昧にするのが仕事だった。

「珠生の名前など忘れてしまったかと思いました」珠生がちくりとやると、三浦が上機嫌で嫌味を返す。

「まだけつの青い娘っこのくせに、いったいどこでそんな節回しを覚えたんだ」

珠生は膳に視線を落としたままの相羽をちらと見て、三浦に笑みを放る。満足そうに笑う三浦は、相羽に杯を渡して銚子《ちょうし》を持ち上げた。酒を注《つ》がれて恐縮している男は、浜の町には珍しい白いワイシャツ姿だ。主《あるじ》が囲う女の使い走りをするときとは、気配が違った。

「珠生です。よろしくお願いいたします」

膝をすりながら相羽のそばに寄った。まずは三浦に銚子を傾けてから相羽に注いだ。低い声で短い礼が返ってくる。三浦が崩した足を更に半分投げ出すようにして言った。

「こいつは相羽というんだ。何度か店の前で会ってるだろう」

蒲鉾《かまぼこ》をひときれ口に放り込み「店の前以外でも会ってるかもしれんがな」と付け足す。珠生の脳裏に、甘味処に飛び込んできた奉公人の坊主頭が浮かんだ。

「こんない い男、一度お目にかかったら顔も名前も忘れませんよ」

「やっぱりそう思うか。俺も、こいつを餓鬼のころから見てるがずいぶんといい男になったもんだと、最近はちょっと腹も立つほどでな。俺の情婦《イロ》も、息子みたいに可愛《かわい》いなんて抜かしやがる」

使う者と使われる者、埋めようのない溝が垣間見《かいまみ》えた。杯の持ちかた、酒の飲みかた、どれを見ても相羽は三浦に顎で使われる人間だった。

「相羽、おもしろいことを教えてやる」と三浦がふんぞり返る。

「珠生、お前は適当になにか弾いてろ」

はい、と返して三味線の糸調子を合わせた。膝半分ほど男たちから離れるが、三浦の声は隣の部屋まで聞こえそうだ。音を小さめにしてバチを流す。三浦が脚を組み替え、顎をしゃくる。

「珠生、それはいったいなんてえ曲だ」

「バッハでございます」

「まったく、お前はいつもそうだ。俺に学がないことを腹の中で小馬鹿にしてやがる。結局こんなところにいたって、お前は高慢ちきな河之辺の女なんだよ」

想像どおりの言葉がつま弾く三味線の向こうに並び始める。三浦は珠生の生まれ育ちが己の商売敵であることが気に食わぬ風を装うが、そのくせ必ず座敷には珠生をあげるという贔屓《ひいき》ぶりなのだった。

「いいか相羽、こいつはあの河之辺水産の二番目の娘なんだ」

座敷を取る者ならば誰でも知っている。意にも介さぬ顔も覚えたし、この程度で心折れるくらいなら、最初から花街になど飛び込んだりしない。

「それが、中学を卒業するやすぐに芸者になったんだな。なぁに、理由はよくあるやつだ。親兄弟の縁が薄い人間なんてのは、なにか踏み外すしか生きる道がないんだ。ただの反抗でも、本人はそう思っちゃいない。正当で立派な理由があると思い込んでる。まぁ、そこんとこは偽善者ヅラで政治家売り出し中の大旗《おおはた》運輸のボンボンと、逆に見えても発想は同じだ。まぁ親の金をあてにして政治家になろうなんていう男よりは骨があると俺は思うがな。喜楽楼女将《おかみ》の龍子《りょうこ》は河之辺社長様の妹で、こいつの叔母だ。体よく許嫁《いいなずけ》のところに売られるくらいなら芸者になると言った馬鹿な女よ」

三浦が品のない笑いを辺りに放ち、言葉を続けた。

「根室じゃ敵なしの河之辺社長様も、妹ばかりじゃなく二番目の娘にまで手を焼いた。なにも親の膝元で芸者になるこたぁなかろうと誰もが思ってるさ。けど、あえてそれをやるのがこの女でな。とにかく、親の顔に泥を塗りたくて仕方ない。結局見えるところでしか唾を吐けない、ただの娘っこよ」

三浦はいよいよ気分が良くなってきたらしい。外した椀《わん》の蓋に酒を注ぎ、格好つけて一気に喉に流し入れた。

「名士様と政治家と金貸しが、海のど真ん中でいったい何の役に立ってんだ。大旗運輸も金貸しの杉原《すぎはら》も、てめえの手を汚さない小狡《こずる》いネズミよ。河之辺だって戦後の立て直しだ寄付だと真《ま》っ直《す》ぐを気取ってるがな、あいつらのやることなんざ、俺にしちゃ胡散臭《うさんくさ》いことだらけだ」

地域一帯をまとめ上げる名前をずらりと並べての呪詛《じゅそ》は、いよいよ三浦の声を大きくしてゆく。

「中途半端とはこのことだ」

そのとおり、と珠生も思う。

生家の河之辺家は珠生にとって世間体大事の面倒な家だった。姉と妹に挟まれた自分の居場所は、自分で見つけるしかない。生きる理由も自分で考える。言われたとおりになどしないしできない。理屈に長《た》けた口も両親を困らせた。けれど、理由を欲することのなにがいけないのかがわからなかった。

珠生が欲していたのは、きれいな服より磨かれた靴より、自分の意思だったと今ならばわかる。本名の珠生で座敷に上がるのは、どんなに名前を変えようと、河之辺という姓からは逃れられないと思うからだ。十五で家を出た珠生の存在は、曾祖父の時代から続いた家業を守る父の、目に見える分かりやすい傷だった。バチにこめる力は変わらない。誰もが見たいように珠生を見る。父親の膝元で芸者になるのはただの反抗だと言われれば、そうかもしれない。だからどうなんだと跳ね返すのは、お座敷の仕事ではない。ここは女の戦場なのだ。居場所を定めて闘うのがまっとうな在りかただと信じている。

「これが、借金のかたに売られたような女だったら、ちっとばかり顔がいいだけで床も取らない跳ねっ返り、誰も目もくれないだろうよ。身持ちが堅いふりができる本当はいいところの出っていうのが、こいつの看板なんだ」

三浦の目元が意地悪く歪《ゆが》み、相羽に向けられた。珠生はバチを少し大きく動かした。小気味良い音が響く。親の目の届くところにいないと面倒が増すだけだと言ったのは、喜楽楼の女将であり叔母の龍子だった。誰になにを言われても続けると決めたことだ。

三浦の言葉も弦の音と一緒に弾き流した。

廊下の向こうで男女の笑い声がひときわ大きくなった。じゃんけん遊びでも始まったようだ。辺りが騒がしくなればなるほど、雪の間の静けさは増してゆく。少し明るい曲にしようかとバチを握り直したところで、三浦が言った。

「まぁいい。そんなことより、あいつらそろそろ金だけじゃ満足しなくなってきた。相羽、ここはひとつお前が片を付けてくれや」

「承知しました」

弦を合わせ、調子を整えるために音をひとつ、ふたつ。さて、と思ったところで三浦がぽんと一回手を叩いた。

「手打ちだな。まぁ、一年ってことはないだろうよ。あんまりひでぇことしやがったときは、こっちも次の手を打つさ」

いやな気配が畳の上にじわじわと広がってゆく。視線がゆっくりと珠生の膝元へと移動してきた。

「珠生、こいつは明日からちょっとした旅にでる。お前がせっかく粉をかけてる色男だが、残念だったな」

「どこへ行かれるんですか」

相羽は膝に両方の拳をのせて、黙っている。珠生のほうを見ようともしない。

「女はいないが、三食付き。俺の目の届かない、そこそこ羽を伸ばせる別荘さ」

珠生は息を吸い、最後まで吐ききったあと弦に音を入れた。何の曲だと訊《たず》ねる三浦は、ベルトの上にシャツがはみ出ているのも気にしない様子だ。

「珠生、いい女も罪なもんだ。相羽は俺とお前を秤《はかり》にかけて、ひとりを選んだぞ」

「どういうお話なんでしょう。あたしにはさっぱり」

装った平静も、三浦のいい酒の肴《さかな》になっている。手を止めた。

「そりゃ、本人から直接聞いたらいい」

三浦は立ち上がり、よろける体をいっとき壁にあずけた。三味線を脇に置く。珠生がかけ寄る前に、相羽が主の体を支えた。三浦は二歩進み、座布団を蹴飛ばすついでのように、相羽の腕を突き放した。

「シゲ、いいか、挨拶は明日の朝九時だ。署長によろしく伝えとけや」

毒づいた男を送るためふすまに手をかけた。シゲと呼ばれた男と、目が合う。感情の読めない、つよく光る瞳が珠生を見つめていた。階段の下まで見送ろうとする珠生を、三浦は片手を振って追い払う。

「女将、車を呼べ」

階下に向かって野太い声が響く。すぐに龍子が顔をだした。珠生は階段を降りてゆく三浦の背中と、女将の龍子を交互に見た。龍子がつよい瞬きを二度した。「座敷に戻りなさい」という合図だった。珠生は振り向く様子のない三浦に愛想をひとつ言って、つま先を二階の雪の間に向けた。

戻ると、ひとり残された座敷の真ん中に男が立っていた。ふすまを閉めて、相羽に座ってくれるよう頼む。ためらいの表情に微笑《ほほえ》みかけた。ほかの座敷から聞こえてくる男女の声がひときわ響く。珠生も相羽も、それぞれがもといた場所に静かに腰を下ろした。

「さ、仕切り直しといきましょうか。お好きな曲はございませんか。なんでも弾きます」

それとも、この間の話の続きを。珠生は音にならぬ声でつぶやき、三味線に手をのばした。相羽が銚子の首を持ち上げた。はっとして膝を前へずらす。相羽は珠生の手を遮り、自ら酒を注いだ。

「相羽さん、なにがあったんですか」

男は「別に、なんでも」と返す。特別なにもないときに、主が運転手を座敷に置いて帰るわけもない。

俺とお前を秤にかけて——、と三浦は言っていた。視線を畳に落としたままの相羽を黙って見つめた。気づけばときおり、どの座敷の音も聞こえてこない一瞬があった。こんな心許《こころもと》ない時間を、どう過ごせばいいのかわからない。男はただ黙るばかりでさっぱり内側が見えてこない。数分の沈黙の後、珠生はいよいよ耐えきれなくなった。

「三浦の社長は、直接あなたから聞いたらいいとおっしゃったじゃないですか」

相羽の眉がわずかに持ち上がる。珠生はそれを見逃さず身をのりだした。男が、持っていた杯を膳に置いた。

「明日の朝九時までに、警察に出頭するんです。それだけです。しばらくは臭い飯だろうから今夜は酒でも飲んでおけと、親父の心づかいですよ」

心づかいにしては少し物言いが乱暴ではなかったか。

「三浦社長とあたしを秤にかけたって、いったいどういうことなんですか」

相羽の眼差《まなざ》しが畳から珠生へと移った。男の仕草ひとつに、心を摑《つか》まれている。訊ねながら、言葉よりも眼差しを探っている。男の目が今自分を見ていることに、帯の内側が熱くなった。

「賭場《とば》ですよ」

「賭場って、博打《ばくち》ですか」

相羽が浅く頷《うなず》いた。漁師町の賭場など、海縁《うみべり》に建つ家の数だけあるではないか。どんな会社のどんなお偉方でも、漁師でも、商売人でも、手慰みの賽子《さいころ》や札遊びをしている。三浦の賭場もそこかしこにある。珠生の疑問をすくい上げるように、相羽が言った。

「網元衆や町の役人相手の賭場で、こっちの懐もずいぶん潤ってきたってことです。取り締まりの弛《ゆる》みも、どこかで一度締めなけりゃならないんです。現場責任者としてちょっと臭い飯を食うのは仕方ないことなんだ」

そんなこと、ちょろちょろしている三下にやらせれば済むことだろう。側近の役回りじゃない。珠生の思いは言葉にならない。相羽の諦めきった頬を、祈るような思いで見つめた。寒い冬道で小路から出てくる男を待った日を思いだす。

「あたしのことで、三浦の旦那の機嫌を損ねたんじゃないですか」

「そんなことはないでしょう」ゆらりと相羽の顔が持ち上がった。

どこまでも憎らしい男だ。思ったことはすぐに口にするのが珠生の売りだったが、どうやら今夜は勝手が違う。いちばん訊きたいことが、声にならない。膳にあった杯に冷えた酒を入れて一気に呑《の》んだ。

「あたしのせいなんですね」

相羽は珠生の杯に酒を注ぎ入れ「いや、違いますよ」と応えた。なにが違うのかと問えば、珠生には関係のないことだと言う。そんなことがあるものか。

「じゃあなんで、今夜ここにふたりで置いてきぼりなんですか」

「わかりませんよ、そんなことは。わかっているのは明日の朝九時に出頭すれば、万事丸く収まるってことです。おかしな話に巻き込んで申しわけない。あなたには関係のないことだ。気にしないでください」

数秒黙り、相羽はなにか一曲、好きなものを弾いてくれと言った。珠生は膝を後ろへずらし、三味線をかまえた。男の言葉の少なさに不安になったのは初めてだった。

「じゃあ、流行歌でも弾きましょうかね」

つま弾き始めたはいいが、一音目から音が外れた。二節――、もう弾き続けることができなくなった。

「なんのために、前科者になるっていうんですか」

黙り込む男に向かって、もう一度問うた。先ほどから同じ場所をぐるぐる回り、同じ時間を過ごしている。このままでは女将が座敷のふすまを撫《な》でて愛想の時間をしらせるまで続いてしまう。さりとて、このまま相羽とひと晩過ごすのはあまりに苦しい。

「別館に貸間でも取りますか」なにやら今生の別れのような気分になって、声を張った。相羽の笑い声が響いた。

「いいんですよ、そんなことは。気遣いは要らないんだ、本当に。このまま愛想の時間まで笑いながら過ごしましょう」

男の顔をまじまじと見つめた。穏やかな目になっている。ひとりで勝手に吹っ切れないでほしかった。珠生が男ならば、三浦のような男になど仕えたりしない。男たちが義理だの恩義だのと言い始めるときりがないのは、面倒なものに縛られなければまっとうに日々を送ることができないからだ。

寒くないかと問うた。部屋を暖めてくれるはずの火鉢もさびしげだ。珠生のほうは和服だから、自分がちょうどいいのでは客人は肌寒いだろう。もうちょっと火の気をもらいましょうかと腰を浮かしかけたのを、相羽が止めた。

「構わなくていいです。寒いとか暑いには鈍感なほうだから」

色白の相羽が眉を寄せると、腺病質な頬が余計に際立って見える。生まれついての優男というのはこういうものだとわかっていても、ついじっと顔を見てしまいそうになる。なにかおもしろい話を、と言われてもうまい言葉が思い浮かばない。

「お生まれは国後でしたね」

「そう。ソ連兵がきたときに、一家で船に乗ってこっちに逃げてきたんです」

「三浦の旦那の代わりにお縄になるなんてことが知れたら、親兄弟が泣きますよ」

わずかな沈黙のあと相羽は「親も兄弟も、岸に届く前に波にさらわれました」と言った。

「野付《のつけ》に流れ着いたのは俺ひとりでした。そこで三浦の親父に拾ってもらったんです。返しきれない恩があります」

恩だの義だの、男たちはいつもそんな言葉でものの輪郭を曖昧にしてしまう。家を飛びだして親の顔に泥を塗り続けている芸者にも分かるように、そんなものにしがみつかねばならない男の道理を教えてほしい。珠生はひとつ、ため息を吐いた。

「野付って、遠いんですか」

「遠いというほどでもないですが」男は訝しげな眼差しで答えた。

「ここからどれくらいかかるんですか」

「三時間くらいかな」

朝の九時に戻らねばならないとしても、まだ往復するくらいの時間は残っている。男とひと晩、床をともにしようにも、相手にその気がないのではどうにもならない。

見習いの女の子を呼びつけて女将に内緒で貸間を取る芸者も、なにやら格好が悪い。それでもこの男と離れがたい気持ちに嘘《うそ》はつけず、珠生は自分の心根に啞然《あぜん》とする。

急に、野付半島の景色を見てみたくなった。珠生はその心の動きを素直に認め、出来るだけ明るく「行きませんか」と口に出した。

「これから、野付へですか」

男は腕の時計を見た。遠くの座敷から宴の終わりが近い弦の音がする。廊下をゆく足音で、無意識のうちに見習いの年数を測る。珠生が河之辺の家を出てから、五年経《た》っていた。

男は空いた小鉢を持って立ち上がり、鉄瓶から湯を注ぎ入れた。立て続けに湯を三杯飲んだところで珠生を見る。はっと我に返り、火鉢に寄った。すぐ目の前に男の剃《そ》り上げた頬がある。頬に影をつくるほど長い睫毛《まつげ》を見上げた。

「行くのなら、さっさと酒を醒《さ》まさないと」男が言った。

「連れてってくれるんですか」

「朝までに戻らねばなりませんから」

男が小鉢を膳に戻した。棒読みのような言葉が、果たして問いへの答えなのかどうか、つかめないまま珠生も立ち上がった。裾を整える。

「通りの突き当たりに、車を停《と》めてあります。場所、わかりますか」

「わかります。着替えてきます」と言うと、相羽が頷いた。見送るふりをして、ふすまを開ける。喧噪《けんそう》がより大きくなる。自分の体がひとまわり縮んだような気がした。ふすまを閉めた手を、持っていた三味線に添える。座敷が退《ひ》け始めていた。廊下の向こうから「珠生」という声が聞こえてくる。何度か座敷に呼んでもらったことがある印刷会社の社長だ。

「なんだ珠生、深刻そうな顔をして。腹でも痛いのか」

「いえ旦那、今夜はお楽しゅうございましたか」

片手を挙げた客の背に、見習いが外套《がいとう》を開く。客が片袖を通しこちらから視線を外したところで、珠生は相羽の後を追い階段を降りた。

相羽が霧で膨らんだ街灯の下を歩いてゆく。いつもより一拍多い見送りを、女将の龍子も察したようだ。龍子と目が合う。なにかあったのか、と問うている。なんでもない、と目尻で告げる。珠生は急いで自室へと向かった。叔母の龍子を頼って喜楽楼にやって来てからの五年間、ずっと廊下の端にある見習い部屋を使っている。裸電球が光を増してゆくのを待てずに、急いで帯締めを解いた。メリンスのいちばん新しい襦袢《じゅばん》に着替えて、着物は迷いながら昼目に優しい薄紫の市松模様を選んだ。帯はあかね色の名古屋帯を締める。たまには身につけようと思っていても、なかなか機会がなかった。姿見で帯の高さを確かめて、簞笥《たんす》の上にあった赤い角巻《かくま》きを手に取った。裸電球の下、帯と角巻きがそこだけ花開いたように赤い。珠生は化粧紙で仕事用の紅を落として、部屋を出た。

喜楽楼の勝手口から細い小路へ。霧はまだ夜に漂っている。見上げた場所が空なのか軒《のき》なのか境目がわからなかった。思いはただ、通りの向こうに相羽が待っていることだけに束ねられている。宴を終えた客たちの車が道を行く。酔った男たちを女たちが見送る。珠生は小走りで通りを抜けた。

自分の息で視界がくもるころ、突き当たりの空き地に着いた。ずいぶん時間がかかったように思うが、三味線の師匠の家よりずっと近い。歩いてせいぜい二分というところだろう。振り向くと、甘味処の明かりは消えている。街灯が途切れた場所に目を凝らした。

たたずむ珠生の前にちいさくライトが灯《とも》った。珠生は光の方へ小走りで近づく。ひとつ息を吸い、黒い車の助手席に滑り込んだ。ドアを閉める。車内は男が使う整髪料のにおいがした。そしてかすかに女の白粉《おしろい》の気配もある。それが自分のものかほかの誰かのものか、怯《ひる》む心に蓋をする。

「お待たせしました、すみません」

男は応えずに車を出した。

市街地を抜けると、霧はいっそう濃くなった。すぐそばに海があることをしらせるのは、車中に流れ込んでくる潮の香りだけだ。行き先が野付半島であるとわかっていても、ふと瞬きをした瞬間に、別の場所になっているような気がしてくる。それでも霧をかき分け前へ進んでいることを、男の横にいれば不安に感ずることなく済んだ。

小一時間経ったが、ほとんど眠気を感じなかった。相羽の横顔を見る。ハンドルの前にある計器の明かりが顔を青く照らしていた。鼻筋の通った細面だ。美しいという表現が相羽にとって嬉《うれ》しいかどうかはわからない。

濃くなったり薄くなったりを繰り返し漂っていた霧が潮目の変化なのか風向きなのか急に晴れ、視界が開けた。寒々とした夜の道が真っ直ぐに続いている。この世に残っているのが自分たちふたりだけであるような錯覚のなか、珠生は再び男の横顔に目をやった。

「どうしました」不意に男が発した言葉に、思わず首を横に振る。

「けっこう遠いんだなと思って」

「少し呑んでいますし。なにかあってもいけないですからゆっくり走ってます」

「いいんですよ、どれだけ遠くても。ずっと花街にいると、あの中が世界のすべてですしね。夜がこんなに暗いなんて、気づかないまま毎日が終わってしまうんです」

言ってしまってから、相羽が明日から過ごすことになる小部屋のことを思った。留置場の次は刑務所かもしれない。ですからね、と珠生は闇に向かって言葉を続けた。

「とっとと出てくることが大事なんですよ、きっと」

霧が再び視界を遮った。相羽が速度を落とし、ひとつ息を吐く。男の吐いた息を、そのまま胸に吸い込んでしまいたくなる。

「そろそろ野付半島です。この霧じゃ、あまり先へは行けないな」

「あたし初めてなんです、野付半島」

「なんにもないところですよ」

なんにもないところがいい。男や女を照らす灯《ともしび》も、夜の息づかいも、しがらみも。おおよそ珠生がいま、思いつく限りの面倒くささをかき分けて、車は半島へ続く道を曲がった。下は砂なのか砂利なのか、ときおりタイヤを取られながら相羽がハンドルを握っていた。時間も距離も、なにもない闇を進んでいる気がする。つい数時間前まで座敷で三味線を弾いていた記憶も、遠いところへと押しやられた。闇の奥へと突き進む相手が相羽であることが、ただ嬉しかった。

「これ以上行くと、方向転換できなくなりそうだ」

相羽の言葉に促されフロントガラスの向こうを見る。方向転換なんか、しなけりゃいいじゃないかと思う。ライトがちいさくなった。この先が水なのか砂なのかわからない。

「ここ、どこですか」

「砂嘴《さし》です。野付半島の」

停まった車の中に、ふたりの吐く息だけが積もった。野付半島にいる、という男の言葉だけではなにも見えなかった。星も月もない夜空だ。

「なにも見えない」とつぶやいた。本当に、なにもないのかもしれなかった。

「左側が海峡です。曇っていても太陽が昇るときは空が白みます」

「左側から昇ってくるんですか」

「ええ」

太陽が昇り、辺りが明るくなるころには来た道を戻らねばならない。この男は警察に出頭するのだ。いったいどのくらい娑婆《しゃば》に戻れないのか、珠生の知識では見当もつかない。なにより、男が前科者になるという事実が、余計に喉を渇かしてゆく。どのくらい、と問うた。

「相羽さんは、どのくらい留守にするんでしょうか」

素直な気持ちで問うているはずなのに、声が闇に吸い込まれて男の耳には届かぬ気がする。返答はなかった。珠生はそっと助手席のドアを開けた。温まった車内から、夜明け前の海辺へと出る。膝にかけていた赤い角巻きを羽織り、きっちりと身をくるんだ。ドアを閉めると、遠くから近くから、エンジン音にまぎれて波音が響いてきた。

ここがいったいどこなのか、煙る霧の中ではわからない。頼りは車のスモールランプひとつきりだ。珠生は胸いっぱいに、夜を吸い込んだ。背後でドアの開く音がした。ふり向き、少ない明かりに照らし出された男の表情を探す。目を凝らすのだが笑っているのかどうかもわからない。こちらに近づこうとしない気配に向かって声をはり上げた。

「雇い主というのは、前科者になっても守らなけりゃいけないほど大事なものなんですか」

「恩人ですから」

やっと男の声を聞くことができて、返事がどうでも珠生は嬉しい。恩人か、と心のどこかで諦めが芽生える。それにしたって、と思いながら、どこかで男の生き方を肯定している自分もいるのだった。座敷でも座敷の外でも、男たちはいつも切迫した事態を好んで選び取っているように見えた。相羽のすぐそばを、なにか生きものが走り去る。自分たち以外にもなにかいる。ここは決してあの世ではなかった。

「いったい、どんな恩があるっていうんですか」言葉を選んでいるふうの男に焦《じ》れて、珠生は下駄の先で砂を蹴る。

「ここに流れついてからずっと、世話になっているんです」

相羽が波音にかき消されそうな声でつぶやいた。

「野付に流れてきたのは昭和二十年の、九月でした」

八月十四日のポツダム宣言の受諾後も、ソ連は攻撃をやめず八月二十八日から九月五日までに北方四島を占領してしまった。

「ソ連兵がばんばん島に入ってきたころ、夜中に父親が船を出しました。腹のでかい母親と、弟と妹がいました。あのまま島にいたら、無事に赤ん坊が産まれないと思ったのかもしれない。家財道具はほとんど島に置いてきた。父親については、北前船《きたまえぶね》で流れ着いたということしか知りません。母はどこの生まれだったかも聞いたことがない。ふたりとも、身寄りのない夫婦でした。父は家族で一緒にいるのがなにより好きな、女子供には手を上げない声を荒らげることもない、おとなしい漁師でした」

相羽の父は、身重の妻に安心して子供を産んでほしい一心で、土地の権利も家も捨てて島を出た。北海道にちらつく明かり目指して進む小舟は、家族を乗せて木の葉のように波に揺れる。

「このくらいの距離、と思いました。父親と俺なら、泳いで行けないほどじゃない。明け方の潮目ならば、読めたはずなんです。父は腕のいい漁師だったから」

しかし船は真夜中の思わぬ潮に舳先《へさき》をとられた。海峡に潜む魔物がへそを曲げた瞬間だった。荒い波が小舟を揺らし始めた。ソ連船に見つかってはいけない。追われたら、ひとたまりもなかった。

波がいよいよ荒くなると、国後と北海道どちらの灯も遠くなった。上下する船底にへばりつくようにしていた弟が、波に持ち上げられた瞬間闇に連れ去られた。相羽は、弟に手を伸ばした母親、妹が、次々船から放り出されてゆく光景を地獄だったと言った。

「覚えているのは、暗闇で光る父親の目です」

父親は最後に長男の名前を一度叫び、母や弟妹《きょうだい》が消えた海に吸い込まれていった。

「なんだか、自分から飛び込んだように見えたんですよ。家族がみんないなくなった船の上で、俺は船外機に手を伸ばしてました」

生きることへ意識が向いてしまった少年の日を、相羽はまだ終えていないのだった。

波をかぶり舳先が持ち上がり、船は転覆した。

相羽が闇に放られたあと最初に目にしたのは、自分をのぞき込んでいる男の大きな瞳だった。海岸に流れ着いた相羽を見つけて水を吐かせ、番屋まで連れてきたのが当時はまだ雇われ漁師の三浦だった。

「一瞬、父かと思いました。自分が生きているのか死んでいるのか、どこにいるのかもわからなかった」

三浦は少年の話を聞いて、ほかに流れ着いた家族がいないかどうか野付の海岸一帯を探してくれた。根室市街地が焼け野原になり、野付にもいつソ連兵がやってくるか、というときだった。どこを探しても、少年の家族は見つからなかった。海峡の波間に消えた家族が夢に現れるたび、少年はひとり生き残ってしまった自分を責めた。

「番屋の飯は、旨《うま》かった。親や弟妹が死んだ海で捕れた魚を食って、俺は生き延びたんです。だから今でも魚を食うときは、なんとなく親や弟妹を食っているような気分になるんですよ」

異国となった島々を眺めながら、それでも野付の漁師たちは毎日魚を捕っていた。番屋には常に酒があり、食べ物も好き嫌いがなければ腹いっぱい食べられた。漁師たちは家族を失った少年に優しかった。何十人もの男たちが暮らす広々とした番屋で、飯の支度や網の手入れを手伝った。

流氷が来ても、少年の家族が浜に流れ着いたという話は聞こえてこなかった。少年は家族が眠る海に手を合わせながら、三浦に連れられて番屋から根室へと移り住んだ。

相羽は「育ての親」という言葉を使ったあと「少し喋《しゃべ》りすぎた」とつぶやいた。座敷で芸者に悪態をつく様子や、土地に流れる悪名からは想像のつかない三浦の姿だった。野付の砂嘴に、ひとつ冷たい風が吹く。手足はもう冷え切っていた。

うっすらと、遠い沖に雪洞に似た明かりが灯った。目を凝らして見る。春霞の向こうにある夜明けだ。今は異国となった島の向こうから、陽《ひ》が昇ろうとしていた。

親を捨てた女と、ひとりであるがゆえに親に執着する男だった。ふたりを取り囲む景色ににぶい光が射し始めた。

なにも見えない場所から歩いてゆくのだと思った。霧の向こうには同じように朝日を待つ異国がある。男が生まれた島だ。

なにも見えなくても、どこへ向かおうとも、この男とならばいつかどこかへたどり着けるのではないか。

「つまらない話を聞かせました。忘れてください」

ひと言つぶやいて、相羽が運転席に戻った。微《かす》かな陽が、来た道を薄く照らしている。来た道も行く道も、ここでは一本だった。野付半島には、道が一本しかない。珠生はかじかんだ手で頬を包んだ。道はひとつ。いいではないか。愉快な気持ちだ。振り切って吹っ切って、なにやらすっきりとしている。見えない明日への期待は、相羽が無事に帰ってくるという確信へと繋がっている。

この男の娑婆でいよう。

空と海を分ける陽の光がどんなに遠くにあろうとも、男を待とうと決めた。助手席に戻り、男の横顔に問うた。

「戻る先は、喜楽楼の珠生でよろしいですか」

待っていてもいいかと問うのは野暮な気がする。これ以上の言葉を思いつかない。男は黙ったまま頷く気配もない。男の呼吸を三つ数えた。

「待ってますから」

車が方向を変え、来た道をゆっくりと戻り始めた。窓の外を、来たときとは違う景色が流れてゆく。寒々とした野付の砂嘴は、流れ着いてからこのかた男が歩き続けている一本道だ。ひとりで歩くと決めたのならば、自分はその後ろをついて行けば良い。嫌と言われても、冷たくあしらわれても、男の背中を見失わなければいいのだ。

あと数時間でお縄になる男に惚《ほ》れた自分が悪い。胸に落ちてきた石は波紋を広げながら珠生の胸に沈み続けている。しばらくは会えない日々が続くけれど、それがなんだろうとも思う。

根室の町はずれまで戻ったとき、珠生は男の横顔に向かって念を押した。

「駄目と言われても、待ってます」

相羽は珠生のほうを見ずに「困ります」と言った。

「困っても、待ちます」

花街の入り口で車を停めて、相羽は「じゃあ、ここで」と言いながらやっと珠生の目を見た。感情が読み取れない、不思議な色をしていた。

「ありがとうございました。どうぞお気をつけて」

珠生を降ろしたあと、車は静かに走り出した。向から先は警察だろうか。野付から来た男は、どこへ寄り道しようもなく、まだあの一本道を歩き続けている。珠生の脳裏には、塀の向こうから娑婆に戻った男に着せる季節の衣のことしか浮かばなかった。

2

　相羽と野付に行ってから一週間ほどで、町に流れていた「賭博《とばく》の元締め逮捕」の噂《うわさ》も薄れた。三浦の名前はどこからも出てこなかった。新聞に書き立てられた記事とは逆に、座敷での男たちはみな口を揃《そろ》えて「困った」「つまらん」と嘆いている。花街の噂はひとまわりして戻って来るころには失速した。新たな話題はところどころに脚色を織り交ぜながら、誰と誰が駆け落ちしたとか、遊びが過ぎた二代目が身代を傾かせたという話に移り変わった。

　三女の早苗《さなえ》が喜楽楼を訪ねてきたのは、珠生が三味線の稽古から戻ってすぐのことだった。白檀《びゃくだん》が香る玄関先でコート姿にお下げ髪の少女を見つけたが、まさかそれが妹だとは思わなかった。芸者志望の若い子かと、用向きを訊ねながら近づいて初めてそれが早苗であることに気づいた。五年ぶりだった。

「早苗ちゃんなの」

珠生は後頭部で丸めた髪を整え、えりあしの乱れを直した。実家の両親には内緒でやってきたのではないか。喜楽楼にたどり着くまでに注がれる道ばたの視線を、妹はどう受け止めたのだろう。

「なにか、あったの」

父と母のどちらかが倒れる場面を想像した。いや、と心の内で打ち消す。そんなときでも戻らぬつもりで家を出たのだ。

「なにかあったってことではないんだけれど」

早苗が少女特有の不機嫌さと不安が入り交じった表情で言った。龍子が帳場から出てきて、早苗を見つけて足を止めた。

「あら、もしかして早苗ちゃんなの。いらっしゃい。ずいぶん娘らしくなったこと」

「ご無沙汰《ぶさた》しています」

早苗が深々とお辞儀をした。龍子に向けられた目には微かな棘がある。珠生は、妹の視線は本来自分に対するものだったことを思い、龍子にちいさく頭を下げた。

龍子は黒地に小花を散らしたウールの着物を着ていた。そろそろこの着物も自分のところに回ってくるころか。珠生の話す言葉の抑揚は龍子と同じだ。幼いころから大人ばかりの家で育った末っ子の早苗も、すぐに気づいたろう。

「ゆっくりしていってちょうだいね」龍子の口調は普段と変わらず、少女の冷たい瞳にも屈しなかった。龍子はよく、自分たちが蔑《さげす》まれているうちは万事平和、と言う。河之辺から飛びだした鬼子ふたりは、花街でその花を咲かせれば良い。腹をくって入った世界だが、こと妹の容赦ない視線の前ではその心もちも揺らぎそうになった。修業が足りないとはこういうことなのだろう。珠生は一階の奥にある自室へと妹を誘った。

廊下の角を曲がる際に、玄関先を振り返る。料亭の三和土《たたき》に似合わぬ学生用の防寒靴が、遠慮がちに揃えられていた。廊下の途中で、珠生より三つ下の朋輩《ほうばい》とすれ違った。

「ねえさん、しつれいします」下げたえりあしから男が使う整髪料の香りが漂ってくる。この子にいったいどのくらいの借金があるのか、噂では耳にするものの、本当のところはわからない。

望んで芸者になったことも、いっとき「箔《はく》」欲しさに男を経験したことも、こっそり体を売らねばならない子たちを見ていると、すべてがちいさなことに思えてくる。売春防止法など、どこの世界のことだろう。

男の匂いを残して去ってゆく朋輩の背中を見送りながら、心は相羽重之の面影を追っていた。塀の外で今までと変わらぬ毎日を過ごす珠生には、好きな男のことしか考えられぬ日々があるだけで、前にも後ろにも進まない。三味線の音もときどき濁る。気づくとため息を吐いている。仕事に身が入っていないことは、もう龍子にも気づかれているだろう。

座卓のそばに座布団を置いて、早苗を座らせた。お茶の葉を蒸らしながら、竹皮の包みを開く。小ぶりの田舎まんじゅうがふたつ並んでいた。そのうちのひとつを懐紙に置いて妹に差し出す。

「三味線のお師匠さんからいただいたの。おいしいわよ。食べて」

ひきつり気味だった早苗の頬が、わずかに柔らかくなった。磨き込まれた津軽塗りの炬燵《こたつ》板は、珠生の最初の男が買ってくれたものだ。越前から来た船大工だったが「箔」といえるほどのものは身につかなかったし、数か月で縁が切れた。

後に龍子が「河之辺の娘だと知らずに言い寄ってきたようだ」と言った。そんなものが足かせになるとは思ってもみなかった。男の心は、本人が口で言っているほどではないらしい。初めての男は珠生にとって、初めてだったというだけで、それ以上でも以下でもなかった。

物と男を切り離して考えられるくらいの情の薄さと、炬燵に座るたびに相羽の面影が過《よ》ぎること、途端に最初の男が疎ましくなることなど、自分でも説明のつかぬ心のありようにときどき戸惑う。けれどそんな心もちのあとは、言いようのないさびしさが待っていた。

お茶をひとくちすすり、粒あんのしっかり詰まったまんじゅうを口に入れる。早苗のほうは懐紙を手元に引き寄せ、丁寧な仕草で四つに割っていた。

まんじゅうを、お茶で喉の奥へと流し込む。祖父母が請うて嫁に迎えたという母のもとで素直に育てば、珠生もちいさな和菓子を四つに割って口に入れるくらいのお嬢様に育っていたのだろう。珠生は衿《えり》を合わせたついでの指先を帯のあたりでとめた。

珠生を見る母の視線が変化したのは、十歳の春のことだ。三人姉妹のうち、長女の智鶴《ちづる》と次女の珠生は三つ離れていながら、初潮がほぼ同じころにやってきた。姉への気遣いと二か月後に訪れた珠生へのそれに明らかな差を感じたものの、当時すぐには言葉にならなかった。かろうじて順番を守った次女が歩む女への階段は、母にとってあまり好ましくなかった。長く河之辺の台所を見てきた使用人のひとりが珠生に漏らしたことがある。

――珠生嬢ちゃんは、龍子さんによく似とるから。

母は、三人姉妹の母である前に面倒な感情を抱えた女だったのかもしれない。珠生は、胸の膨らみも体が丸みを帯びるのも、姉より少しばかり早かった。たったそれだけのことが、おかしな溝を作ってしまうのは、お互いに女ゆえだったと今ならわかる。

懐紙で唇をおさえ、妹の言葉を待った。気詰まりな時間は、二杯目のお茶を淹《い》れるころやっと終わった。

「智鶴ちゃんが、結婚するの」

姉はもう二十三になる。「そうなの」と静かに返した。長女の智鶴が嫁に行くということは、河之辺の家にはもう三女の早苗しかいなくなるのだった。

「早苗ちゃん、学校は？　今日はお休みなの？」珠生が訊ねると、妹の表情が翳《かげ》った。

「珠生ちゃん、わたし今月中学を卒業したのよ」

「ごめんなさい。もうそんなになるんだ。進学先は、どこにしたの？」

早苗の視線が津軽塗りの天板に落ちた。

「智鶴ちゃんと同じ。けど、商業科に通うの。家に残るのわたししかいないもの。わたしが河之辺の家を継がないと、お母様がおかしくなってしまう」

妹の唇が尖《とが》った。長姉が嫁に出るということは、そういうことだ。三姉妹の真ん中は芸者になった。末の妹が誰か婿を取って実家を継がねば、家の名が絶えてしまう。

「智鶴ちゃん、どこへお嫁に行くの？」珠生は湯飲みを持ち妹に訊ねた。

「大旗運輸のご長男よ」恨みがましく言うときも、早苗の言葉は丁寧だ。

大旗運輸はこのあたりを束ねている、運送会社だった。水産と海運、陸運は切っても切れない間柄だ。日本産の缶詰は品質の良さが売りだった。それだけに誰がどんなルートで運ぶかによって、品物の値段も違う。持ちつ持たれつで手足を汚す男たちのはるか上に水産の河之辺、運輸の大旗、金融の杉原といった面々があった。

大旗運輸の長男がいずれ国会議員に立候補するという噂は以前からあった。東京で大学生活を終え帰郷した男の噂は、やっかみを含んでずいぶんと話題になった。河之辺の父も後援会に名を連ねているというのを耳にしたことがある。

河之辺の娘の誰かが大旗の家に嫁ぐのは予想の範囲で、もしも智鶴が駄目ならば珠生へ、珠生が駄目なら早苗へと話は流れたのだろう。河之辺の父にとっては娘のどれかを差し出してでも、関係を強固にしておかねばならない相手だった。珠生が家を出てしまい、河之辺姉妹の誰かが大旗家へ嫁ぐ確率は三割ちょっとから一気に五割になった。だから、と早苗が言葉を続ける。

「だから、商売のことはわたしが勉強しなくてはならないのよ」

妹の決意に、珠生は怯んだ。妹の頰には、親の借金を払うために花街にやってきた女たちと同じ気配が漂っている。

廊下を調子よく蹴る足音が響いてくる。そうきんがけをしている見習いたちのものだ。掃除洗濯、洗い物や繕い物の傍らで三味線や踊り、歌を習い修業を重ねる。多額の借金を抱えて猫の子のように売られてくる時代ではないけれど、彼女たちが生まれた場所には必ずといっていいほど貧困が転がっている。

珠生には缶詰工場で働くことも集団就職で内地に出ることも、どちらも縁がなかった。河之辺の家に縛られなければ、どこへでも行ける。ふと、中途半端に家を出て同じ土地で芸者になった、という三浦の言葉が胸を過ぎった。会わずにいられるほどに生活の場所は違うが、噂は昼夜を問わずに行き交っている。姉の結婚は、かなり極秘に進められたものなのだろう。まんじゅうの後味が、胸の苦みと混じり合った。沈黙のあと、早苗がいくぶん和らいだ表情になった。

「だからいちど、家にきてほしいの」

珠生は二番茶を淹れたところで、お茶の葉を煎ったものに替えた。

「珠生ちゃんのことで、今回の縁談少し難航したの。仲人さんが珠生ちゃんのことを気にしたらしくて。いずれ政治家になるお方だから、そこは家のほうでしっかりしておいて欲しいって」

「早苗ちゃんは、それをどこで聞いたの」

早苗は問いには答えずひとつ息を吐いた。珠生が家を出たころはまだ小学生だった妹の、幼さを手放した瞳がつよく光った。

「会社はわたしが継いで、智鶴ちゃんはお嫁に行くことで家を支えるの。けど、なにかあるたびに、いろんなところから珠生ちゃんのことが聞こえてくる。嘘か本当かわからないことばかり。出て行ったほうは、こっちを見ないようにしていればいいかもしれないけれど、残された家族はみんな珠生ちゃんの蹴った泥を被《かぶ》り続けてるの」

智鶴も早苗も、母のしつけでまったく浜言葉を使わない。珠生は改めて薄寒い気持ちになり、湯飲みを両手で包んだ。姉の逡巡《しゅんじゅん》を遮るように、早苗は言葉を続けた。

「ここを出て家に戻るか、それが無理なら誰かしっかりした人と結婚してちょうだい」

早苗が頭を下げた。のぞいた衿足が白い。長い冬を越した少女たちの肌は真っ白だ。

「芸者をやめるのも結婚するのも、無理よ。好き勝手した罰はいくらでも受けるけれど、好き勝手にだって筋があるもの。そんな話を聞けばなおのこと、ここでやめたらお互いにいい恥さらしじゃないの」

父や母になにを言われても我慢できる。しかし家を継ぐために商業科へ進学するという妹に嫌われたのでは立つ瀬が無かった。芸者をやめたとして、ひとつ店を持つにも結局誰かの世話になるということだ。

「あの家を出たかったのは、珠生ちゃんだけじゃないのよ」

「考えておく。早苗ちゃんの決心に少しでも恥ずかしくないように」

妹の目に涙がにじんだ。珠生は胸元から懐紙を取り出し、天板の上に滑らせた。髪や体にしみこんだ白檀の香りをどうやって消せばいいのか考えながら、声を出さずに涙をこぼす妹の白い頬を見ていた。

珠生が五年ぶりに実家に戻った日、庭の千島桜がいくつか咲き始めていた。爆撃で失った家を再建する際に、父が泣きながら植えていた樹《き》だ。太平洋戦争が根室の町に残した傷跡も、復興の名の下に薄れつつある。

歳月は十五年ぶん木々の年輪を増やしたが、同時に人と人のあいだにも細かな溝を刻んでいる。日本でいちばん遅い桜も、あと一週間ほどで満開になる。五月の風はまだ冷たいが、北の桜は葉陰で咲くのでしぶとく花弁を保ち続ける。珠生は実家の窓から見える春の色を見ながら、ぼんやりと相羽重之のことを考えていた。賭場の元締めの汚名を着たまま裁判を終えたことを、座敷にやってきた三浦から聞いた。

――半年だそうだ。執行猶予はなかったが、思ったより短くてよかったじゃないか。

唇の端が片方だけ持ち上がるのは、三浦がわかりやすい小悪党だからだと龍子は言う。相羽のことを心に留めておくことができず、野付でのことを彼女に打ち明けた。人と人のあいだにある深い川を幾度も渡ってきた女は、微笑むばかりで答えはくれない。そういうものなのだ、という納得を腹に鎮めている。

庭に視線を泳がせながら、母や姉、妹の会話を聞いていた。女たちの向かい側では東京から呼びつけた呉服屋が、根室の町では滅多に聞かない軽やかな語尾で次から次へと世辞を並べていた。

智鶴の結婚が決まり、遅い春の訪れとともに実家は華やかな空気に包まれていた。珠生が家を出る直前の、あの重たかった日々は遠いところに押しやられたように見える。呉服屋が反物を広げているのは、庭に面した二十畳の客間だった。

「お嬢様がお三人もいらっしゃるとなれば、奥様の楽しみもひとしおでございますね。このたびは、ご婚礼衣装、下のお嬢様おふたりの振り袖、色紋付と礼装一式とのご注文をいただきましたが、そのほかにも充分な反物をご用意させていただきました。どうぞお手に取られてごゆっくりお選びくださいませ」

江戸時代から続くという老舗呉服店の番頭が百反をくだらない荷物を抱えて船着き場にやって来たとなれば、その噂はすぐに町全体に知れ渡る。河之辺家は戦前曾祖父の代から根室の海縁《うみべり》を守ってきた。長女の智鶴が大旗運輸の長男に嫁げば双方の会社も肥えてゆくし、町にもたらされる益も多い。両家の婚礼は、街全体を明るくするお祭りのようなものだった。

五年ぶりに実家の香りを嗅いでみれば、自分が欲しかったものの輪郭がうっすらと見えてくる。若くして袂《たもと》を分かつことになった父とその妹龍子のあいだで、自分についてどんな取り交わしがあったのかは知らない。今日一日、実家に戻ることを勧めたのは、龍子だった。

呉服屋は母や智鶴が反物を手に取るたびに顔をほころばせている。

「奥様、東京タワーには見物人があふれておりますし、下町の活気も相当なものでございます。みなさま一度お揃いでおいでくださいませ。僭越《せんえつ》ながらわたくしがお供をさせていただきます」

「東京見物ですって、すてきね」早苗の声が高くなる。

耳に入ってくる母や姉の声が響くたびに視線が下がった。早苗はそんな珠生を肘でつつきながら、少しは選ぶふりでもしろと目で訴える。何度目かで諦めたのか、今度は強引に話の輪の中へ珠生を引きずり込んだ。

「珠生ちゃん、わたしこのお振り袖にしようかと思うのだけど」

早苗が手に取ったのは、濃紺に牡丹《ぼたん》の友禅だった。肩に反物を掛けてみせる。高校に入ったばかりの娘にはすこし地味かもしれない。

「早苗ちゃんはもっと華やかな色のほうがいいんじゃないかしらね」

「じゃあ、一緒に選んでちょうだい」

姉の智鶴に持たせる衣装を選んでいた母がつと珠生に視線を移した。

「珠生さんも、お振り袖のほかにお好きなものをお選びなさい。そろそろ恥ずかしくないものを用意しましょう」

今日の珠生は喜楽楼での粋な姿とは打って変わって、長い髪は頭頂部でひとまとめにして、ベルベットのリボンを結んでいる。着物も早苗からの借り物だ。リボンが象徴するように、この家では喜楽楼の珠生ではなく「河之辺珠生」を演じなくてはならない。

喜楽楼を出る際に着てきた縦縞《たてじま》の小紋も、桃色の小花を散らした鶯色《うぐいすいろ》の着物に替えた。化粧を落としたあとは、ひどく落ち着かない。

「河之辺家の娘がそんな婀娜《あだ》っぽいものを着るなんて」と吐き捨てた母は、五年前となにひとつ変わっていないように見えた。

母が珠生に期待していないように、自分もまた母になにも求めていなかった。父はというと、一度玄関に現れ、無言で娘を見下ろしたあとは姿を見せない。なにくれとなく話しかけてくるのは妹の早苗だけだ。末っ子の賢さで、家族と珠生のあいだにある溝をこの場だけでも埋めようとしている。妹の気遣いをありがたく思うものの、ひとたび家から離れた心は、着るものや髪型を変えたくらいでは容易に戻らなかった。

「早苗ちゃんには、これなんかどうかな」

珠生が手に取った反物を、早苗が受け取る。薄紫の総絞りに孔雀《くじゃく》の羽が幾重にも重なる紋様だ。どれも一点物だというが、この反物の値はひときわ張ることだろう。珠生は半ば意識的に、母が喜びそうな高級品を手にしたのだった。

「すてきね」と母が言う。

ため息を吐きたくなるような空気を、姉の智鶴がおっとりとした言葉で遮った。

「お母様、それもよろしいけれど、まだまだやせっぽちの早苗ちゃんだと、総絞りは借り物みたいになってしまうでしょう。こちらにしましょうよ。そしてこっちは珠生ちゃん」

智鶴が指し示した反物を、呉服屋がさっと手に取り広げた。

「いや、お見事でございます。おふたりのお嬢様方にはこれ以上お似合いの色柄はございませんですよ。品も確かな匠《たくみ》の染めでございます」

智鶴は母とふたりで自分のものを選びながら、同時に妹たちに勧める振り袖にも目を配っていたのだった。珠生の知る智鶴は、普段はぼんやりとした眼差しでお茶を飲んだりピアノを弾いたり、おおよそ賢《さか》しい気配からは遠いところにいた。それだけに、何を考えているのかさっぱり読めないのが智鶴という女だった。

五年前、珠生のことで家中が険悪な空気に包まれていたころも同じだった。これ以上の諍《いさか》いが続けば父が娘に手を上げてしまうというとき、絶妙な頃合いで智鶴はショパンのノクターン第二番を弾いた。応接室から姉のピアノが流れてくると、夜ごとの言い争いがひどく愚かなことに思えて、そのときだけは誰もが口をつぐんだ。

「そうね、智鶴ちゃんの選んだものがいちばん。わたしもそれがいいと思う」

早苗には華やかな赤地に流水と花筏《はないかだ》、桜と橘《たちばな》。珠生には総絞りの黒地にしだれ桜。

これならば、袖を切っても長く使えるだろう。母も智鶴の見立てにはひとことも文句を言わなかった。呉服屋がすかさず箱から揃いの帯を取り出し並べている。智鶴は涼しい顔で窓辺に視線を移した。

「あのね、なんにせよ崩すのは簡単なの。晴れ着は着たひとの眼差しが上向いて、ほんの少し緊張するくらいでちょうどいいのよ」

智鶴が言うと、そんな言葉も嫌味にならない。

珠生は、姉の弾くノクターン第二番を思いだした。彼女はピアノを弾き終わったあと、必ず家族が諍いをしている場所に現れてはのんびりと言うのだ。

「今日は七十点ね。入りと中盤の音が少し弱かったわ」

姉が自分の演奏に採点して穏やかな微笑みを見せると、周りの者はみな肩の力が抜けてしまう。常に百点を取り続けることがあたりまえの智鶴にとって、七十点は落第点だった。家族の危機を救い続けていたピアノは、戦後の動乱のなか父が苦労して手に入れたスタインウェイだ。

珠生は、智鶴がウィーンへの留学を夢見ていたことを知っている。姉に借りた和英辞書の間に挟まれていた留学手記の切り抜きや、いつの間にか彼女の本棚から消えていた語学の本はどこへ行ったのか。

週に何度か、近所に住む子供たちに、声を荒らげることなくピアノの楽しみを教える。智鶴にはそれができる。珠生が三味線の師匠にバチの背で小突かれながらものを習うのとは違う。優雅だけれどどこかさびしい世界を、長姉は持っている。

選んだ反物を褒められて、智鶴が母によく似た切れ長の目元を緩ませ言った。

「今日は九十点ね。決まって嬉しい」

「マイナスの十点はなぁに」早苗が肩を持ち上げる。

「わたしのお式のほかに、もう三度着ることを考えてしまったから」

涼しい顔で答えた。一度しか着てもらえない振り袖は本当に百点なのだろうか。智鶴の減点方法はいったい何に対して厳しいのかわからなかった。

その夜珠生は、言いつけどおり実家に泊まった。龍子には、居心地が悪かったらすぐに戻ると言って出てきた。

二階にある珠生の部屋は、出て行ったときのままだった。外観は和の屋敷だが、庭を見下ろして並ぶ娘たちの部屋はどれも洋風の造りになっている。部屋の明かりを消してカーテンを開けると、海側に煌々《こうこう》と楕円《だえん》の月が輝いていた。月明かりの下でぽつぽつと光を放つものがある。目を凝らした。桜の花びらだと気づいて、冷たい硝子《ガラス》に額を近づけた。

額が冷え、目が冴えてゆく。硝子が奪った熱は、相羽への思いに変化して珠生の中へとしみこんでくる。いまはなにを見てもなにを聞いても、相羽のことに重なってゆく。

部屋のドアが二度ノックされた。控えめな音に近づき、そっとノブを回す。まだこの家にいたころ、家族が寝静まったあと智鶴はよくこんな風に珠生の部屋を訪れた。姉は数分、庭の落ち葉や道ばたで出会った猫のことなど他愛ない話をして「おやすみなさい」と自室に戻って行った。智鶴ののんびり具合にのせられて、いつの間にか眠たくなっている、ということが多かった。智鶴が現れるのはいつも、珠生が父に対する苛立《いらだ》ちで眠れぬ時間を過ごしている夜だった。

「ごめんなさいね。少しいいかしら」

頷いて智鶴を部屋へ招いた。ガウン姿の姉が窓辺へと歩み寄る。ふとした瞬間に五年という時間がふたりの間から滑り落ちそうになる。小学生だった妹が高校生になり、家に残りピアノ教師の道を選んだ姉は父の決めた男と結婚する。

「珠生ちゃん、一緒にお花見をしましょう」

「お花見には、ちょっと少ないけど」

「数じゃないのよ。ふたりで同じお花を見ていることが大切なの」

珠生も窓辺に立った。それぞれ両脇に寄せられたカーテンにもたれ、庭の桜を見る。更けてゆく夜に、月も冴え冴えと青みを増していた。

「お振り袖の反物、気に入ってくれたかしら」

「智鶴ちゃんのお見立てだもの。呉服屋さんも驚いていたでしょう。お母様もきっと満足よ」

月明かりを集めている智鶴の白い頬が持ち上がった。

「そうね、お母様が満足してくれるなら百点ね」

母という言葉に、空気が揺れた。家にいるころは、姉にとって母がどんな存在なのか知ろうともしなかった。ねぇ、とわずかに間を置いて訊ねた。

「智鶴ちゃんは、いつまで百点を取り続けなきゃいけないの」

姉は窓の外に咲く桜の数をひとつふたつと数えたあと、ぽつりとつぶやいた。

「お母様が生きているあいだ、ずっとかもしれないわ」

情より先に責任を覚えたひとの、慎ましやかな嘆きを聞いた。母が死の床にあっても、智鶴は泣かないのかもしれない。百点を取るには、気丈に振る舞うしかないのだ。

「珠生ちゃん、明日はまた新しい花が咲くわ。なんでも、何を始めるにも終えるにも、時間は必要なのよ」

それでいいのか――。誘われるように、更に残酷な質問をした。姉はまたもとの笑顔に戻り言った。

「良かったかどうかなんて、結末までわからない。わたしには、ひとの結末がどこにあるのかもわからない。大切なのは、自分の信じたとおりに歩くことよ」

珠生が家を出る前日にも、智鶴は同じ場所で同じことを言った。

信じたとおりに――。

あのときは珠生のためだったひとことが、今夜は彼女自身のためにある。珠生が河之辺の家を出たあと、母の心の均衡を保っていたのは智鶴だったのだろう。次女が花街の女になる。それは家族の誰にとっても大きな事件だったと、今ならばわかる。

戦火で工場の半分以上を失った河之辺水産を、父は一から立て直した。仕事の顔というのを、間近で見たことはない。けれど海縁の男たちのあいだで一目置かれるということが、どんなに気骨の要ることなのか、花街にいればわかってくる。三浦のような男をも飼い慣らす潔さがないと、わかりやすい美談ばかりでは、浜の仕事は成り立たない。毎日毎日、等しく分配される損と得を、誰もが疑わずに日々を暮らしていた。父のお陰で、河之辺家の妻子がどんな贅沢《ぜいたく》をしようと、それらはみな別世界のことだと思ってもらえるのだ。

婚礼のころには、庭の木々たちも秋の色に変わり始めているだろう。この夜は、もう二度とない。短い夏が終われば、姉は親の決めた男のもとに嫁ぐ。そして自分は、この町に帰ってくるかどうかさえわからぬ男を待っている。

昼から、姉への詫びがこぼれ落ちた。

「智鶴ちゃん、ごめんなさい」

「どうしたの珠生ちゃん」智鶴はゆったりと問うてくる。

「自分ばかり、好きなことをしてる、わたし」

本音はいつだって狡《ずる》く、口に出すことで浄化されようとする。智鶴の笑みは変わらなかった。

「好きなことをしているなら、謝る必要なんかないでしょう。わたしは珠生ちゃんの生き方が好きよ。真っ直ぐでつよくて。珠生ちゃんのことが大好きなように、わたしは自分の生き方も、同じくらい好きなの」

表情ひとつとっても智鶴は智鶴の殻を飛び出てこない。昼間見せた顔と、今の顔に寸分の違いも漂わせず、姉は姉の本分を貫こうとしている。

「結婚、おめでとう」

珠生のつぶやきを、冷たい窓硝子が吸い取っていった。智鶴が目元を柔らかくして頷いた。

「長居しちゃってごめんなさいね。風邪をひいてしまうわね。おやすみなさい」

珠生は姉が出て行ったドアを眺めたあと、再び窓辺に立った。窓の外では月に照らされた桜の花弁が、ほのかに光っていた。

喜楽楼に戻った翌日、珠生は空いた時間で相羽に手紙を書いた。

注いだ湯のみに、茶柱が立ちました。災難を除いてくれる朝茶に茶柱です。とても縁起がいいので手紙を書くことにしました。根室はぽつぽつと桜が咲き始めました。まだ火の気がほしい毎日ですが風邪もひかず元気にやっております。野付半島の景色を思いだしては、ご無事を祈るばかりです。霧にけむりながら昇る朝日の美しさを、もう一度見たいと思いながら暮らしております。根室に戻られる日をお待ちしつつ。どうかどうか、お体を大切にしてください。

相羽重之様

河之辺珠生

その年の盆踊りは雨模様が続き、盛り上がりに欠けた夏も過ぎた。八月も終わりに近づくと、ひと雨ごとに秋の気配が漂い、空の色も濃いものへと変わる。

朝から、いつ降り出してもおかしくない空模様だった。踊りの稽古から戻る際案の定ぽつりときて、雨傘の下でふと、視線を向かい側にある煙草屋《たばこ》に向けた。上背のある男がふたり、煙草屋の前にいる。小窓から煙草を受け取っているのは派手な柄物のシャツを着て頭髪をオールバックに固めたほう。もうひとりは、黒っぽいシャツに黒いズボン姿。筋者だということはすぐ察しがついた。ご丁寧にサングラスまでが黒い。

ベルトのバックルだけが光る短髪黒ずくめの男は、柄シャツから煙草を受け取り空を見上げたあと、軒先で雨やどりを始めた。柄シャツも黒ずくめに倣い、煙草に火を点《つ》ける。

鶯色の傘に響く雨音が少しずつ強くなる。珠生は扇子や手ぬぐいを包んだ風呂敷を胸元に抱き、通りの向こうを見つめた。雨やどりをしているふたりも、体をこちらに向けている。柄シャツがなにか話しかけ、煙草屋の軒下から走りだそうとしたのを黒シャツが止めた。おとなしく軒下に戻った柄シャツが、珠生をじっと見ている。

黒い男は、相羽だ。野付に行ったときとは明らかに佇《たたず》まいを変えているが、相羽に間違いない。なぜだか根拠がないからこそ、信じられる。花街の女に見つめられて声を掛けてこない男の心当たりは、相羽重之しかなかった。

男の無事だけを祈っていた日々がぐるりと渦を巻いて珠生の体を締め付けた。黒眼鏡の向こうから降り注ぐ、男の視線を全身で受け止める。なぜこちらに来ない。珠生は焦れる心を無理やり帯の奥へと押し込んで、男たちを見続けた。

道路を一本挟んでいるだけなのに、煙草屋がやけに遠い。男を甘味処に誘った冬の日も、ずいぶんと遠いところにある。霧に閉ざされた野付の寒さが舞い戻ってくる。

「相羽さん」

道を叩《たた》く雨脚が珠生の声をかき消した。

雨脚が泥を撥《は》ねて足袋を汚しても、珠生はその場から動かなかった。手持ち無沙汰なのか、柄シャツがこちらに向かって手を振った。その足を黒い男が横から蹴った。道に跳ねる雨が、稽古着の裾を濡《ぬ》らし重たくなる。

「相羽さん」

今度は身をよじり叫んだ。

柄シャツが相羽を見て何か言っている。隣の男の言葉さえ、相羽には届かぬようだ。何分そうしていたろう。じきに男たちは、やってきたハイヤーに乗り込んだ。柄シャツは車の窓からこちらを見ていたが、黒い男はまったく珠生に関心を示そうとしなかった。不思議なことに、男の態度をさびしいとは思わなかった。

男たちの消えた煙草屋の軒先を見つめ、珠生はちいさく笑った。少しも楽しくないのに、笑っていた。相羽が根室に戻ってきた。珠生が稽古で通る道で、煙草を買っていた。

今は相羽が再び同じ空の下にいるというだけでよかった。ただの予感でしかないことはわかっていたが、この思いは朝茶の茶柱よりも確実に珠生を幸福な心もちにする。珠生は、雨音に負けず耳奥で響く自分の笑い声を聞きながら、男の真意など一生知らぬままで良いと思った。

3

九月、珠生は智鶴の婚礼前夜に再び実家へと戻った。花街から式場に向かうのはまかりならぬという父の一喝に、智鶴のためこれが最後と腹を決めた。

ここ数日、三浦とはほとんど関わりのない宴席で、夏の娯楽が少なくなったという話題がでていた。相羽がいないわずかなあいだに役人たちの羽振りが良くなっていた。懐具合のいい役人たち自らがする、賭け事と女の話を、珠生は宴の片隅で聞いた。相羽が町に戻ったことを、役人たちはまだ知らずにいるらしかった。

婚礼前夜の食卓は、父を迎えた途端に母や妹の口数が少なくなった。この夜だけは、いつも場の空気を和ませ続けてきた智鶴も無口だった。気詰まりな食事を終え、珠生は妹とふたりで風呂に入った。薄いピンクのタイルで作られた風呂は、喜楽楼の五右衛門《ごえもん》風呂とは大違いで明るい。

「どう、高校は楽しい？」

「まぁまぁ。中学とあまり変わらない。勉強もそんなに難しくないし。そろばんとか簿記とかはおもしろいと思うけど」

ぬか袋で体を洗っていた早苗が、湯船に浸《つ》かる珠生を振り向き見た。

「ねぇ、珠生ちゃんはもう家には戻らないの」

「うん、無理だと思う」

「お父様はああだけど、智鶴ちゃんのお嫁入りが決まってから、お母様は寝込みがちなの。この家では智鶴ちゃんがたったひとりの理解者だったからよ」

「それを、わたしが家に戻ることで解消できるとは思わない」

湯気のなかで妹の眼差しが険しくなる。

「この家、珠生ちゃんが出て行ってからおかしいのよ。そういうことにはまったく目を向けずにひとりで好きに生きていること、もっと自覚して欲しいの。言っていること、わかるでしょう」諦《あきら》めの悪い語尾が跳ね上がった。

早苗は、自分が智鶴の代わりに母を満足させることができないと知っているのだ。

わかっていてどうにもならない現実があることにも、気づいている。珠生を批難したところでなにひとつ前に進まないことが、口惜しくてならないのだ。

湯船の中でゆるりと手を前に伸ばした。押した湯の波が鎖骨へと戻ってくる。こんな仕草のひとつにさえ相羽の面影が過ぎる。珠生は、ぬか袋を持つ妹に向かって言った。

「悪いと思ってる」

言ったはいいが、己が放ったあまりに軽薄な言葉にうんざりとする。眉間に少女の潔癖さをのぞかせながら、早苗が早口で言った。

「ねぇ、珠生ちゃん、訊いてもいいかな」

「なぁに」

「珠生ちゃんのお仕事って、どういう感じなの」

「どういう感じって。お座敷で歌ったり踊ったり、お酒を注いだり。毎日同じことの繰り返し。お座敷に出ている時間よりも、お稽古のほうがずっと長いし大変なの」

早苗の視線が壁のタイルに移り、再び珠生に戻る。

「男のひとにお酌をするだけなの」

珠生はちいさく息を吐き「お客様が男のひととは限らない」と答えた。

「そういうことじゃなくて」妹の目が昏《くら》い光に満ちた。なにを言いたいのか、なにを訊きたいのか、わからぬわけじゃない。早苗は、酒と宴以外の相手もするのかと問うているのだ。借金のある者なら当然で、囲われ者にしても中身は同じ。夜ごと貸間へ通うにしても、夜の街は長いこと男と女のあいだに起こる出来事で、夜の形を保ち続けてきたのだ。港町に限らず、女には最後の最後に売るものがある。好いた惚《ほ》れたでは片付かない問題を無理やりにでも片付けられる、そこが金で買われる女の唯一の救いなのだ。だから女は文無しになっても死なずに済む。

早苗が声を落として言った。

「珠生ちゃんには、好きなひとはいないの」

少し迷いながら、けれどここで嘘はつけないと腹をくくり「いる」と答えた。

「珠生ちゃんは、そのひとと結婚しようと思ってるの」

「まだそんな話はしてない」

「そのひとは、珠生ちゃんのことどう思ってるの」

珠生は首を横に振った。途端に湯あたりしそうになる。湯船の縁に腰掛けた。

「わたしが勝手に好きなだけだから、いいの」

町の男かと問われ、曖昧に答えた。珠生が黙っていると、早苗は質問の方向を変えた。

「ねぇ、珠生ちゃんは大旗さんのことどう思う」

「お父様とお母様が決めて、智鶴ちゃんが納得したのなら、またとない良縁よ」

「でも、あまりいい噂は聞かないの。インテリはかまわないんだけど、なんだかひどく大げさなのよ。一緒にお食事なんかもするんだけど、本当に頭のいい男だとは思えないの。あの人の語る未来像って、絵本の世界みたいなんだもの。何人もの女のひとと同時につき合っているっていうのは本当なのかな」

「誰がそんなことを言ってたの」

「なんとなく、周りのひとが」

智鶴よりひとまわり年上で、伸び盛りの運輸会社の専務となれば、女の噂のひとつやふたつあってもおかしくない。親の決めた女と結婚できる男もまた、智鶴と同じ世界の住人なのだ。心がいくつあっても、それはそれで仕方のない立場というのがある。

「結婚となれば、考えるでしょう。噂なんてのは、半分以上がやっかみなのよ」

「あのひとをお兄さんって呼ぶの、抵抗あるのよわたし」早苗が心細げに言った。

「抵抗があってもなくても、実際にお嫁に行くのは智鶴ちゃんだもの。端がとやかく言うことではないのよ」

数秒間を置いて、珠生は精いっぱいこの場を丸める言葉を考えた。

「大旗さんと智鶴ちゃんなら、お似合いだと思う」

「こんな結婚に、しあわせなんて」早苗はそこで言葉を切った。

妹のつぶやきには気づかぬふりをして、珠生は桶《おけ》を手に取り彼女の背中に湯をかけた。早苗が乱暴にぬか袋を持ちかえた。

翌日の婚礼は新築されたばかりの式場「泰昭殿《たいしょうでん》」で行われることになっていた。婚家の大旗運輸が大きな出資者となり、長男の結婚式に間に合わせるためずいぶんと金をつぎ込んだと聞いた。

母は智鶴の花嫁支度のために、わざわざ東京から専門の着付師と髪結いを呼んだ。東京の実家は没落して今はもう跡形もないが、母がお家最後のお姫様だった。母は髪結いが話す故郷の言葉を懐かしんでは、支度が整ってゆく智鶴を見て目に涙を浮かべた。

白無垢《しろむく》の智鶴は、泣き止《や》まぬ母の背を静かに撫でていた。

珠生は人形のように座ったきりの智鶴にひとこと祝いを述べたあと、二階の部屋へ戻った。階下の座敷は、母の親類五人が占領している。北海道へやってくるのも成人した母に会うのも初めてと言っていた。珠生が厠《かわや》へゆく際たまたま耳にしたのは、彼らのこの土地に対する、決してよくはない印象だった。

田舎者、魚臭い町——。母の耳に届いていないわけがない。田舎漁師の成金、という言葉はどれだけ母を傷つけるだろう。それでも彼女には、親類に足代を渡してまで来てもらう必要があるのだ。

部屋にひとあし遅れてやってきた早苗が、赤い目をしてドアを閉めた。妹の着付けは珠生がすることになっている。早苗は着ていたカーディガンから袖を抜いてたたみ、ブラウスとともに用意しておいた衣装籠《かご》に置いた。早朝に結い上げた髪が初々しい。いつもは夜会巻きにかんざしひとつで座敷へ出る珠生も、今日だけは鹿の子を着けて嫁入り前らしくえりあしをゆるやかに持ち上げている。

早苗の華奢《きやしや》な肩や胴回りを補正するため、下着と長襦袢のあいだに綿を挟む。一緒に人形遊びをしていたころは、七五三の着物が似合っていた体も、いつの間にか丸みを帯びて娘らしくなっている。しつけ糸を抜いた振り袖を、妹の肩にかけた。衿を合わせて裾を整えると、まるで一枚の絵をまとっているようだ。

「衿下をちょっとおさえてちょうだい。紐《ひも》がきつかったら言ってね」

妹の細い腰に紐を結ぶ。身八つ口から両手を入れて、背と胸元の皺《しわ》がでないよう肩と袖を決める。伊達締めを決めて、お端折《はしよ》りの皺を整えた。

早苗の着付けを終えた珠生が自分の振り袖を羽織ったところで、母が部屋にやって来た。階下にいる使用人たちは客人の世話で忙しく立ち働いており、下の娘たちに着付けの手伝いも回せないことを気に病んでいるようだ。客人たちは東京の気候との違いに驚き、持ってきた衣類では肌寒いと河之辺の使用人たちを使いに走らせたり、衿付けをさせたりとその振る舞いに遠慮がなかった。

昨夜珠生に着付けを頼んだときは済まなそうな顔をしていた母も、今はほとんど表情がなかった。

「ごめんなさいね。あれもこれもと言っているうちに、なんだか手が回らなくなってしまって」

留め袖と帯の金糸が窓辺から入る秋の光を集めている。使用人のあいだで語られていた「お姫様育ち」という言葉が母のなにを指すのかわからなかった幼いころ、一度だけ訊ねたことがあった。

――お母様は昔お姫様だったたって、本当なの。

――ええ、白雪姫でした。お父様に会ってから目が覚めたのよ。

祖父が東京の大店《おおだな》から世話をしてもらい連れてきたのが母だった。初めて根室の地に降りたときは、階下で使用人にあれこれと言いつけている親戚たちと変わらぬ印象を持ったのではないか。娘にお姫様の都落ちを想像されるのは、なにより本人にとって屈辱的なことだろう。

珠生さん、と母が一歩近づいた。

「ちょっと衿を抜きすぎていませんか。晴れ着をそんなに粋に着る必要はありませんよ」

姿見に衿を映して確かめた。こぶしひとつしかあけていないはずだ。早苗の肩まわりを確かめるが、さほど違うようには見えない。見間違いではないかと改めて背筋を伸ばしてみる。崩すのは簡単なの、と言った智鶴の言葉を思いだした。横から早苗が口を挟んだ。

「そんなに違わないと思うけど」

母は険しい目で末娘をにらんだ。珠生は振り袖を肩から下ろし早苗に渡したあと、紐を解き長襦袢の衿を半寸詰めた。

「そのくらいでいいわ。娘らしく、清潔にお召しなさい」

珠生は短く返事をして、再び振り袖を肩にかけた。一の紐、二の紐、早苗の助けを借りて帯を上げる段になり、母の手が伸びた。珠生の帯結びは、武家娘のように「やの字」に結ばれた。

母は部屋を去る際になってそれまでの尖った気配を手放し、急に心細い表情になった。ふたりとも、と言ったあと数秒の間があいた。

「応接室にいらっしゃい。智鶴さんがピアノを弾いてくださるそうよ」

脱いだものを片付けて、急いで早苗とふたり階下へ降りた。

ピアノ椅子に座っていた智鶴の視線が、応接室に入った妹ふたりに注がれた。一人掛けの椅子にはすでに父が目を瞑《つぶ》って座っている。母は窓辺に立っていた。父は珠生と早苗を見ると、ひとつ頷いて椅子に座るよう促した。母はこちらを見ない。

応接室にいるのは、家族だけだった。客人は呼ばなかったようだ。使用人もいない。早苗は長椅子の端に腰掛け、袖を膝の上で重ねた。珠生も倣って長椅子に腰を下ろした。誰もが無言だ。

白無垢姿で鍵盤に向かった智鶴が選んだのは、ショパンの「別れの曲」だった。中盤の激しい演奏で、膝に重ねた着物の袖が絨毯《じゅうたん》へと滑り落ちた。長い眠りから覚めたような激しい旋律が、いっとき姉の内側を露《あら》わにする。息をすることさえ忘れるほどの激しさで鳴り響く。

おっとりとした性格の奥底にいったい何を秘めているのか。窺《うかが》い知ることのできない狂気をにじませて演奏が終わった。静かな笑顔が戻ってくる。涙のない「別れの曲」は、珠生や早苗とは違う姉の気性のつよさをもの語った。

身内で神前の式を終えたあと、披露宴会場に入った。秋晴れの空の下「泰昭殿」のエントランスに次々と黒い車が停まる。

白無垢、打ち掛け、振り袖とお色直しをする花嫁は会場がため息に包まれるほど美しかった。紋付き袴《はかま》姿の新郎大旗善司《ぜんじ》は、挨拶に訪れる招待客からの酒を律儀に飲んで顔が赤い。披露宴の中盤にはもう酔いが回ったのか、会ったことのある政治家の名を並べ始めた。その姿が、早苗が言うように少しインテリとは違う気配を帯びていても、祝い事の席だし主役でもあることだと心から流した。ただ、どんな衣装を身に纏《まと》っても、智鶴の笑顔が晴れ晴れと見えることはなかった。耳の奥に「別れの曲」が残っているせいかもしれなかった。新しい朝が姉になにを与えたのか、珠生にはわからない。よくできた人形のような智鶴の横で、新郎の大旗だけが陽気に「街の発展のために率先して子孫を増やす」などと言っていた。

「いくらお金があったって、品のないひとはいや」と小声で早苗が耳打ちをする。珠生は妹の言葉も姉の選択も、間違いではないと思うことしかできなかった。

珠生と早苗は連れだって円卓をひとつひとつまわり、酒やジュースを注いで挨拶をした。父の仕事関係のテーブルには、水産関係者が揃っている。喜楽楼の珠生を知っている面々を前に、表情を変えることなく酒を注ぐ。それはそれで見せ物としてはおもしろいかもしれないが、当の珠生は心を殺しながらの作業だ。総理大臣の前で下手な三味線を披露するよりよほど体に力が入る。仕事と名が付けば切り抜けられる場面も、身ぐるみ剝がされた河之辺珠生のままでは、闘う武器がない。

「よう」と言いかけてから、祝いの席を思いだし慌てて口をつぐむ者、ことさら平静を装う男とその反応はさまざまだ。たったひとり遠慮のない眼差しで声を掛けてきたのは三浦だった。

「これはいいもんを見せてもらった。今さら振り袖姿とはな。今日は一曲踊らんのか」

あたりの視線が三浦と珠生に集中する。みな、ふたりのやりとりを窺っている。なかには相羽が根室に戻ったことを知っている者もいるだろう。珠生はぐらつきそうになる体を衣の内側に溜《た》めて、ひとつ息を吐いた。会場に流れる琴の音が遠のいた。隣にいる早苗の動きがぎこちなくなる。にっこりと微笑んだ。

「本日はお忙しいなか、まことにありがとうございます」

三浦が「ふん」と鼻を鳴らした。飲み干されたコップにもう一度ビールを注ぐ。三浦の赤茶けた顔に意地の悪い笑みが浮かんだ。

「姉の婚礼どころじゃあないだろう。働く理由ができて、生活にもさぞ張りが出たんじゃないのか」

働く理由、と聞いて一瞬息が詰まる。一礼して次のテーブルに移った。三浦がなにを言いたいのか、考えるだけでビール瓶を持つ手が震えた。

ぐらつく心を必死で立て直し、テーブルをまわった。珠生を追う視線がひと足ごとに解けてゆく。ひととおり挨拶を終えて席に戻るころ、新婦のお色直しが終わったというアナウンスが流れた。

照明が落ちてスポットライトに変わった。ひととき、母と目が合った。感情の在処《ありか》がわからない。姉の代わりに家を守る決意をした、まだ高校に上がったばかりの妹を思うとき、胸に覚えのない痛みが走った。

自分が早々に投げ捨てたものは、更に重みを増して妹の肩に掛かっている。自分はいつか、誰よりも早苗から恨まれる。それぞれが選んだ道の険しさが、開いた扉から現れた姉の打ち掛けをよりきらびやかに見せた。

三時間に及ぶ披露宴が終わり、招待客をすべて送り出すまでに更に一時間を要した。智鶴は疲れた顔も見せず、父母への挨拶を済ませると振り袖姿で婚家へと向かった。

夕暮れ時の空の下で黒い乗用車を見送る母は、最後まで智鶴とよく似た微笑みを浮かべ、泣いていた。娘を乗せた車が見えなくなるまでエントランスに立ち尽くしていた両親は、ほとんど同時に待たせてあった車に向き直った。

「早苗さんも珠生さんも、おつかれさま。わたくしたちも家に戻りますよ」

先に名前を呼ばれた早苗が、遠慮がちに頷いた。

いっとき駐車場を赤く染めた太陽が、式場の建物の陰に隠れた。ここからは秒読みで夜へと傾いてゆく。薄暗くなってしまえば、振り袖を着ていようと少女のような髪を結っていようと珠生の心もちは花街へと戻ってゆく。お座敷へ向かう心地好い緊張感に包まれていた。

喜楽楼に戻り、姉弟子の座敷をひとつ手伝ったあと、珠生は龍子の部屋に立ち寄った。喜楽楼は、空襲で燃え残った建物を、増築と改築で保《も》たせている。女将の龍子は玄関にいちばん近い部屋で、住み込みの女の子たちの動きを、夜中のしのび足や生活音で把握する。龍子が、髪にさした螺鈿《らでん》のかんざしを抜きながら語尾を上げた。

「それで、お式はどうだったの」

「盛大だった。智鶴ちゃんもきれいだったし」

とうとう最後まで涙を見せなかった花嫁の話は、言葉にすれば切なさばかりこみ上げてきそうだ。白檀の香りにむせそうになる。

「智鶴ちゃんは、あいかわらず泣かなかったんじゃないの」

珠生は思わず視線を上げた。龍子が結い上げた髪から一本ずつピンを抜きながら、静かに微笑んでいる。なぜ、と問うた。

「なんとなく、そんな気がしただけ。あの子、ちいさいときから誰もが泣くような場面では泣かなかったから。自分のお嫁入りくらいじゃ泣けないだろうなって思ってた」

「泣いてなかった。まるで女優さんみたいだった」

深まりゆく秋の気配に、叔母の軽やかな笑い声が溶ける。湯飲みに注がれた白湯《さゆ》を受け取った。手に、じんわりと熱さがしみる。温かいものに触れて、一日ごとに深まる秋の気配を感じている。夜はもう、海風が冷たい。

「お嫁入りねえ」という龍子のつぶやきを、白湯と一緒に喉へと流す。座敷の片付けに走る見習いたちの足音が廊下から響いてくる。

「なんでも、理由をつけられるなら楽なのよ。智鶴ちゃんも珠生も、わたしも同じ。好きなひとと添えるのなら、そりゃいいことよ。添うたひとを好きになれたら、万事めでたし」

新しい生活はどうなの、と訊ねられてもうまい言葉が浮かばなかった。つい一週間前に、珠生は喜楽楼の自室を出て、新たに小路にちいさな家を借りたのだ。結局そのことを早苗にも報告できないまま実家を後にしてしまった。ちいさな棘が刺さったままの心はそれでも、龍子の言う「新しい生活」に日々膨らんでいる。

白檀の香りのなかにいると、智鶴の微笑みも妹のもとに置いてきた最後の振り袖のことも、昼間に見たものすべてが別世界のことになった。

龍子はすすけた天井を見上げたあと、ひとつ息を吐いた。

「わたしは喜楽楼の主として、だいたいのことは視界に納めてるつもりよ。もしも見えていないものがあるとしたら、自分のことくらいじゃないかしら」

「女将さんでも、わからないことがあるの」

「わからない。どこまでが仕事で、どこからが自分なのか。それがわかれば、心煩わされることの半分は減るわね」

叔母にも今、好いた男がいるのではないか。肩に垂らした髪も、まだ艶を失ってはいない。女将の仕事と恋を同時進行させることは、その気質が許さない。珠生は軽く首を振った。

「智鶴ちゃんが、家で最後に弾いた曲、ショパンの『別れの曲』だった」

「あの子らしいわねぇ」

智鶴の生き方は、誰を切り捨てもしないし誰も傷つけない。珠生とは咲かせる花もまるきり違うのだろう。最後の最後で、誰も智鶴には敵《かな》わない。そういった居場所を手に入れるために、智鶴の「泣かない日々」がある。

龍子に挨拶を済ませ、部屋を出た。

勝手口へ向から珠生の背後で、芸者見習いたちが階段から下りてくる。あと小一時間もすればこの喧噪も消える。女たちの吐息と裸電球のちりちりとした明かりに温《ぬく》もりを探す夜が始まる。珠生は三味線を手に、喜楽楼を出た。月が冴え冴えと天頂で輝いていた。

月の下を半町ほど歩き、小路へ曲がる。途端に、生活のにおいがし始める。朝からのできごとを、ひとあし歩くごとに敷石に落とした。

小路の突き当たりにある、平屋の前で足を止めた。

「新しい暮らし、か」

そっと声に出してみる。これでいいのだ、と言い聞かせた。悔いを用意すれば、いつか心やすまるときがくるかもしれない。けれど、と思う。そこには幼い日に珠生が思い描いた自由はないのだ。自分はもう歩き出した。

「ただいま」

引き戸を開けて、中に向かって言ってみる。ひと晩家を空けたせいで、少し空気がこもっている。明日は朝から窓を開けよう。こんなふうに、明日の朝のことを考えながら過ごす夜が来ることを考えたことがなかった。ひと息ぶんの間をあけて、家の中から「おかえり」と気だるい声が返ってきた。珠生は急いで草履を揃え、明かりの灯った茶の間に入った。

「おなか、空《す》いてないかしら。ちゃんと食べてた？」

「子供じゃあるまいし」

「わからない、シゲさんは放っておくとなんにも口に入れないから」

座卓の上の灰皿が、煙草の吸い殻でいっぱいになっていた。灰皿のすぐそばに、空になった寿司《すし》折りがひとつ放ったままだ。保田《やすだ》が差し入れたのだろう。相羽の使い走りをしている保田健司《けんじ》は、二十二歳になる前科者だ。出所直後の相羽と煙草屋の前に並んでいた男だった。つまらない万引きや窃盗を繰り返しているうちに、実刑をくらったという。生まれはオホーツクの、ずっと北のほうだと聞いた。

家の中に、珠生が持ち帰った白檀以外に女の匂いはない。あるのは安っぽいポマードと、煙草の煙だけだ。

帯を解くのを後回しにして、吸い殻を一斗缶に捨てた。台所の溜め水で灰皿を洗い、座卓に戻す。男がここに住まうようになってから、明日で一週間が経つ。網元の妾《めかけ》が住んでいたという家は、ちいさいながらもよく手入れされており、空いてからそう日にちが経っていないというので決めた。

貸間で一夜を過ごした翌日、珠生はこの家を見つけた。相羽はまだはっきりとしたことを言わない。なりゆき、という言葉以外に珠生もこの生活をなんと表現していいものかわからない。今さら振り袖姿とはな、という三浦の言葉は正しい。男と暮らし始めた芸者が、姉の結婚式とはいえ振り袖を着るのは確かにおかしなことだろう。

開け放した次の間で、着物を脱いで寝間着に替えた。欄間の下にある衣紋掛《えもんかけ》に着ていたものをかける。喜楽楼のにおいが染みこんだ仕事着だ。

「一杯つけようか」

珠生が敷居の前で訊ねると、男が首を横に振った。

次の間には、ちいさな庭に面した窓がある。障子に似せた磨《す》り硝子の内窓を開けた。

よく見ると、満月ではないようだ。一日、あるいは二日ぶん欠けている。輝きに偽りはないのに、陰になった部分にはどれほどのものが隠れているのか。長かった一日を振り返る。常に陽の当たる場所で暮らすことがどれだけ心の力を必要とするか、おぼろげながら智鶴のこれからが見えてくる。

珠生は窓辺に座り、三味線をかまえた。バチで三音つま弾いてみる。眼裏《まなうら》で、春に智鶴と見た桜の花弁が揺れていた。一音一音、智鶴の奏でた「別れの曲」をなぞる。幼いころからずっと姉のピアノを聴いて育った。

別れの曲——。

長い時間をかけて一曲弾き終える。珠生は月明かりに隠れて輝く星たちを探した。深い夜の片隅で、珠生はいっそうつよく夜空に目を凝らす。茶の間の明かりが消えて、衣擦《きぬず》れの音とともに男が珠生の横にやってきた。二人一緒に畳の上に両脚を投げ出した。三味線を傍らに置き、珠生は両腕で男の体を引き寄せる。煙草のにおいに誘われて、広い胸に崩れてみた。寝間着の背中に男の手のひらが持つ熱が伝わりくる。目を閉じればもう、珠生の世界には相羽と自分のふたりしかいなくなった。

耳の奥で響く「別れの曲」を、智鶴もきっと聴き続ける。行き先は違うが、姉と自分の選んだ道の幅はきっと同じだ。早苗にしても、変わらない。

珠生は男の胸に向かってつぶやいた。

「静かだね」

男の吐息も、規則正しい鼓動もすべて、珠生の胸に降り積もる甘い記憶にすり替わる。明日の月は、欠けるのか満ちてゆくのか、確かめるのは自分の目しかなかった。

4

昭和三十七年春、珠生は芸者から足を洗うことに決めた。小路の家で暮らし始めてから一年半が過ぎていた。昨年の、領海侵犯による大量拿捕《だほ》事件から街の空気は変化している。もともとあった、金回りの良い者とそうではない者の差がいっそう開いていた。近くて遠い隣国との問題は、漁獲の問題とすり替わり、船を持つ者同士の小競り合いへと発展する。隣国に国内情報を売ることと引き替えにカニを何トン手に入れるか、いかに法の目をかいくぐるかが、直接懐に響いてくる。

街の気配は、呼ばれる座敷の空気を変える。金回りのいい男たちは、格式張った料亭遊びより、手軽な洋風飲食店や大型キャバレーへと流れていた。

相羽は珠生の処《ところ》に一週間居続けたと思ったら小一か月なんの連絡もないままだったりと、ふたり暮らしとも言えない日々が続いている。相羽が戻らぬあいだの珠生は、芸事にも身が入らない。男が新しい背広姿で出て行くたびに、もう戻らぬのかもしれないと見送る日々が続いた。男の仕事を詳しく訊ねることはできなかった。

仕事の話を一切しない男が外でなにをしているか、想像できないわけじゃない。相羽が相棒の保田を伴って危ない橋を渡り続けていることだけはわかった。

一年半のあいだ、相羽との日々は風にさらされる花弁のように頼りなかった。珠生を支えていたのは、自分の稼ぎで暮らしているという自負だ。喜楽楼で暮らしていたときとは違う、生活への張りと緊張感がよりどころだった。

それでも、年が明けてから半月ほど行方をくらましていた相羽がひょっこり小路の家に現れた夜、珠生はこんな場面に喜んでいる自分に愛想が尽きそうになった。

――明日また、いなくなるんですか。

こぼれ落ちた本音を、相羽のひとことがかき消した。

――仕事をやめてくれないか。

なにを今さらむしのいいことを、と言いかけた途端、涙がこぼれた。心地良い敗北感のなか、珠生は意地をひとつ手放した。約束のない毎日がどれほど心細かったか、この男は気づいていたのだ。気づいていてこれか、という腹だたしさに襲われながら、それでも相羽を嫌いになることも毒づくこともできないのだった。

女将の龍子には、さんざん世話になっておきながら結局十年保たなかったことを詫《わ》びた。恩や義理を理由に背を向けたあれこれを思うと、こんな別れが許されるわけはない。けれど龍子は明るく「相羽さんについて行くと決めたなら、わたしに祝いのひとつも言わせなさいよ」と笑った。

相羽は、新しく事務所を構えるから引っ越しの準備をしろという。珠生は最後の座敷を勤めた翌日から、身の回りのものを整理し始めた。喜楽楼の一室にいたころから、あまり物を持たないところは変わっていない。物に執着しないのはいいのだが、なにもかも捨てて次の場所へ行ける性分には同時に虚《むな》しさもある。自分の尾を切り捨てながら生きてゆくことで、傷つけてしまう人間がいるのだ。龍子が珠生に優しいのは、切り捨てられる側の自尊心かもしれない。親や妹を捨てて家を出てきたときとはまったく違う心の痛みが珠生を責めた。

四月の初め、相羽が数日留守にすると言いながら真新しい背広を着込んだ。

「すぐに戻る」

すぐとはいったい何日か、それとなく訊ねた。

「二、三日だ。今回は、俺の留守中あまり外を出歩かないでくれ」

「出歩くもなにも、行くところなんかありませんって」珠生の言葉に、相羽は笑いもせず「とにかく、あまり家から出るな」と念を押した。

その日相羽のいない家でひとり窓硝子を磨いていると、玄関の戸が乾いた音をたてた。

「ごめんください」遠慮がちな女の声がする。珠生は急いで玄関に出た。埃っぽい春の日差しのなかに、智鶴が立っていた。

「お久しぶり、珠生ちゃん」

珠生はひとつ大きく息を吸い込み、姉の名前を呼んだ。語尾が持ち上がり、そのあとの言葉が続かない。智鶴はひと目で仕立ての良さがわかる白いブラウスに細身のズボン姿だった。黒かった髪が栗色《くりいろ》に染まっている。

この一年半で、いったい智鶴になにがあったのか。困惑する珠生に向かって、智鶴がにっこりと微笑んだ。

「驚かせてごめんなさい。急に会いたくなって、車飛ばしてきちゃった」

「誰か、待たせてるの」姉の背後に視線を移す。ひとりで来たと智鶴が言う。

「運転免許を取ったの。珠生ちゃんを驚かせようと思って来たんだけど」

こんなに軽やかに喋るひとだったろうかと、姉の顔を窺う。珠生は智鶴が突然訪ねてきたことと同時に、その服装と話し方に驚いていた。記憶のなかに、こんなくだけた話し方をする彼女はいない。

「充分驚いてる。運転免許って、智鶴ちゃん車の運転ができるの」

「けっこう上手いのよ。よかったら、一緒にドライブに行かない？」

出かける前に相羽が残した言葉が頭を過ぎったが、相手は智鶴だ。珠生はひとつ頷いて前掛けを外し、ウールの単衣《ひとえ》姿のまま家の戸締まりをした。小路から車の行き交う通りまで歩く二分ほどのあいだ、姉の右手で車の鍵に付いたちいさな鈴が鳴り続けていた。

通りにでると、智鶴が路肩に停めてある水色の車を指さした。

「これ、わたしの相棒なの」

フロントガラスのフレームが、春の陽光を跳ね返してまぶしい。智鶴が助手席のドアを開けて「どうぞ」と言った。ふとした瞬間に、大旗に嫁いだ日のことを忘れそうになる。驚きが去った珠生の胸に、今度は不安が過ぎった。

タイヤ下の砂利を掻いて、車は急発進した。国道に出ると今度は急な加速が始まる。背中がシートに吸われているようだ。智鶴はラジオの音量を上げて、珠生の様子を見てけらけらと笑っている。次々と流れてゆく海沿いの景色が不安をあおる。カーブがきても、智鶴は速度を落とさなかった。珠生はハンドルが傾くたびに目を瞑り、恐怖に耐えた。ラジオから「コーヒールンバ」が流れてくる。智鶴は歌いながら上機嫌でハンドルを握っていた。珠生は姉が歌謡曲を歌っているのを初めて聞いた。

車に乗ってから、四十分足らずで納沙布《のさっぷ》岬に着いた。ようやく停まった車の中で、いちど大きく深呼吸をする。エンジンが切られ、運転席の笑顔がこちらを向いた。

「お天気で、気持ちいいわね。ドライブ日和」

フロントガラスの向こうには、海に取り囲まれた岬の突端があった。行きましょう、と智鶴が鍵を抜くとまた、ちりちりと鈴の音がした。

海峡の景色は、戦争などどこにあったのかと思うほどのどかだった。この国の最東端となった場所に立っているというのに、目の前にある島々が異国とは思えない。島の手前にぽつぽつと船が浮かんでいる。水晶島は、浮き輪でもあれば珠生でもすぐに渡れそうな近さだ。岬の突端まで来ると、智鶴が柵の前で大きく伸びをした。

「近いわねぇ。近い外国。手が届きそうなくらい目の前にあるのに、別の国だって。戦争に負けるって、こういうことなのね」

「男の人にしか見えない線があるのよ、きっと」

「そうかもしれない」智鶴がゆったりとした口調でつぶやいた。

服装よりも今は、風に吹かれる髪の色が気になった。いったいどうしたのかと訊ねてみる。

「美容院に行ったら、きっとお似合いですなんて言われて。その気になっちゃった」

「似合うわとっても。外国映画のヒロインみたい」

「最近、映画も観ていない。去年から毎日ばたばたしていて、ピアノの前にも座ってないの」

　街では夫の大旗善司が国政出馬に向けて動き出したという噂が流れていた。少しつよめの海風が通り過ぎる。近くて遠い島影は、ひとつひとつが河之辺の家族のようだった。決して大きくない港町だが、会わずにいようと思えば何年も会わない。生活時間帯とつきあう人間が違えば、道路一本隔てる程度の近さでさえ顔を見ずに済む。

「大旗さん、そろそろ出馬なのね」

「ずいぶんと前から準備はしてるの。結婚も出馬の一環。札が揃ったということでしょう」

　姉は笑って言うが、その蓮《はす》っ葉《ぱ》なもの言いに珠生は微笑むことができなかった。今の智鶴を見たら河之辺の母はどう思うだろう──薄暗い想像が胸をかすめてゆく。智鶴は「それで」と珠生に向き直った。

「うちのひとが相羽さんの力を見込んで、ぜひに力を貸して欲しいって。相羽組が一緒に地場を固めてくれれば、こんなに心強いことはないのよ」

「相羽組って、なんなの」珠生が訊ねると、智鶴の眉が寄った。相羽が新しく興した組織だと知って、視界がいっとき白と黒の二色になった。

　引っ越しの準備をしろ、と言った日の相羽を思いだす。あれは、大旗に会う前だったのか後だったのか。とにかく、と智鶴が言葉を続けた。

「また珠生ちゃんとお話できるようになったことが嬉しい。河之辺の家で隣の部屋にいたころとは違う、お互いに自由な気持ちで行き来できるの。大旗は必ずこの土地を潤わせる。わたしたちには相羽さんと珠生ちゃんの力が必要なの」

珠生は廃業したとはいえ、まだ花街の気配を引きずっている。智鶴はさなぎから羽化した蝶《ちょう》のような変身ぶりだ。百点を取り続けることを自らに課し、置かれた場所で光る大旗智鶴になっている。

「たまに夫とふたりでご飯を食べるのも悪くないわ。珠生ちゃんが相羽さんのお嫁さんと知って、大旗はとても喜んでる。もちろんわたしも。突然に訪ねて行ったりして、ごめんなさいね。本当に嬉しかったの。毎日毎日たくさんのひとに会うけれど、わたしはずっと珠生ちゃんに会いたかった」

姉の言葉を疑うどんな根拠もないのだが、会わずにいたあいだの、智鶴の変化があまりに鮮やかで戸惑っていた。髪の色や服装が変わっても、やはり智鶴は誰のことも責めなかった。「会いたかった」のひとことで、果たして珠生の所業は水に流れるものだろうか。姉を見ていると潔く今を受けいれる柔軟さの根拠が、何ものにも左右されない頑固さにあるような気がしてくる。芸者になると言って家を飛びだし、男に惚れればさらりとその時間を手放す自分とは、同じ女でありながら根本的になにかが違うのだ。

海のいろを映す空は、姉の白いブラウスをひきたてて深く青かった。

「いつも、こうやってひとりで運転しているの」訊ねると、誇らしげな笑顔が返ってきた。

「たまに二時間くらいひとりになれる時間があるの。そういうときはぱっと車に乗るの。これでもずいぶん練習したのよ。珠生ちゃんも免許を取るといいわ。新しいお家は街から離れているし、周りに美容室も洋品店もないと、何かと不便でしょう」

「新しいお家って」珠生は首を傾《かし》げて姉の言葉の意味を問うた。聞けば、相羽が事務所と自宅を兼ねて建てた家だという。事務所を持つとは聞いているが、新築とは初耳だ。

「海峡側の丘にたいそう広い土地を買って、もう建物も出来上がってるって聞いたけど」申し訳なさそうな表情に加え、語尾が細くなった。珠生はできるかぎり微笑んで「きっとびっくりさせようと思ってるのよ」と返した。

「そうかもしれない。わたしが言ったって、内緒にしておいてね。とにかく相羽さんはうちのひとの大切なブレーンなの」

「ブレーンって、なに」という質問に智鶴は「頭脳と知力」と答えた。「相羽組」の事務所、という言葉が急激に近づいてくる。いったいそれは、どんな組織なのか。珠生の疑問を遮り、「ねぇ」と智鶴が続ける。

「車って、とっても便利なの。誰の手も借りずに、行きたいところへ行ける。車でもっと大きく動きたいときは、船があるわ。根室から釧路《くしろ》、十勝に苫小牧《とまこまい》。ぜんぶ繋いで太平洋から航路で内地へ渡ることだってできる。大きな船なら車も乗せられるし、船は贅沢な旅なの。船はなんでも運んでくれる。人も車も食べ物も。この、海しかない街から世界中のどこにだって行ける。ひとりで車を飛ばしていると、どこまでも行けそうな気がしてくるの」

「智鶴ちゃん、どこに行きたいの」

姉はしばらく空を眺めたあと「誰もいないところ」と答えた。

相羽が小路の家に戻ったのは、珠生が納沙布岬へ行ってから三日後の朝のことだった。脱いだ靴を揃えている珠生の背に向かって短く、相羽が言った。

「役所へ行って籍を入れる」

振り向かず「わかりました」と応えた。

渡された上着をハンガーに掛ける。出かけてゆく際に着ていた背広とネクタイ姿だったが、シャツは新しいものになっていた。どこで着替えたのかを、入籍ひとつで問えるようになるとも思えなかったが、今日から細い川一本ぶん、世界が変わるのだと思った。相羽の決意と珠生のそれに、大きな差もちいさな間違いもないと信じた。届けを出したあと、相羽の車は小路の家ではなく海峡側の国道へと出た。昨夜降った雨が春の埃を鎮めて、海沿いの景色は薄皮を一枚剝がしたくらい明るい。夫婦になった、という実感はなかった。

相羽が車を停めたのは、海峡に面した高台だった。草原を拓《ひら》いて整地された場所に、空と海と島影を背景にして大きなサイコロに似た建物が建っていた。建物の周囲は砂利が敷き詰められており、海側の土地には数台の重機が並び、丸太や建築資材が積まれている。ダンプカーが一台、敷地に入ってきた。助手席の横をすり抜けてゆくダンプの、運転席のドアには「相羽組」と記されている。

「ここ、シゲさんの会社なの」

訊けば「そうだ」と返ってくる。丘の上、見渡せる場所は海以外ほとんどが相羽組の敷地だという。外壁ばかりが目立つ二階建てだ。智鶴の言っていたとおりだった。

入り口は間口一間、二重になった硝子の引き戸だ。金色の文字でここにも「相羽組」と書かれてある。色気も素っ気もない、まるで相羽そのものを思わせる建物だった。

二重になった引き戸は、風が直接建物に入るのを防ぐためだという。一階は事務所で、二階が住居。相羽に続いて事務所に入る。事務机が三つ、頭を寄せ合い並んでいた。

黒電話のある机の前に、作業服姿の男がひとり立っていた。相羽を見て腰を折る。

相羽は「連れてきた」と言って珠生の背に軽く手を添えた。こんなふうに誰かに紹介されたこともなければ、女房として人前に出るのも初めてだ。相羽の触れた場所がじわりと熱を持った。

「木村《きむら》だ。請負から帳簿付け、事務所のことはすべて任せてある」

「珠生です。初めまして」

「木村正《ただし》と申します。どうぞよろしくお願いいたします」

七三に分けた髪と黒縁の眼鏡、背丈は珠生とそう変わらない。いかにも、事務屋に向いていそうな風貌だ。声は低めだがよく響く。作業服姿でなければ、銀行員か教員と言われても頷いてしまえる。眼鏡の奥は優しげで、女子供を警戒させるような気配はなかった。

ふたりが小声で話しているあいだ、珠生は事務所の壁にある日割りになった黒板を見た。道路工事、国道舗装に十人。小学校の建築現場に二十人。資材の搬入日、作業員の人数、重機の要不要。土建屋の事務所に違いないが、ただの土建屋を大旗運輸がそれほど頼りにするとは思えなかった。表向きと裏側、人も仕事も多面体だ。

木村が「奥様これを」と、鍵をひとつ差し出した。

「二階のご自宅の鍵でございます。お気に召すかどうかわかりませんが、家具などはお邪魔にならない範囲で揃えておきました。足りないものはおっしゃってください。すぐにご用意いたします」

うやうやしい態度に、珠生はなんと応えていいのかわからない。短く礼を言って、事務所の奥へと進む相羽の背を追った。二階に続く扉は壁と同じ明るい木目で、目立たないドアノブと鍵穴がなければそこに扉があるとは気づかないかもしれない。

一階事務室の奥にも部屋があるようだ。あたらしい畳のにおいが漂ってくる。訊ねると相羽は、作業員たちが寝泊まりする大部屋になっていると言った。

「これから夏に向かって人数がどんどん増える。保田は大部屋、木村は二階にそれぞれ責任を持たせてある」

すべてが急なことで、曖昧に頷くのが精いっぱいだ。ただ、保田が作業員たちを束ねるのは良いとして、今まで一度も会ったことのない木村が二階の自宅部分に責任を持つという意味がわからない。ドアを開き相羽が階段を上がってゆく。珠生も急いで草履を脱ぎ、黒い革靴を揃えて階段を上る。

衣装部屋と寝室は廊下のつきあたりにあった。居間と廊下の間は、四枚の障子を模した磨り硝子の戸で仕切られていた。陽があるうちは、必ずどこかから光が入るようになっている。二階は外観や階下の素っ気なさとは気配が違った。

二階はすべて洋室で、寝室にはベッドがふたつ並び、居間には品のよい応接セットが、台所にはダイニングテーブルと椅子がある。壁も家具も明るい木目、カーテンは薄いグレーとピンクの市松模様だ。

「みんな木村さんが用意してくださったんですか」

「あんまり派手にならんように頼むと言ったんだが。気に入らなければ変える」

「誰もそんなこと言ってやしません」

少しつよい口調になる。相羽が眉を寄せて珠生を見た。気に入らないのではない。自分たちの新しい住まいに置く家具を、寝具の果てまで部下に用意させた相羽の、鈍感さに腹がたつのだ。椅子もテーブルも、品がいい。カーテンの色柄もこの部屋にはぴったりだろう。けれど、と珠生は整った部屋の中を見る。ひとつひとつ、自分で選んで揃えてゆく楽しみもあったのではないか。相羽が部屋の隅に置かれた、階下と同じ黒電話の受話器を持った。

「木村、ちょっと来てくれ」

階段下のドアが開く音のあと「失礼します」という声がして、木村が二階の廊下に現れた。ぴしりと折った腰に、幼い頃に見た軍服姿の男たちを思いだす。

「お気に召さないものが、ございましたでしょうか」

ふたりの男がこちらを見ている。相羽は「気に入らないところがあれば、言ってくれ」と言う。「充分です、ありがとうございます」と答えるしかなかった。男たちが用意してくれた新居は、生活するには申しぶんない。珠生がこの環境を受けいれさえすればいい。喉の奥に引っかかった小骨のような不満を、うまく言葉にすることができなかった。

相羽が木村に向かって、応接椅子の向こうにある壁を示した。軽く頷いた木村が居間の隅へ移動し、軽く壁を蹴った。蹴られた部分が向こう側へと倒れ、壁に木目の繋ぎ目、五十センチ角の穴が空いた。相羽が珠生に向かって言った。

「下でなにかあったら、ここに入れ。中には何日か暮らせるだけのものが置いてある。この部屋は木村しか知らない。保田にも言っていない」

珠生は穴の前に立っている木村を見た。感情の伝わらない目をしている。

「なにかあったら、って」珠生の言葉が途切れた。

「お前が二階にいるあいだ、俺が戻るまで木村は事務所を離れることはない。どんなやつも、木村を突破して二階に上がってくるのは難しいはずだ。用心するに越したことはないというだけだ。怖がることはない」

「いったい誰が、なんの理由でここまで来て、わたしが隠れなきゃいけなくなるんですか」

相羽はほんの少し眉を寄せて「この先は」と言ったきり数秒黙った。珠生は辛抱強く夫の言葉を待つ。

「うちは土建屋だが、海峡での汚れ仕事もやっている。けっこうな大所帯なんだ。仕事を取るためにはこの先いろんな人間の恨みを買うだろう。誰かが大きく儲《もう》けるとき、必ず損をする人間が出る。海の者たちとのつきあいもあるし、汚れは土や泥だけじゃないし、きれいも汚いもない仕事ばかりだ。追い詰められるとなにをしでかすかわからないやつも出てくる」

ならば、と珠生が返した。

「それじゃあ、わたしは今までどおり小路の家で待ってます」

「もう籍を入れたんだ、珠生」

息をひとつ大きく吸った。吐きながら木村を見る。眉ひとつ動かさずに深々と頭を下げる男だった。

「微力ではございますが、精いっぱいご不自由のないように努めます。おふたりともどうかここで、安心してお過ごしください」

翌日の午後、小路の家からすべての荷物を運び終わった。引っ越し荷物を運んでくれたのは馴染《なじ》みの保田健司だ。荷物を運びながらときどきおどけては相羽に窘《たしな》められ、なにが楽しいのかひとりで笑っていた。

「姐《あね》さん、ご結婚おめでとうございます」

「お願いだからその呼び名はやめてちょうだい」

「いや、姐さんは姐さんです。俺たちの姐さんですよ」

荷物をすべて運び終えた際にようやく、彼が上機嫌でいる理由がわかった。これはそれぞれが落ち着く先を持った喜びだ。相羽のもとで、互いに居場所を得た人間同士の繋がりが嬉しいのだ。その傍ら珠生は自分の持ち物の少なさを笑った。着物、身の回りの道具、少ない食器、相羽の衣類。柳行李《やなぎごうり》四つに収まったものはどれも、新しい家に運び込まれた途端に居心地悪そうに見えた。

ここで相羽の妻として暮らしてゆくことに、不安がないと言ったら嘘になる。その心もちは、同じ姓を名乗る喜びの裏側で、ひたりと珠生の肌に貼《は》りついて離れない。冷蔵庫と洗濯機、ひねればすぐに火の点くガス釜や煮炊きのコンロがある暮らしに、いったいいつ慣れることができるだろう。

廊下の窓から見えるのは空と海。男を待つと決意した野付半島と、男の故郷国後島の島影が、頼りない開放感を支えている。出発の地にこの景色を選んだ相羽の心の内を想像すると、体がねじ切れそうに痛んだ。珠生は湿っぽく流れてゆきそうな心を立て直し、できるだけ明るく言った。

「この景色以外、なんにもないところだね」

「俺ひとりじゃ、もっと殺風景になるさ」

相羽は自分が言った台詞《せりふ》に照れたのか「出かける」と言い出した。

「ひとに会う約束がある。晩飯は用意しなくてもいい。なにか困ったことがあったら、木村に言えばたいがいのことは何とかなる」

その木村をまるごと信頼するまでもう少し時間をくれないか、と珠生は思う。思いながら、夫の信用を勝ち得た男なのだから、と心に言い聞かせる。

相羽が出かけたあと、荷ほどきの手をとめて、珠生は海峡側の窓辺に立った。どこへ行くとも誰と会うとも言わない男と所帯を持ったのだという実感が湧き上がる。行き先を訊ねることもしてこなかった。訊ねられない理由を、自分が花街の女だったからだとは思わないようにしている。そう思ったら、負けだ。おとしめ始めたら、どんどん女の坂を転がり落ちてゆく。せっかくここまで来たのにと一度でも振り返ったら負けなのだ。相羽がときおり漂わせていた白粉の匂いも、もう忘れよう。

これから先の季節は、資材置き場を囲む草原に色とりどりの花が咲く。季節を追い、追われつつ咲く。珠生はこの海峡を眺めながら相羽の食事を作る日々を、うまく思い描くことができなかった。

窓のすぐそばをカモメが一羽、白い十字架に似た姿で横切っていった。

夕刻、珠生は居間の隅の壁を軽く蹴った。体を低くして中へと入る。壁一枚こちらに、一間幅で窓のないうなぎの寝床があった。一面がすべて棚になっている。奥の壁に立てかけてある幅のないマットレスが、この部屋でのベッド代わりらしい。居間の様子からは誰もこの部屋を想像しないだろう。疑う者がいるとすれば、ここへ珠生を追い込む人間だ。いったいどんな心配がこんな部屋を作らせるのか、考えるとこめかみが痛くなる。

奥に進むと、棚の下に細く明るい場所があった。部屋の床に幅三センチ、長さは珠生の肩幅ほどの隙間が空いている。入り口を塞いでしまったら、ここしか換気できる場所はなさそうだ。細かな網がはめ込まれている。珠生は床に手と膝をついて換気口を覗き込んだ。真下は事務所だった。机に向かっていた木村がゆっくりとこちらを見上げた。珠生は慌てて立ち上がり、音をたてぬよう隠し部屋を出た。

「相羽組」の大部屋に詰める作業員たちの数は、日を追うごとに増えていった。男たちは早朝からダンプカーやジープに乗って道路工事や建築現場へと出かける。現場の割り振りは保田の仕事だ。階下の情報のほとんどは、相羽の留守中に「隠し部屋」の換気口から得た。木村は越して来た日以来天井を見上げることはない。うっかり物音をたてても決して振り向かなかった。どのみち分かっているのなら、と珠生も遠慮がなくなり始めた。階下の様子を知りたいときは隠し部屋に入る。悪く言えば覗きだが、相手がそれを知っているので、罪悪感も薄かった。

ガス釜で炊く飯の水加減がようやくつかめてきたのが、越して来て十日目のことだった。珠生が夕食の準備をしていると、相羽から電話が入った。

「今日、客を連れて帰る」

「お客様って、どなたですか」

語尾を上げた珠生に、相羽が短く「親父だ」と答えた。三浦が新居にやってくる。まさか結婚祝いでもあるまい。珠生は黙った。呼吸ひとつおいて相羽が言った。

「心配ない、仕事の話だ。すぐ終わる」

電話が切れた。珠生はガス釜から立ち上る湯気を眺め、いきなり座敷に引き戻されたような不安を振り払った。相羽は特別なにも用意しなくていいと言ったが、そうもいくまい。買い物へ行くにしても、と台所に用意しておいた鱈《たら》の四半身を見る。相羽と自分のふたりぶん、煮付けにしようと思っていた。時計を見た。現場の上がりが早い者たちは、あと小一時間で事務所に戻る。そんな時間に木村や保田に事務所を留守にさせるわけにはいかない。

台所にある食材を頭のなかであれこれ組み合わせる。珠生は鱈をぶつ切りにして、三平汁を作ることにした。味付けの仕上げに胡椒《こしょう》を振って魚の臭みを消したところで、帰宅を報せる電話が鳴った。

階下へ降りて、相羽と三浦を迎えた。恰幅《かっぷく》の良かった三浦の頬は、座敷で最後に見たときよりも削《そ》げている。顔も、もとの黒さに青みが加わり健康そうには見えなかった。背広は変わらず上等だが、ネクタイの結び目が歪んで荒れた気配を漂わせている。

昨年の貝殻島沖合で起きた大量拿捕事件は三浦水産に大きな打撃を残した。昆布船十一隻、カニ船二隻がソ連海域で一斉に拿捕された。乗組員三十二人のなかには高校生もふたり含まれていたが、十三隻のうち、五隻が三浦水産の抱える船だったのだ。

相羽が先に階段を上る。珠生はふたりの靴を揃えてからあとに続いた。階段を上りきったところで、珠生は自分の着るものまで気が回らなかったことに気づいた。膝丈のスカートと春物のセーターに前掛け姿だ。

居間の応接椅子で、いつもは相羽が座っている席にあたりまえのように三浦が腰をおろした。長年の癖か、座る位置はどこへ行っても上座だ。相羽も気にするふうもなく長椅子の反対端に腰掛けた。お茶の用意をしようと台所に立った珠生を相羽が呼び止める。

「銚子を一本つけてくれないか」

珠生はスカートから出ている自分の両脚を見下ろしたあと、無理やり意識を酒の用意へと傾けた。引っ越しを機に、普段着以外の和服を桐《きり》の箱に詰めた。家にいるときは、できるだけ洋服を着ている。普通に見えるように、という願いも虚しく保田は「姐さん」、木村は「奥様」と珠生を呼んだ。どちらも居心地が悪い。恥じているはずもないのに「もう芸者ではない」ことに縛られている。

窓の外では組のダンプが次々と戻ってきているようだった。階下のことは微《かす》かなざわめきがわかるくらいで、話し声は隠し部屋の換気口に行かなくては聞こえない。戸棚から、有田焼の銚子とお猪口《ちょこ》を取り出した。新築祝いに届いた酒のほとんどは大部屋に差し入れたが、龍子から持たされた「北の勝吟醸」だけは手元に置いてある。

この家に越してきてから、ふたりで杯を傾ける時間はなくなった。相羽は朝から晩まで、日によって背広姿か作業服で出かけてゆく。遅い晩飯でも一緒に食べられるのはいいほうだ。ときには酒に酔い、ときどき白粉の匂いをさせて真夜中に帰宅する。相羽の送り迎えをするのは保田だが、遅く戻った日の前後は珠生とあまり目を合わせない。男たちの夜がどれだけ短くどれだけ酔狂かさんざん見てきた身でも、いざ女房となれば気がかりへと変わった。

ただ、豊かな会話など期待せずに済むことだけは、自分のいいところだと思っていた。女房相手によく喋る男にろくな者はいない、というのが龍子の教えだ。そんな男の腹には、たいがいやましいものが詰まっているという言葉を信じている。相羽の無口と素っ気なさは、女房に媚《こ》びる必要がないということだ。

　ひと肌の燗《かん》をつけたあと、盆に銚子とお猪口、乾き物のつまみをのせた皿を用意した。三浦は座った場所こそ偉そうだが、頬には卑屈な笑みを浮かべている。三浦が珠生を見上げて言った。

「こうやって見ると、お前たちも案外似合いの夫婦じゃないか、珠生」

「ありがとうございます」

「最初はお前たちが陰でこそこそ会ってるのが気にくわなくて、いっぺん痛い目見せてやろうなんて思ってたんだ。まさかこんなことになるとはなぁ」

「すみませんでした」

「いや、いいんだ。真っ直ぐ俺のところに帰ってくるとばかり思ってたこいつが、独立するって言い出したのも、元はと言えば俺がそんなくだらねぇことをやったせいだ。違うか、シゲ」

　水を向けられ、相羽が目を伏せる。銚子を持ち上げ、三浦に注いだ。

「シゲ、なんとか言えよ。俺を見捨てて大旗の子飼いになると聞いたときは耳を疑ったぜ」

　注がれた酒を一気に喉に流し、三浦の口も滑りが良くなってきた。しきりに「いいんだそれは」「俺も反省している」と繰り返す。三浦がなにか言うたびに、相羽が酒を注ぐ。珠生はもう二本、燗をつけに台所に戻った。三浦の声はどんどん大きくなり、台所の珠生まではっきりと聞こえてくる。

「シゲ、お前の独立は俺も喜んでるんだ。息子同然に育てたんだしな。親や弟妹《きょうだい》を探してくれって泣いたお前を見て、俺は胸が締めつけられたさ。天涯孤独になってもお前、目だけは生きることに向いてた。こいつを一人前にしてやろうって、俺は野付の浜で誓ったんだ」

一拍遅れて、相羽が「感謝してます」とつぶやいた。三浦は「だから」と続ける。

「去年国境警備のやつらに挙げられたときは、心底お前に去られたことが身にしみたんだ。あれほど俺の船には手を出すなって言ってあったのによ。間違えたじゃ済まないんだよ。お前がいなくなった途端に、このざまだ。最初はお前が国境警備に俺を売ったんじゃないかと思った。今の通訳じゃ、話にならん」

三浦は国境警備隊の態度の悪さや家電と古新聞が何トンのカニに化けるかを語ったあと、相羽の代わりに雇った男のことを「海峡のゴミだった」と吐き捨てた。

「親父さん、俺はもうただの土建屋です。毎日へとへとになるまで働いてます。これはこれで、やり甲斐《がい》あるんですよ」

会話に数秒の間が空いた。三浦が大きなため息を漏らす。珠生はじっと台所でふたりの話を聞いていた。

「ただの土建屋が、隠れ港を持って大旗のボンボンや金貸しの杉原と隠れていったいなんの相談なんだ。大旗はお前をずいぶん可愛がってるっていうじゃないか」

「嫁の姉がいますし。こまごまとした仕事を引き受けているうちに、気に入ってもらったようです」

「こまごまとした仕事がなんなのか、俺が知らないとでも思ってるのか。大旗はこの街から俺を追い出す算段をしてる。河之辺もグルだ。お前、俺を踏み台にしてここでのし上がろうってのか」

「違いますよ、親父さん。勘弁してください」相羽が静かに頭を下げた。

「何が違うんだ。誰でもそう思うだろうよ。お前のまわりはどいつもこいつも、島から来た連中ばかりだ。お前らみんな、大旗を御輿《みこし》に担いで島の利権を取り戻すつもりだろう」

相羽はなにも言い返さない。珠生は焦れて三平汁の鍋を火に掛けた。大根や人参《にんじん》、芋と魚。沈黙は三平皿を取り出すまで続いた。沈黙をやぶる三浦の声がいくぶん柔らかく変化した。

「お前が駄目なら、あいつを貸してくれよ。電話番のあいつだ。あの男、作業服なんか着てるが元々は海の始末屋じゃないか。下で見かけたときは驚いた。長年島と渡り合ってきた俺の目はごまかせないぞ。なんであの男がお前の事務所にいるんだ」

「人違いじゃないですか」

「いや、一、二回しか見たことないが、間違いない。あいつは二、三年前まで海峡の面倒を全部片付けてきた男だ。なぜあの男がお前の手下になってるんだ。お前が大旗とおかしな相談をしていないというのなら、あいつを貸せ」

「事務が執れるっていうんで帳簿を頼んでますが、そんな才覚のある男じゃないですよ。北見の判子屋の三男坊に生まれて、長いこと網走《あばしり》で印刷屋の経理をやってたと聞いています」

「名前はなんというんだ」

「木村です」

「北見に木村なんていう判子屋があるかどうか、調べてみるさ。お前がいなくても、そのくらいはできる」

珠生は三平汁を盛りつけて、居間へと運んだ。相羽に詰め寄っていた三浦の、体が背もたれに戻る。テーブルの銚子をずらし、皿を並べる。相羽の顔をちらちらと見ながら、三浦が三平汁をひとくちすすった。「ほぅ」と顎を揺らす。

「珠生、お前こんなこともできたのか」

「おかげさまで」お盆を持ったまま頭を下げる。

「派手な姉の嫁入りとはえらい違いだな。河之辺の名前を捨ててさぞすっきりしたろう」

相羽が椅子から立ち上がる。珠生は三浦の瞳に走った怯えを見逃さなかった。

「ちょっと待っててください」

まだ使われている側のような動きで頭を下げる夫を、悔しい思いで見つめた。相羽が事務所に下りた。酒を注ごうか注ぐまいか迷っているうちに、三浦が手酌で酒を注ぎあおった。珠生は慌てて銚子を引き寄せた。

階下から戻ってきた相羽の手に、厚さ五センチはある封筒が握られていた。相羽は椅子に座り、手を付けないままの三平汁をテーブルの端に寄せた。皿のあった場所に、封筒を置く。

「事情はいろいろと伺っています。さんざん世話になった親父に、結果的に砂をかけるかたちで独立なんぞした詫びだと思っていただければ」

中が札束だということはすぐにわかった。砂をかけた、とはいかにも相羽らしい言葉だった。

三浦が無言のまま封筒を懐へ入れた。いくら元部下の家といっても、以前ならばお付きのひとりも連れてくるはずだった。運転手も抱えず、町外れまで相羽の車でやってきた。結婚と新築の祝いを持ってきたのではなく、相羽の金庫から「当面をしのぐ金」を持ってゆく。こんな金をあっさりと受け取るところも、三浦が根室で幅をきかせてこられた所以《ゆえん》だ。この徹底的な図々しさなくして、三浦は三浦でありえなかった。

「今日は久しぶりに珠生の顔でも拝んで、お前たちの暮らしぶりがどんな具合か挨拶がてらと思っただけなんだ。長居してすまなかったな」

三浦が立ち上がる。相羽も椅子から腰を上げて「うちの保田に送らせます」と言った。珠生が居間の戸を開ける。

「保田ってのは、お前が網走から連れてきたちんぴらか」

廊下へ出ようとする三浦の背中に向かって、相羽が「親父さん」と声をかけた。三浦が内ポケットに手を当てて、怪訝《けげん》そうに振り向く。

「なんだ」と問われ、相羽が一度深々と頭を下げた。腰を半分折り曲げたまま言う。

「うちの女房はもう、芸者から足を洗いましたんで。どうかここから先、名前で呼ぶのは勘弁してやってください」

「なんだ、珠生は珠生だろう。河之辺が相羽になったのが、そんなに偉いことなのか」

「親父さん、すみません。よろしくお願いいたします」

「相羽、お前、たかが芸者上がりにタマ抜かれちまったのか」

「お願いします」

夫の横で、珠生も頭を下げた。なにやらわけのわからぬ涙がこぼれ落ちる。好きだとも嫌いだとも言われたことがなかった。それでも一緒に生きることを約束してくれた男だった。芸者か女房かのけじめが、そんなところにしかない男の生き場所をさびしく思う。重苦しい時間が、なにより珠生に相羽の妻となったことを実感させた。

三浦が床に向かってつぶやくように言った。

「相羽、お前なんで根室に戻ってきたりしたんだ」

問いに答えぬ相羽とともに頭を下げ続けた。三浦は「せいぜい仲良くやるんだな」という言葉を残し、階段を降りていった。相羽と珠生がひとあし遅れて続く。

「保田、車だ」相羽が大部屋に向かって呼んだ。作業服姿の保田健司が事務所へ出てくる。柄シャツを着ていたころとは違い、髪を短く刈り上げている。見かけはただの建設作業員だ。

事務机の前に木村が立っていた。会社の揉めごと、物も人も、面倒なものはすべて跡形もなく始末する人間がいるのを、噂には聞いていても実際に会ったことはなかった。三浦の言葉が本当だとしたらなぜ木村は相羽の元で珠生の番のようなことをしているのか。

保田が保管箱から乗用車の鍵を取り出した。小走りで事務所を出てゆく。そのあとを相羽、三浦、珠生の順に外に出た。一歩外に出ると、潮騒に包まれた。玄関先に車が着くまでの数十秒、誰も口を開かなかった。

相羽が開けた後部座席のドアを、乗り込んだ三浦が内側からひったくるように閉めた。珠生は夫とともに、三浦の乗った車が見えなくなるまで見送った。短い夏を待つ夜空には、うっすらともやがかかっている。楕円形の月もおぼろだ。根室海峡から吹き上げてくる風も、今夜は静かだった。

事務所に戻った。相羽の背の向こうに、木村がいた。思わぬところで智鶴のことを思いだした。今夜の月そっくりにぼやけた楕円の輪郭上に、智鶴と自分がいるとは思わなかった。男たち同様、自分たちも曖昧な線で繋がりあっている。だとすれば、「別れの曲」で智鶴が訣別《けつべつ》したものは、珠生が想像するよりもずっと大きい。

二階に戻り、三平汁を温めなおした。相羽がシャツ姿で椅子に座った。改めて食卓を整え、茶碗に飯を盛った。

「こっちに越してくる前、シゲさんの留守中に智鶴ちゃんが小路の家に来たの。黙っていてごめんなさい」

相羽はなにも言わなかった。黙々と箸を動かしている。珠生は無言に構わず智鶴との会話の断片を伝えた。鱈の身を口に運ぶ夫の鼻筋を見る。整った顔立ちは、夜の女たちの羨望の的だった。それはきっと今も変わらないのだろう。もう、呼び捨てにはしてくれるなと、相羽は三浦に頭を下げた。あのひとときだけで、この先何年でもついて行けそうな気がしている。

「さっきはありがとう」

聞こえないふりをしているのか、相羽は黙って飯をかきこんだ。

夜の街で、男の本心などどこにあろうと訊ねてはいけないと学んだ。女がひとたび満足ゆく答えを求め始めたら、簡単にこの時間を失うのだ。女の問いには際限がない。答えを出さないことが男の出口なら、それを塞いではいけない。女らしい素直な問いを手放した代わりに、喜楽楼の生活は相羽を与えてくれた。珠生は銚子をつけるふりをして台所に立った。

十一月末、朝から続いた曇天は夜になってもまだ重たかった。海峡ではもうすでに雪が降り始めているのではないか。ときおり海が銀色に光り、数秒後に雷鳴が響いてくる。

久しぶりに着込んだ訪問着の、胸元が少しきつかった。すっかり洋服の気楽さに体が慣れてしまったらしい。

保田が運転する車の後部座席に相羽と並んで座っていた。ときどき、窓の外を気にするふりをして夫の様子を窺った。

「今夜、このあたりも降るのかしら」誰に問うでもなくつぶやいた。保田がカーブで速度を落としながら静かに「予報は雨でした」と言った。珠生は相羽の横顔を見た。真っ濃紺の背広にネクタイを締めて、硬い髪の毛をすべて後ろへと撫でつけている。真っ直ぐで細い鼻筋は膨らむ小鼻もちいさくて、男の感情がいったいどこにあるのかわからない。

大旗善司、智鶴夫妻との会食に呼ばれていた。行き先は大旗が指定したレストランだった。もう何日も前から決まっていただろうに、珠生が相羽からそのことを聞いたのは今朝だった。智鶴から直接誘いの電話はなかった。珠生はリアウインドウの向こうに広がる暗い葦原《あしはら》に目を凝らし、今朝の会話を思いだす。

「夜、大旗夫婦と飯を食う。五時に家を出られるようにしておいてくれ」

「ご飯って、どういう感じですか」

相羽は「外食だ」としか応えなかった。「着物のほうがいいですか」という珠生の問いには、数秒黙ったあと「そうだな」と返した。

せめて昨夜のうちに言ってくれれば、あらかじめ着てゆくものを決めて衣紋掛に吊しておけたのだが、文句を言っても始まらない。珠生は急いで訪問着の中から深紫の葡萄柄《ぶどうがら》を取り出し、せめて半日でも、と吊しておいた。樟脳《しようのう》くささが染みつくほど、しまい込んでから時間が経っていないのは幸いだった。それでも髪を結い上げる際、かんざしを入れるのにいまひとつ角度を決めかねた。珠生は身に染みこんだものが抜けてゆく時間が着物よりも早かったことに、ひととき安堵した。

最近は地元新聞のインタビュー記事で大旗を見ることが増えた。北方四島の返還運動に力を入れており、街も彼の国会進出を待ち望んでいる。しきりに内助の功をありがたがっているが、記事からはあまり家庭人としての大旗善司は見えてこなかった。智鶴と納沙布岬に行ったときから、妻とゆっくり食事する暇もない夫、という印象が続いている。

「大旗さんって、どんな方ですか。智鶴ちゃんはあまりご主人のことを話さないんです」

「特別変わった人間でもない。いい家に生まれていい飯を食って育ったというのがよくわかる。環境に素直に生きてきた男だろう」

卑屈な響きはない。珠生はいっとき、相羽に自分の生まれ育ちを責められているような気持ちになり、黙った。珠生の様子を察したのか、相羽が短く付け足す。

「生まれは変えられないが、育ちは自分が決められる。好きにすればいいんだ。環境に素直ってことは、損得勘定ができるということだ」

「そうですか」

損得を考えるとき、珠生は決して賢くない。振り向けばいつも自分の気持ちが最優先で、周りを見回すということもない。いいかどうかとは別の問題だ。珠生は会話が自分のひと言で途切れるのが嫌で、運転席の保田に話を振った。

「保田さんはオホーツクのほうの生まれだって言ってたわね」

「もともとは国後の、鉄砲撃ちの倅《せがれ》です。親父は俺が生まれて間もなく、海豹《トッカリ》を捕りに行って流氷から海に落ちたそうです。お袋は樺太《からふと》に抑留されてたときに死にました」

「抑留」と言ったきり、次の言葉が出てこなかった。珠生は保田について、親戚のところをたらい回しになっているうちに盗みで捕まった、ということしか知らなかった。前科持ちに過去を訊ねるのもなんだろうと思ったのだったが、会話の接ぎ穂に振った話がこれでは保田に申しわけがない。夫はなぜ彼も同じ島の出身だということを黙っていたのだろうと、その横顔を窺った。相羽はふたりの会話を聞いているふうもなく、外を見ていた。

車が停まったのは、最近評判のレストランだった。シェフが東京の高級ホテルで修業したという触れ込みだ。煉瓦《れんが》造りの建物の前には黒いタキシードを着た男がふたり立っていた。保田が車を降りて後部座席のドアを開ける。保田の背後で黒服が「相羽様、お待ちしておりました」と声をかけてきた。

珠生が先に歩道に立った。ゆったりとした仕草で後部座席から出てきた相羽は、家にいるときよりずっと冷ややかな気配を漂わせている。

「大旗さまがお待ちでございます」と黒服のひとりが言った。

保田が後部座席のドアを閉めたところで、すぐ後ろに一台似たような乗用車が停まった。運転席から、見覚えのある運転手が出てきた。長く河之辺に仕えている初老の男だ。開けた後部座席から出てきたのは早苗だった。店先の明かりが、早苗ひとりに集まるようだ。

珠生と目が合い駆け寄ろうとした早苗の足が、止まる。珠生が妹の視線をたどった先に相羽がいた。

「早苗ちゃんに会えると思わなかった。元気にしてたの」妹のほうへ歩きながら語尾を上げる。早苗が浅く頷いた。珠生は妹の硬い表情を和らげようと言葉を選ぶ。

「今夜のことは、智鶴ちゃんにも聞いてなかったの。朝突然言われて、慌てて着物を出したんだから」

「珠生ちゃん、ご結婚おめでとう。智鶴ちゃんに聞きました」

いいわけの言葉も思い浮かばず、ありがとう、と返した。早苗は相羽のほうを見ようとしなかった。同じ街に住みながら、行き来のないままでいた日々を悔いても始まらなかった。喧嘩《けんか》別れではないから、和解もないし理解もない。お互いが時間をずらしながら、同じ空の下ですれ違い、意識的に行き違っている。

「どうぞ中へ」と黒服が言った。指先まで色の白い男だった。相羽が店の中へ、続いて珠生、早苗と店内へ入る際、早苗が珠生を呼び止めた。

「珠生ちゃん、あのひと誰」

保田がふたりの視線に気づいてぴしりと腰を折った。珠生はこちらを見上げた保田にひとつ頷いて、微笑む。

「相羽の部下よ」店のドアが閉まってから、答えた。

「やくざ者ってことね」早苗の口調はひどく冷たかった。

店内には低くクラシック音楽が流れていた。丸い卓のテーブル席がそれぞれ、干渉し合わぬ間隔を保ち、通路も広い。ゆったりとした洋風の造りは、ここが生まれ育った街であることを忘れそうになる。黒服のひとりが、早苗の外套を肩から外した。すっかり娘らしくなった妹の、光沢ある黄緑色のワンピース姿がまぶしかった。

案内されたのは、フロアの奥にある個室だった。大旗善司ははめ殺しの窓の前に軽く肩を預けて、写真撮影のようなポーズをとっていた。智鶴が席から腰を上げた。

「いらっしゃい、待ってたのよ」

「よく来てくれたね、さぁ座って」大旗は、一杯入っているのか機嫌がいい。仕立ての良い紺地の背広を着ていた。智鶴は、胸元の開いた黒っぽいドレス姿だ。姉から放たれる華やかさは、ほんの少し夜の女を思わせた。

「相羽さんも珠生ちゃんも、お忙しいのにありがとう。早苗ちゃんは元気そうね。みんなに会えて嬉しいわ」

大旗と相羽、智鶴と珠生が向かい合わせで、珠生の横に早苗が座った。大旗の合図で、酒が運ばれてきた。銚子でも升酒でもない。舶来の白ワインだ。早苗のグラスにはオレンジジュースが注がれた。

「みなさん、急に呼び出したりしてすみませんでした。正直を言うと、いつかこんな席を設けたいと思っていたんですよ。二、三日前にたまたま、智鶴さんが妹さんに会いたいと言い出して、これはいいチャンスだと僕も思ったってわけです。こうして改めて姉妹三人が揃ったところを見るのは華やかで、僕としても大変嬉しい」

今日の大旗は、新聞記事から受ける印象よりゆったりと喋る。腰は低いがどこかつかみどころのない男だった。珠生はこの集まりの意味をあれこれと考えながらグラスを口に運んだ。思ったよりも甘い酒だ。グラスに視線を落とした珠生に、智鶴が言った。

「食前酒だから、ちょっと甘めなの。早苗ちゃんも、これならひとくちくらい大丈夫だと思うけど、赤い顔で帰したら、お母様に叱られて次がなくなってしまうものね」

「駄目だよ智鶴さん、未成年に飲ませちゃいけないでしょう」

からからと笑う智鶴と大旗のやりとりは、どこか芝居めいている。仲の良い夫婦にしか見えないのだが、顔を見合わせる頃合いがほとんど同じで、それが逆に珠生の胸奥に微かな違和感を生んだ。

「智鶴ちゃん、なんだか変わってしまったわ」向かい側の席に届かぬくらいの小声で早苗がつぶやいた。大旗が妻の肩に軽く触れながら言う。

「早苗さん、あなたのお姉さんは実にすばらしい実業家なんですよ」

大旗運輸が長男の嫁の「気晴らしに」と任せた外食部門の店舗が、数か月に一軒ずつ新規開店しているという。横で夫の言葉を聞く智鶴は、微笑みは優雅だが河之辺の家にいたころの気高さは薄れて見えた。外食部門とは何か、と早苗が訊ねた。

「いろいろですよ。実はこのお店もこの人の持ち物なんです。おそらく北海道でいちばん旨い洋食を食べさせますよ。それだけはお約束しましょう」

大旗の台詞と智鶴の微笑みが妙にかみ合って、却って早苗を黙らせてしまった。

料理は絶妙なタイミングで運ばれてきた。鱈、蟹《かに》、秋刀魚《さんま》やホタテ、海老《えび》といった、道東の魚介類が醬油《しょうゆ》や味噌《みそ》ではなく、クリームソースやバター、塩胡椒で味付けされている。洋食器を久しぶりに使いながら、珠生はときおり相羽の手元を盗み見た。相羽はナイフとフォークで器用に鱈の身を分け、香草とからめてゆく。夫はどこでこんなきれいな食べ方を覚えたのだろう。洋食器を使うのがいちばん下手なのはどうやら自分らしいと気づき、珠生はなにやら可笑《おか》しくなってきた。

いちばんに皿をあけるのは大旗で、彼はそのたびに誰かに話しかける。鱈を食べ終えたところで、早苗に向かって「春に卒業でしたね」と話を振った。

「卒業後の進路はもうお決まりですか」

「ええ、信金に勤めます。資格を活《い》かせるし、経営の勉強もできると思いまして」

妹の答えに軽い棘を感じて珠生は黙った。大旗と早苗のやりとりには、誰も口を挟まない。自分が実家を守らねば河之辺水産は他人の手に渡ることになる、と早苗は言う。早苗は、大旗の質問に答えるふりをしながら、姉たちにひとこと言いたいのだ。数えで十八という娘に、実家の責任をすべて背負わせているのは、珠生だった。耳よりも胸が痛い。

智鶴が「ほんとうに、早苗ちゃんには頭が下がるわ」と言ってナプキンで唇をおさえ、グラスに入ったワインを飲み干した。すぐに給仕が注ぎにやってくる。智鶴が酒を飲んでいるのを見るのは初めてだ。

「でも、早苗ちゃんが河之辺の家を守ってくれて、相羽さんと珠生ちゃんが街の秩序を守ってくれれば、この土地はもっともっと発展する。わたしは何よりそれが嬉しいのよ」

街の秩序、と珠生は姉の言葉を胸奥で繰り返した。警察と法律が立ち入れない世界に相羽がいることを、この期に及んでまだ信じたくない。

帯に挟んだ着物の袖が抜け落ちた。珠生は袖の端をつまみ、再び帯に挟み込む。暑くもないのに背中にじんわりと汗がにじんだ。着物を着て酒が入れば、するりと芸者の仕草が舞い戻った。智鶴の横で、大旗がしきりに相羽に話しかけていた。

「僕たちの主張をつよく出してゆくことで、ここに国の予算が入ってくる。目障りなのは、私利私欲しか眼中にない輩《やから》だよ。堂々とソ連と取引されては政治が意味を持たなくなる。そこで相羽君の出番というわけだ。去年の大量拿捕事件はいいきっかけだったね」

「わたしにできることがあれば」相羽が短く返す。

「あなたにしかできないことだらけですよ。正直言って、僕はかなり期待してます。海峡に浮かぶゴミの始末を任せられるのは、僕が知る限り相羽君だけだ。国境を知り尽くした人間にしか、僕もそうそう腹を割っては話ができませんよ」

「ご期待に添えるかどうか、わかりませんが」

「僕は、君のそういう謙虚なところが大好きでね。珠生さんと一緒になったと聞いたときは、心から喜んだ。僕らが手を組めば、世の中が変わりますよ。島なんかすぐに取り戻せます」

大旗の話はデザートの洋菓子が出てくるまで大きく膨らみ、国政への不満や自分が関わったという事業、公共施設の建築に相羽組を使うためずいぶんと便宜を図った話にまで及んだ。

「去年の十億は、本当に骨の折れる仕事だったよ」大旗はそう言うと、ワイシャツの腹のあたりを撫で下ろした。

「杉原さんも頑張ってくれたんで、少しは増やせた。今年は今年で国会に北方領土回復決議という課題があったし、僕がどれだけ働いたかわかるかい。議員になるまでのほうが、やることが多いなんてひどい皮肉だね。それこそ、掃除洗濯から夜なべの内職、やってることは家庭の奥さんと同じですよ。相手が家族か国民かという違いだけでね。僕らが手を繋げば、領土問題の解決は目の前です。今でこそ一国の端に甘んじているが、根室が北の王国に戻る日も近い。この街は端じゃなく中心なんですよ。これは夢物語なんかじゃないんです」

満足そうな微笑みの横で、似たような笑みを浮かべる智鶴がいる。珠生は姉の頬にわずかな嘲りを見て目を伏せた。お義兄《にい》さま、と早苗が顔を上げた。

「日ソの協定と街の治安、島返還の働きかけは、やくざ者の力を借りなければできないことですの」

「早苗さん、それは」大旗が言いかけたところへ智鶴がぴしりと言い放つ。

「早苗ちゃん、言葉が過ぎます」

今度は姉が頬の笑みを絶やさぬまま、その場の視線を集めている。視線が集まれば集まるほど、華やかな気配もつよまってゆく。デザートの甘みも薄れるような智鶴の叱責に、誰もが黙り込んだが、その緊張を解いたのもまた、智鶴だった。

「政治だの金だの、ご自分の自慢話ばかり。あなたがいけないのよ。早苗ちゃんはちいちゃなころから正義感のつよい子なんです」

数秒の間を置き、「だから」と今度は瞳を愛らしく変える。

「もっと太ってくださいな。政治家には恰幅《かっぷく》が必要なんです。細身で長身の男が似合うのは軍服だけよ。政治家は、闘うより夢を叶《かな》える仕事ですもの。もっと食べてお酒も飲んで、サンタクロースみたいにふんわりとした体つきになってもらわなくちゃ」

大旗本人より姉のほうがずっと政治家に向いているかもしれない。智鶴が混ぜ返した空気は、大旗が自慢話をしていたときよりも長く続いた。相羽がワインを飲み干したところで、グラスを替えてデザート酒が注がれた。大旗は智鶴の言葉ににやけた表情だ。

「智鶴さんの言葉には、妙に説得力がありましてね。父も母も、今じゃすっかりこのひとのファンですよ。選挙戦の参謀は智鶴さんだなんて言ってます。こうして三人姉妹を目の当たりにすると、なるほどと思えてくる」

「どういう意味ですか、それは」再び早苗の声が尖った。当の智鶴は、夫を軽く睨むふりをして早苗の言葉を援護する。

「すみません、僕の言葉が足りなかったかもしれない。精いっぱい言葉を選んだつもりだったけれど。とにかく、三人とも大変聡明《そうめい》だと、そう言いたいわけですよ。河之辺家のご両親は本当にすばらしいお嬢さんたちを育てられたと思います」

語尾に力がこもり、どこか選挙演説めいて聞こえた。智鶴が早苗のほうを見て、数回頷く。早苗は不満げな表情を隠さないが、残りのデザートを口に運ぶことで姉の視線から逃れた。珠生も帯に挟んだ袖を外した。

会食は珠生の胸に、言葉にならぬ暗い予感を残したまま終わった。

黒服がレストランのドアを開けると、霧よりも少し粒の大きい海霧が降っており、街灯を煙らせていた。ひどく寒いが、まだ雪にはならぬようだ。大旗夫婦は見送る側で、早苗と珠生が先に出る。傘を持った保田が車から飛びだしてきた。黒服よりも先に、早苗に傘を差し出す。

「けっこうよ」迎えの車へと歩き出した早苗の後ろから、黒服が傘をさしてついてゆく。早苗に向かって頭を下げた保田は、体の向きを店先に戻し、珠生にすがるような目を向けた。「ごめんなさいね」珠生が言うと、保田は大げさに首を横に振った。

帰りの車中、相羽の言葉は往路よりずっと少なかった。忘れたころにフロントガラスを撫でるワイパーの音と、濡れた道路の上を回るタイヤの音が、混じり合いながら車中に響く。保田がしきりに珠生に話しかけてきた。早苗のことを「ものすごく綺麗な人ですね。さすが姐さんの妹さんだ」と持ち上げる。母と智鶴を見て育てば、早苗の気位の高さも頷けるのだが、妹のそれはまだどこかで無理があるように思えた。早苗の肩に、河之辺の家は重たすぎるかもしれない。

「本当は、あんなにつっけんどんで気位の高い子でもないのよ。ごめんなさいね」

「俺、嫌な感じはまったくしませんでした。あんまり綺麗で見とれてしまって、不愉快な思いをさせてしまった気がして。申しわけないです」

名前を訊ねられて「早苗」と答えた。

「どんな字を書くんですか」

「早起きの早いに、お米の苗よ」珠生が言うと、保田が申しわけなさそうに返した。

「すみません、俺、早いも苗も、字がわかんなかった。やっぱり学がないのは駄目ですね」

海霧が、小雨に変わった。

5

街に雪が舞い始めた。内陸ではけっこうな積雪だが、海側の街では雪雲が腰を据えることもない。風のない日に落ちてくる雪は、どこか気まぐれな気配を街に連れてきては、いつの間にか消えた。

昭和三十七年暮れ、珠生は龍子からきた手紙を何度も読み返した。流れるような文字で書かれた時候の挨拶と健康を気遣う文面の後に「喜楽楼を閉めることになりました」の一文があった。年内で喜楽楼の営業を終え挨拶まわりを済ませたあとは、港の近くで小料理屋を開く予定だ、と結ばれている。電話をかけるのはためらわれた。かといって、返信になんと書けばいいものかわからない。ひと晩考え朝食の際相羽に相談すると、意外なほどあっさりとした答えが返ってきた。

「会いに行ってくればいいじゃないか」

そんな簡単なことを思いつかなかったのは、龍子に対する負い目だろうか。

「そうしてみます」と返す。相羽は、車は木村に頼めという。

「保田は今日、俺と一緒に行動する。木村の運転も腕は確かだから。俺から言っておく」

相羽はそう言って背広の上着を羽織った。外套《がいとう》を渡して夫を見送ったあと、珠生は食器を片付け始めた。皿を水に浸しながら、木村の運転する車には一度も乗ったことがなかったことに気づいた。

午後一時、珠生は龍子から譲り受けた縦縞《たてじま》の小紋を着て角巻《かくま》きを羽織った。階下の事務所に出ると、木村が事務椅子から立ち上がる。

「すみません、梅ヶ枝《うめえ》の喜楽楼まで送っていただけないですか」

伺っております、と木村が腰を折る。手には車の鍵が握られていた。事務所の中を見回し、留守中はどうするのか訊《たず》ねた。木村は黒縁眼鏡の向こうで柔らかく微笑《ほほえ》み
「奥の間にもうひとりおりますので、ご心配なく」と言った。人の気配がまったくしないことを指摘する。木村は「静かな男ですから」と言うのみでそれ以上珠生がなにを訊ねても微笑むだけだった。

夜半に降った雪が道路脇へと流れ、枯れ芝を白くしていた。途中、和菓子屋で上生和菓子をひと箱詰めてもらい喜楽楼から少し離れた四つ角で車を停《と》めてもらった。

「ここから歩いて行きます。帰りはハイヤーを使うので、木村さんは戻ってくださってだいじょうぶ」

「電話一本いただければ、お迎えに参ります」

だいじょうぶよ、ともう一度言うと木村は「では」と作業着の胸ポケットから手帳を取り出し、なにか書き込んだあと珠生に渡した。

「この車を使ってください。社長が懇意にしている会社ですので、安心です」

「ありがとう」珠生は木村に礼を言って、メモをバッグに入れた。

師走の花街は珠生がいたころとなにも変わっていない気がするが、この夏で営業をやめた料亭がふたつあることは耳に入っていた。いずれも戦前からの老舗だ。そしてこの暮れに喜楽楼も営業をやめる。

思ったよりも風が冷たかった。太陽は昼どきを過ぎるとすぐに西に傾く。晴れているのに、少しもまぶしくなかった。珠生は防寒草履のつま先を気にしながら、生菓子の入った風呂敷包みを胸に抱いて喜楽楼に向かった。

煙草《たばこ》屋の前を通り過ぎる。甘味処《かんみどころ》の暖簾《のれん》が風にめくれている。ここを離れてからの時間を数えていると、横から「珠生ねえさん」という声が聞こえた。立ち止まり声のした方を見ると、柄物のワンピースにモスグリーンのオーバーを羽織った女が走り寄ってきた。髪にはパーマネントをあてており、化粧も濃いので誰だかわからない。傾《かし》げてしまいそうになる首を慌てて真《ま》っ直《す》ぐにする。聞き覚えのある声に、喜楽楼で見習いをしていた娘だったことを思いだした。まだ十六、七くらいだったはずだが、昼間だというのに装いは酒場の女のようだ。

「こんにちは、元気そうね」名前を忘れてしまっていることを気取られぬよう微笑んだ。

「おかげさまで」相手も同じくにっこりと笑う。赤い口紅が、突き出た前歯にべったりとついていた。

「珠生ねえさん、喜楽楼に行かれるんですか」

「そうよ、暮れのご挨拶」

娘の眉がわずかに寄り、声が低くなる。

「女将《おかみ》さんとても大変だと思うんで、たくさん慰めてあげてください」

「大変って、どういうこと」珠生が問うと、娘は更に声をひそめた。

「聞いてないんですか。喜楽楼が人手に渡ったそうです。この夏、いっぱいおねえさん方が辞めて、もうほとんどお座敷も入らなくなってたらしいんですよ」

すべて伝聞かと問いたい気持ちを抑えて、珠生は娘に訊ねた。

「いったい、何人くらい辞めたの」

「ええと」指を折りながら、あのひとこのひとと数える仕草はまだ幼い。挙がった名前は当然、珠生の知った顔ばかりだ。ひととおり挙げ終わると、娘は「あとは、あたし」と付け加えた。珠生に芸事やしきたりを教えてくれた姉さん芸者のほとんどが去ったという喜楽楼の様子を思い浮かべた。どうしてそんなことに、とつぶやく珠生に、娘が得意げに言った。

「港のキャバレーのほうがずっと実入りがいいんだもん」黒々とした瞼《まぶた》のラインを引き上げて笑う。

「それに、面倒な修業もないし」

「そうね」と珠生も彼女の笑みにつきあった。体に気をつけて、と挨拶を残して喜楽楼に向かう。立ち話のあいだに、せっかくの生菓子が冬場の乾燥で硬くなってしまいそうだ。

石を敷き詰めた玄関に入り「ごめんください」と声を上げると、じきに龍子が現れた。あら、という声とともに表情が緩む。

「ご無沙汰《ぶさた》してます。突然訪ねてきたりしてすみません」

「嬉《うれ》しい客は突然来るものよ。元気そうじゃないの。さ、あがんなさい」

黒光りするほど磨き上げた廊下が、足音ひとつなく静まりかえっている。珠生は履き物を揃《そろ》えてから白檀《びゃくだん》の香りのする帳場を抜け、龍子の部屋へと上がった。柳行李《やなぎごうり》がふたつ、部屋の隅に重なっている。持ちものの少ない龍子だが、引っ越し準備にしてもあまりにさびしい。文机《ふづくえ》の上に、書きかけの便せんと、封筒が並んでいた。

珠生がいたころと、なにひとつ変わっていないように見えた。身のまわりには必要なものしか置かないひとだった。座卓と姿見、化粧台と箪笥《たんす》と文机。あとは布団をひと組敷く場所さえあればいいという。龍子の部屋は、彼女そのものに思えた。お茶の道具を持って部屋に戻った龍子に、珠生はできるだけ軽く響くよう詫《わ》びた。

「いろいろ忙しいときに、ごめんなさい」

「なに言ってんの。遠慮なんかしないでちょうだい」龍子が行李を横目で見て、笑った。

「改めて並べてみたけど、ここを出て必要なものってあんまりないものね。でも、置いて行かれても困りそうなものばかりだし、ひとにあげられるものはあげちゃって、もう少し身軽になりたいわ。年明け早々に、借家に移るの」

港の近くには次々に店ができているのだという。そこではみな洋風のドレスをまとって接客をするが、自分には無理だと龍子が笑う。

「キャバレーにスナック、流行のお店は客あしらいがどうでも、ちょっと体を触らせれば帳消し。お作法なしでお金もらえるなら、女の子たちもそっちのほうがいいに決まってるわよね」

　自嘲的に響いてもよさそうなものだが、龍子が語ると楽しんでいるようにも聞こえた。お茶を淹《い》れる手元を眺めていると、不意に龍子が「時代よ」と言った。

「これが時代の流れなら、潔く一緒に流れようと思うの」そう言うと、龍子が珠生の横にある風呂敷包みを指して「もしかして、お土産」と語尾を上げた。

「ごめんなさい」珠生は慌てて風呂敷の結び目を解き、和菓子の入った箱を座卓にあげた。

　お茶を淹れたあと、龍子は黒文字と一緒に和生菓子を差し出した。お茶でひとくち、珠生も口に入れる。ひと呼吸ついたところで、つと龍子の顔が持ち上がった。

「珠生ちゃん、三浦の旦那のこと、聞いた？」

　首を横に振る。龍子の眉根がわずかに寄った。お茶をひとくちすすったあと、座卓の上で組んだ両手にため息が落ちた。

「旦那、行方がわからないらしいわ」

「どういうことですか」

　相羽が「珠生を呼び捨てにしてくれるな」と言った際の、三浦の様子を思いだす。

　龍子が和菓子に伸ばした手を茶碗《ちゃわん》に移してひとくち飲んだあと言った。

「お客さんが帰りがけに話してるのを聞いただけなんだけど。会社、完全に駄目になったみたい。相羽さんはなにも言ってなかったんだね」

「聞いてない」

「大きな儲《もう》け話で騙《だま》されたらしいの。相手が街の人間じゃなくて、どこでどんな話になったものか、見当がつかないって。商売が上手《うま》くいっていたころを知っているから、気が滅入《めい》るわ。生きていればいいけど」

三浦水産は、相羽が賭場《とば》の件で服役してから細った。相羽以上の働きをする人間がいなかったと龍子も言う。

「相羽さんの件があってもなくても、商売なんてのは水ものだから」

龍子はぽつぽつと、三浦の船や男衆たちは河之辺水産の漁業部が引き取ることになったと言った。珠生の脳裏を、智鶴の栗色《くりいろ》の髪が通り過ぎていった。先日、より艶やかに変化した姉の姿と、最後に見た三浦の様子が交差する。

「智鶴ちゃん、どうしてるかな」意図せず声に出た。

「あの子は、どうなんだろう。人間、髪の色や着るものじゃ変わらないと思ってきたけど、智鶴ちゃんに関してはそんな考えも揺らぎそう」

先刻龍子は、街なかを派手な服を着た女たちがぞろぞろと歩いているのを見てなんの行列かと目を凝らしたのだと言った。

「いちばん前に智鶴ちゃんがいたの。婆さんから若いのまで、流行りの洋服着て。よく見たらみんなどこかの奥様連中」

納沙布岬へ行った日のことを思いだした。姉にとって、夫に赤い絨毯《じゅうたん》を踏ませるための戦いはもう始まっている。地元の名士の妻や娘をとりまとめて食事会を開くことも、智鶴の仕事だ。ひとりひとりが何十票、何百票という票に変わる。そう考えると、龍子が見たという智鶴の様子に合点がいった。

「智鶴ちゃんも、大旗さんを国会に送り出すために必死なのよ」

「女房の鑑《かがみ》ね。でもそのためにいろんな人が踏み台になるわ。三浦社長もそう」

珠生は叔母《おば》の顔を覗《のぞ》き込んだ。

「珠生ちゃん、わからない？　のちのち誰かの荷物になりそうな人間は、いつの間にかいなくなっている。わたしもいろいろ知りすぎたの。喜楽楼と一緒に消えないだけありがたいと思えってことかもしれないわ」

龍子は急激に商売が傾いた夏からのことを語り始めた。珠生の姉弟子たちがひとりふたりと辞めてゆくことを、最初は不思議な思いで送り出したという。三人目が「自分の店を持つ」と言い出したところで、これはおかしいと思った。自然に、仲の良かった朋輩《ほうばい》たちもぞろぞろと彼女たちの後を追った。

「なにもこんなちいさな街で、道ばたで会ったら気まずいような辞めかたをすることもないだろうに。残念なことだと思っていたら、ちゃんと理由があったのよ」

新しく開店する店はどれも大旗運輸が出資していた。時間帯と女の子の数によって飲む前から料金がわかるキャバレーは特に人気があるという。呼べばいくらでも女の子が席に着くシステムも話題になった。夜の商売にはどうやら智鶴が一枚かんでいるらしいと龍子が言う。

「オーナーは、大旗運輸の子会社。お店には直接顔を出さないらしいけど、智鶴ちゃんはそこの代表よ。繁華街の噂話《うわさばなし》は、本当も嘘《うそ》もごちゃごちゃしてるけど、これは本当」

信じなくてもいいわ、と龍子がひとつ息を吐く。珠生は気持ちのどこかで「智鶴ならば」と思っている。百点を取り続けるため、智鶴はいったいどこに着地するつもりだろう。人前で決して泣かない女は、ひとりになっても泣かないのかもしれない。最後の最後に笑う算段をしている人間の心の動きは、傍《はた》から容易に窺《うかが》うことができなかった。

「女将さん、票を集めるって、あたしたちが思うよりずっと大変なことなのかも。智鶴ちゃんは自分から好きで前にでる性分じゃない。そういうひとのところにお嫁入りしたことで、一生懸命なのよきっと」

「周りには珠生ちゃんのほうが尖《とが》って見えるかもしれないけど、本当に怖いのはあの子よ。危ない場所に顔を出さないぶん、誰にも尻尾《しっぽ》を摑《つか》ませない。大旗が赤い絨毯を踏むころ、地元は智鶴ちゃんの天下ね」

龍子は真顔で珠生を見つめ、言った。

「珠生ちゃん、悪いことは言わない。智鶴ちゃんには気をつけて」

「気をつけてって言ったって」言葉が続かない。

「なんだか嫌な予感がするの」瞳に微かな棘《とげ》を含み、龍子が珍しく弱気な言葉を吐いた。春までに開店準備を進めるという小料理屋は、もともと河之辺の祖父母に恩ある者の持ち物だったといい、別れ際龍子は「世の情けって、こういうことかしら」と笑った。

翌昭和三十八年三月、龍子は彼岸あけの晴れた日に小料理屋「お龍《りょう》」を開店させた。

四月の終わり、洗剤やせっけんといった日用品が足りなくなったことを理由に、保田に車を出してくれるよう頼んだ。こんな日があるたびに、運転免許があれば、と考える。今は食材ひとつ足りなくても、保田に送り迎えを頼まねばならない。歩いて行ける場所に商店のひとつもないのは不便だ。運転免許のことを考えると、どうしても智鶴のことが頭に浮かんだ。

年末から、相羽とも三浦の話は一切していなかった。一緒に暮らすことが、かえって問えないことがらを多くしている。ひとりで家にいるときに、ものごとを良い方向に考えるのは難しかった。

午後四時を過ぎても、まだ道は明るい。珠生は後部座席からぼんやりと外を見ていた。信号待ちから動き出した道路脇に、ふきのとうと福寿草の黄色を見つけた。相羽が出かけているあいだじゅう続く正体不明の緊張感が、ふと途切れた。春らしい春にやっと出会えた気がして思わず「あ」と声がでた。

「姉《あね》さん、どうかしましたか」保田が急ブレーキを踏んだ。

「ごめんなさい、道ばたに福寿草を見つけて。それだけ」

「そうでしたか、俺はまた、忘れ物か何かあったかと思って」

日が長くなるぶん、一日も長くなる気がする。車窓に流れる春の景色は夕時を前にひときわ埃《ほこり》っぽい。床屋の軒先にまだ、何枚ものタオルが干してあった。取り込み忘れたか、まだ乾いていないのか。床屋を過ぎ、乾物屋を過ぎて民家がまばらになり、生活の気配が途切れた。夕暮れに向かって走っているような気がする。いち早く夜を迎える海峡の、鈍い空の色が珠生を呼んでいる。

目当てのものと、先日うっかり空だきをしたばかりに穴を空けてしまった薬缶《やかん》の換えを買った。帰りの車中で、保田が珠生に問うた。

「姐さんでも薬缶の空だきなんかするんですか」

「見かけどおりのおっちょこちょいなの」

「なに言ってんですか。相羽の兄貴が見そめた人ですよ」

少しばかり媚《こ》びた気配が漂い、珠生は黙った。

「妹さんも、しっかりした方ですね」

「あの子がいちばん真面目《まじめ》なの。この四月から信金に勤めに出てる」

「河之辺のお嬢様がお勤めですか」

「思うところがあるんでしょう」

「そうですか、信金に」

保田があまりに感慨深げに言うので、珠生は思わずバックミラーで彼の顔を見た。飄々《ひょうひょう》とした様子に変わったところはない。保田の心を測りかねているところで、家が見えてきた。

「おつかれさまでした。荷物は俺が運びますから」

保田が事務所の玄関前で車を停めた。もう、数台のダンプカーが戻っていた。事務所の黒板に「竣工」の大きな丸がついていたのを思いだす。ふと、相羽が戻らぬ事務所になぜ保田がいたのか気になって訊ねた。

「連絡がきたら迎えに行くことになってます」ひときわ明るく答えた。声がすこし高い。おや、と再びバックミラーに映る彼を見る。目が合わなかった。珠生は礼を言って車を降りた。相羽が保田を伴わずに出かける場所をあれこれと想像するが、どれも白粉《おしろい》の香りがする。浮かびくる思いを振り払い、事務所の引き戸を開けた。ここで相羽の行き先についてあれこれと騒ぎ立てれば、事務所の大部屋で寝泊まりする者たちのいい笑いものになる。木村も保田も、若い者たちに示しがつかないだろう。今は誰に頼まれて咲くわけでもない道ばたの花になって、季節が通り過ぎるのを待つしかないのだ。

「おかえりなさいませ」木村が立ち上がり、ぴしりと腰を折った。黒板に今日の日付を探す。黄色いチョークで「竣工」とあった。今日の大部屋は酒盛りになる。

「お酒は足りてますか」珠生が声をかけると、ご安心くださいと木村が応えた。大部屋では早速食事の支度が始まっているのか、味噌や魚のにおいがする。

木村に、相羽が外で食事になるのかどうかを訊ねた。

「そうした連絡は入っておりません」

「わたしもいっぺん階下《した》のひとたちと一緒に食べてみようかしら」

奥様、と木村が表情を変えずに言った。

「いけません。そういうことをなされては、わたしどもが困ります」

「相羽が、そう言うの？」

「いいえ、社長の命ではございません。階下には階下の生活があるということです」

こちらがいくら食い下がっても、この男は一歩も自分の場所から動かない。珠生はひとつ息を吐いて、換気口のあたりを見た。木村は相羽の、実に忠実な腹心だ。敵に回せないからこその金庫番なのだろう。

わかったと言いかけたところで、大部屋のほうでなにやら怒鳴り声がする。木村の目が鋭くそちらに向けられた。

なんなんだよ、こいつ。

お前それでも同じ島のもんかよ。

すぐに声が入り乱れて、聞き取れなくなった。木村が一礼して珠生の前をすり抜け、大部屋の入り口に立った。アルミ食器が床に落ちる音がした。そのとき木村が、今まで聞いたこともない太い声で「黙れ」と一喝した。

車を車庫に戻した保田が事務所に戻ってきた。両手に荷物を入れた袋を提げている。視線が木村の席から手洗いのドアへと移る。事務所と大部屋のあいだで佇《たたず》む珠生を見て、軽く頭を下げた。「姐さん、どうかしましたか」

珠生は体をずらし、大部屋を示した。笑みを消した保田が荷物をその場に置いて、木村の背中に向かって走り寄った。珠生はこのとき初めて、彼が木村のことを「兄貴」と呼んでいるのを知った。

「誰か、わかるように説明してもらおう」

木村が大部屋の中に向かって言った。木村の横を抜け、保田が靴を脱いで部屋に入る。じき大部屋の出入り口にひとりの男が連れて来られた。体に合わない作業服の上着を羽織った男は痩せこけて、上背もない。作業服の下は、薄い布きれのズボン姿だ。両脇にがっしりとした男たちがいるせいで、余計にみすぼらしく見えた。男を挟んでいた者のひとりが、珠生に気づいて頭を下げた。もうひとりも続く。木村がゆっくりとした仕草で珠生を振り向き見た。

「奥様は、二階にお戻りになってください。お見苦しいところ、申しわけございません」

「いいのよ、わたしのことは構わないで」この成り行きから目をそらしてはいけない気がして、木村を睨《にら》んだ。大部屋の中は、保田が鎮めているようだ。木村は感情のこもらぬ目で珠生を見たあと、男たちに向き直った。

「懲役囚ですね。なぜここにいるんですか」木村が静かに訊ねた。男はうなだれたまま応えない。

「どうやってうちのダンプに紛れ込んだんですか」

誰も口を開こうとしないようだ。保田が中で「連れてきたやつら、前に出てこい」と怒鳴った。二度目でやっと、空気が動いた。「お前らか」と保田が吐き捨てる。中から半分涙声になった謝罪がひとつふたつ。そのあとに「お願いします」と続いた。

「そいつに飯を、食わせてやってください」

保田は「飯のあとはどうするんだ」と訊ねる。夜中にそっと逃がすつもりだった、という。木村が中に向かってなぜ連れてきたかと問えば「同じ島の出だったから」と答えた。木村は囚人の正面でしゃがみ込んだ。目の高さを同じくして、しばらく男の様子を眺めたあと、言った。

「刑務所《なか》には、なにをやって、何年入ってるんですか」

「三年です。傷害致死ってことになってます」男は思ったよりもしっかりした声で答えた。

「ことになってます、とはどういう意味ですか」

「世話になっていた網元の息子が、酔った勢いで喧嘩《けんか》して、相手を刺してしまったんです。脅しで向けた果物ナイフが、まさか内臓えぐるとは思ってなかったらしくて。網元が、代わりにムショに入ってくれれば、この先うちの親の面倒をみてくれるっていうんで、それで」

親はどこか、と木村が訊ねた。稚内《わっかない》だと男が答えた。雇い漁師の賃金だけでは親を養うことができない。七人兄弟の次男坊だという。木村が数回、頷《うなず》いた。炊事をしていた者に声を掛ける。

「飯はもう、炊けてますか」木村の問いに、もう少しで蒸らし上がります、という声が返ってきた。

「じゃあ、飯だけは食べていってください」木村のひとことに、部屋の男たちがどよめいた。

「飯だけです。食べたあとは、わたしが港まで送りましょう。知った顔がありますから、内地へ行く船に乗せてもらえるよう頼んでみます」

いかつい男に挟まれた囚人が、声をあげて泣き始めた。木村がその肩を軽くたたき「食べてきてください」と促した。ざわめく部屋に背中を向けて、木村が珠生の前で静かに腰を折った。

「お見苦しいところをお見せしてしまいました。申しわけありません」

「心当たりの船って、どこの船なの」

「奥様にお伝えするような内容ではございません。ただいまご覧になったことはご放念ください。社長がお戻りになる前に、対処いたします。どうか今日のところは」

深々と頭を下げられて、珠生もそれ以上は訊《き》くことができなかった。木村の物腰が柔らかい理由が垣間《かいま》見《み》えた気はするのだが、深く考えようとするとどうしてもその先に霧がかかる。木村が事務所の明かりを点《つ》けた。

その夜、相羽が帰宅したのは午後十一時を回ったころだった。酒はそんなに飲んでいないようだ。香水の匂いが上着から漂っている。上着からだけならば、と思った。自分はそれほど物わかりのいい女ではない。相羽のそばにいる方法をその時々で選び取っているだけなのだ。この気持ちが反転しない限り、相羽が自分を捨てることはないという傲慢さに耐えている。女房なのだから、と言い聞かせる。

風呂の準備をしているところへ、台所の窓から赤色の点滅が見えた。珠生がカーテンの隙間から覗くと、事務所の前にパトカーが一台停まっていた。

「シゲさん」夫を呼んだ瞬間、それまで鼻先にあった香りを忘れた。相羽は脱ぎかけたワイシャツのボタンを留めて階段を降りてゆく。珠生も後を追った。

事務所ではふたりの警官に、作業着姿の木村が対応していた。相羽が「どうした」と声をかけると、警官のひとりがわずかに足の位置を後ろにずらした。妙な緊張が事務所に満ちた。人の気配に振り向くと大部屋の引き戸が開いている。ぼそぼそとした男たちの話し声を背中にして、保田が立っていた。

「現場の状況を訊きたいそうです」木村が警官と相羽のあいだに立った。警官はどちらも制服が窮屈に見えるくらいの肩幅があった。武道の気配がする男たちの前にあると、木村の体つきはひどく貧相だ。

「現場というのは、作業現場のことですか」相羽が警官に訊ねた。

「そうだ。今日竣工した道路工事の現場について、訊きたいことがある」

「うちは作業員を出してはいますが、道路工事についてのご質問なら開発のお役所の方が確かだと思いますが」

「その作業員について訊きたいんだ。ここは事務所の奥がタコ部屋になってるのか」

「タコ部屋とは人聞きが悪いな」保田が戸を閉め靴を履いた。珠生は咄嗟《とっさ》に振り向き、保田を睨んだ。動きが止まった。相羽は珠生に背を向け警官と向き合っている。木村は一度もこちらを見なかった。

「そっちが作業員の部屋か。悪いがちょっと覗かせてもらいたい」

警官の肩が前へ進み、珠生の背後にある大部屋を示した。木村が動じる様子もなく「家宅捜索、ということですか」と訊ねた。ふたりの警官がほぼ同時に「違う」と返した。

「ここの社長はわたしです。責任者として出来るだけご協力いたしますよ。作業現場の話でしたね」

相羽の声は穏やかだ。珠生の背後から保田の緊張が伝わりくる。ここで保田を喋《しゃべ》らせてはいけない。珠生は心を鎮めて男たちの様子を観察し続けた。

「うちの連中が、なにかご面倒でもおかけしましたか」相羽の声がどんどんゆっくりになる。より声が低くなり、警官も相羽に対しては言葉を選んでいるようだ。

「ここがどうという話ではないんだ。今日、作業現場にまわされていた懲役囚がひとり脱走した。市内から海側、海岸線まで探しているが見つからない。どこかに潜伏しているとみて、現場に出入りしていた業者をひとつずつあたっている」

相羽は「なるほど」と返し、木村に「見せてやってくれ」と顎で大部屋を示した。警官たちは顔を見合わせ、珠生のほうに向かって歩いてくる。

「保田、どけろ」相羽が警官たちの背後から声をかけた。珠生も壁に背をつけ、彼らの通路を作った。警官の通った場所に、大部屋とは別の汗臭さが漂った。

「どうぞ」保田が部屋の戸を開けた。中でおかしなどよめきが起こった。木村が保田の肩を軽くたたき、警官の後について大部屋に入った。

誰か、懲役囚を見たものはいないか――。

奥のほうで誰かが「毎日いっぱい見てるぞ」と返した。「このあいだ、目の前でひとり死んだ」と重なる。警官が「今日逃げた脱走懲役のことだ」と言うとざわめきが静まった。

「匿《かくま》うとろくなことにならんぞ」警官の声が響く。一拍おいて、木村が言った。

「ひとりひとり、顔をごらんになってください。名前も確認してくださってけっこうです。もともと一、二度お世話になったことのある者もおりますが、皆いまはうちの社員です」

囚人はもうここにはいないのだ。珠生は胸を撫《な》で下ろしながら相羽を振り向き見た。事務所の机に腰をあずけ、煙草に火を点《つ》けている。気だるい空気が夫を包んでいた。

相羽が、すべての感情をどこかに置き忘れたような横顔で煙を吐き出した。ゆっくりと珠生のほうへ顔を向ける夫の、表情が煙に隠れてよく見えなかった。

6

北方墓参実現のための署名活動が終わった昭和三十八年六月半ば、集まった署名をソ連大使館と厚生省、「日ソのかけ橋」本部に向けて陳情するという新聞記事が道報新聞の一面に載った。

相羽がテーブルに放《ほう》っていった新聞を広げ、珠生は陳情団の顔ぶれを見る。大旗が市長と「日ソのかけ橋」支部長に挟まれてにこやかにカメラを見ている。一歩下がるようにしているのは国後出身の根室市助役、メンバーの端に伏し目がちだが口角をしっかりと上げて写っているのは智鶴だ。珠生が知る限り、智鶴がその姿を紙面に現したのは初めてだった。目の粗い新聞写真でも姉の品良い顔立ちは充分伝わる。大旗の国政出馬へ向けて、智鶴も表だって動き出したということだ。

珠生は新聞を持ったまま海峡側の窓辺に立った。ダンプも重機も出払っていて静かだ。凪《な》いだ海の向こうに、今日はくっきりと島影が見える。この街には、自由に海を行き来できる者とそうでない者がいる。ソ連兵に追われたあと、海峡に連なる島々は外国になった。戦いに敗れ、その現実を日々目の前にして暮らすことは、人の心にどんな捻《ねじ》れを起こすのだろう。ここは「戦争に負けた」ことを嫌でも意識して暮らさねばならない土地だ。

夜中に大旗からの電話を取る夫の言葉の端々に、ソ連の船や人の名前が混じるようになった。昨年の食事会から、相羽は珠生の前でも大旗との繫《つな》がりを隠さなくなった。法を無視して島に渡る人間には、力と理由がある。その理由を、相羽は持っている。特権ではない。国という大きな括《くく》りでは解決しえない問題が、相羽の手に握られているということだった。この地には、波間に揺らぐ境界線を束で握る人間が必要なのだ。

大旗が乗りだしてゆく政治が表の通行手形ならば、相羽の仕事は裏側にある。相羽の船が自由に舵《かじ》を取る海峡は、人と街と、いずれは国を潤してゆく。海峡には魔物が棲《す》むとひとは言う。それはおそらく相羽重之のことだろう。魔物に家族を奪われた男は、自らが魔物に取って代わることで海への復讐《ふくしゅう》を果たしているのかもしれない。

海に女が出せる船はなかった。珠生は海峡にはやはり、幾筋もの見えない線があるのだと思った。国と国の境界線は、男の仕事を分かち、姉と妹を分かつ。新聞で見る智鶴の表情には、なんの感情も読み取れなかった。記事には、今日の午後に東京で陳情活動を行い「日ソのかけ橋」本部長との会談があると書かれていた。

陽《ひ》が高くなり、海面がいっそう輝き始めた。遠く、島の前をソ連の巡視船が横切ってゆくのが見える。領海侵犯の漁船を見つけたときは、船とは思えないほどの速さで追いかけ、ぶつけて転覆させることもあると聞いた。追われても逃げ切れるようなエンジンを積む漁船も、それを追いかける巡視船も、境界線をめぐり命がけの鬼ごっこでもしているようにしか見えない。男たちは喧嘩に明け暮れ、悪戯《いたずら》を繰り返し、縄張りの取り合いをするのが好きな生きものなのだ。純粋に懐が肥えることを考えてなら、もっと安全で確実な方法があるはずだ。板子一枚下の地獄を想像しながら生きる毎日は「賭け」で、その対価はいつも命だった。

海の青みに輝きが増して、季節の風が高台の家を通り抜けてゆく。ぼんやりと海峡を見ていた珠生の横で、電話が鳴った。龍子だった。

「元気でやってるかな、と思って」

「おかげさまで。顔を出そうと思っているうちに、時間ばかり経《た》ってしまってすみません」

「珠生ちゃんから届いたお花、ずいぶんと長く咲いてた。心配かけて、ごめんなさいね」

龍子は、最後まで喜楽楼に残ったタカに厨房《ちゅうぼう》を手伝ってもらいながら小料理屋「お龍」を切り盛りしている。厚岸《あっけし》の大家族の家からやってきたタカは、二十一になるまで下働きをしていた。タカが作る煮付けや焼き物は、喜楽楼で働く女たちに人気があった。花街に稼ぎ口を探していた口利きが「こんなのっぽじゃ、どこも雇ってくれなくて」とこぼしていた十七の年に、龍子が拾ったのだった。

「タカちゃんが作る卵焼きやら煮物が人気でねぇ。どこにでもホトケはいるものだとつくづく思ってるところよ」

「わたしも、タカちゃんがいてくれて安心してます」

龍子はしみじみとした口調で、お天道様にはとりこぼしがないんだと言った。そうであって欲しいと珠生も思う。一拍あいたところで、龍子の口調がわずかに落ちた。

「ねぇ、三浦の旦那が亡くなってた話、聞いた？」

そんな話はどこからも入ってきていない。「まさか」と言うと龍子がすかさず「そのまさか」と返した。

「行方しれずになってから半年以上経って、見つかったときは死人。ここいらで遊んでいたってならわたしの耳に入ってきても良さそうなものなのに」

「旦那は、どこで」珠生の問いに、龍子はひとつ息を吸い込み、川っぺり、と答えた。

「どこに帰ったと勘違いしたのか、ハッタリ川の手前で靴を揃えて、着ていたものを脱いで下着一枚で寝っ転がっていたそうよ。凍死ですって。葬儀はしなかったそうなの。最後まで面倒をみていた梅ヶ枝の小唄の師匠が骨を拾ったんだって。旦那には家族がなかったから」

三浦水産の目と鼻の先で骸《むくろ》になっていたという三浦の姿を想像した。龍子の言う小唄の師匠ならば、珠生も知っている。相羽と暮らした小路《こうじ》の家から向こう四軒目に住む、五十半ばの物静かな女だった。小路に住む女たちのことはずいぶんと耳にしたが、彼女が三浦に囲われていたという事実は知らなかった。家族がなかったから、のひとことが珠生の胸に重たく落ちてくる。

相羽をつまらない懲役に送ったのは、もとはといえば珠生が興味を持ったのが始まりだったのだ。息子同然に可愛《かわい》がっていた相羽を失った三浦の商売は、どんどん落ち込んで行った。珠生の無言の理由がわかったのか、龍子が続けた。

「ひとは寿命で死ぬのよ、珠生ちゃん。三浦の旦那のやり方は、戦後のごちゃごちゃとした時代ならば上手くいったかもしれないけれど、今はもう違う。頭が良かろうが悪かろうが、とにかく裏で物と金を動かせばいい時代じゃなくなったの。相羽さんのことであんたが責任を感じることはないのよ」

言葉にされると、余計に気に病んでしまいそうだ。龍子も言ってしまってから珠生の性分を思いだしたふうで「こんなこと、なんの慰めにもならないわね」と黙った。

「女将さん、旦那はいつお骨《こつ》になったんでしょうか」

「四、五日前だと思う」と言ったあと、龍子は早口で「行くつもりなの」と訊ねた。

はい、と答えた。どんな感情がそうさせるのか、問いたいのは珠生自身だった。

「おそらく、相羽に訊ねてもなにも言いやしません。そういうひとです。お線香の一本もあげないことには、三浦の旦那に申しわけが立ちません」

わたしが代わりに、というひとことを飲み込んだ。

存在のありがたみなど、失ってみたところでわかりはしないのだ。けれど、三浦がいなければ相羽に会うこともなかった。龍子は諦《あきら》めを含んだ声で「気の済むようにしたらいい」と言った。珠生は「そこがあんたのいいところでもあるから」と言われ初めて、自分の心こそが面倒なものだと気づいた。

出がけに相羽が「遅くなる」と言った今日ならば、と思った。夕時を前に、珠生は急いで鮫小紋《さめこもん》に着替え、暗めの帯を結んだ。

香典をふくさに包み、バッグに入れる。ハイヤーを呼ぼうと受話器を持ち上げたところで、駐車場に保田の車が入ってくるのが見えた。珠生は思い直し階段を下りた。まだ作業員が戻ってくる時間ではない。午後の事務所では木村がひとりで帳面を付けている。珠生が現れると、木村はいつものように椅子から立ちあがりぴしりと頭を下げた。

「お出かけでしょうか」

「ええ、今タクシーを呼ぼうと思ったら保田さんが戻ってきたのが見えたものだから。もし良かったら、と思って」

最近は甘えられるところは甘えるようにしていた。木村と保田に関しては、おかしな遠慮をしているうちにぎくしゃくしてしまう。相羽も、珠生から頼み事をしてもらっていたほうがふたりとも気が楽なのだと言う。そんなものかと思ってからは、珠生も楽になった。

「姐さん、今日はまた粋ですね」保田が事務所に入ってくるなり言った。珠生の装いについて、木村は一切触れない。

「戻ったところすぐで申しわけないんだけれど、ちょっと送って欲しいところがあるの。どのみち相羽は今日、遅いでしょう」

語尾を上げると保田が困ったような顔で笑った。女のところなのだろう。それでも空が白む前には帰宅するのだから、と思う。我慢という言葉は少し違う。男なのだから、と思う。珠生の心の落ち着く先はいつもそこだった。

「ご帰宅の際も、お呼びください。わたくしか保田が参ります」木村が軽く腰を折る。珠生は礼を言い、そんなに長時間の用ではないからと告げた。

「せいぜい十分か十五分ってところだと思うの」それ以上いては、小唄の師匠とて負担だろう。すかさず「俺、待ってますよ」と保田が言い、再び車を取りに事務所から出て行った。珠生は外出の理由を木村にくらいは告げておかねばと、三浦の名前を出した。

「誰より悔いているのは相羽だと思うから。せめてわたしがお参りに行ってきます。こんなことでなにがどうなるわけでもないし、生きている側の、ただの自己満足なんだけど」

木村は相変わらず珠生の言葉に頭を下げるだけだった。一切の感情を消し、主人とその妻に仕えている。珠生は木村を見るたびに、世の中にはいろいろな生き方があるのだと思う。相羽のようにしかならぬ一生もあれば、木村のように主《あるじ》に歩幅を合わせて歩き続ける男もいる。こうしていろいろな物事が回ってゆく。

「昔住んでた、小路の家の通りまでお願いしたいの」

後部座席でそう言うと、保田がバックミラー越しに珠生を見た。聞こえなかったのかと思い、もう一度告げる。保田が「はい」と頷き、車は国道に滑り出た。陽は傾き、この街の長い夕暮れが始まりかけている。東から西へ、半島を照らして去ってゆく太陽は、海風を温めはしても、人の肌までは届かない。街の女たちは、相変わらず日焼けとは縁遠い。

小路に近くなってから、ようやく保田が口を開いた。放っておくとひとりで喋り続ける男には珍しいことだった。

「姐さん、今回はこちらにどんなご用件で」

「三浦の旦那が亡くなって、お骨がこっちに住む小唄の師匠のところに落ち着いているらしいのよ。相羽は訊ねたってそんなこと言わないだろうし、ひとりで線香を上げに行くようなひとでもない。せめてわたしがと思って」

言ってから、このことは相羽には黙っていて欲しいと頼んだ。保田は「そうでしたか」と運転席で頭を下げた。珠生はふと気になって、保田に訊ねた。

「相羽が三浦の旦那のことをなにも知らないってことは、ないはずなんだけど」

「俺はなにも」保田の口が急に重くなる。どのみち自分が行くしかないのだと告げるつもりで、珠生は微笑んだ。保田も仕方のなさそうな笑みを浮かべた。

久しぶりに小路へ入ると、家々の窓辺から漂ってくるお香のかおりが心地よかった。ほとんどが女のひとり住まいというせいもあるだろうが、この小路の女たちはそれぞれ好きな香を焚《た》いて、面倒をみるなりみてもらうなりしている男がやってくるのを待つ。

小唄の師匠の家には、よく手入れされたちいさな植え込みがあった。ドウダンツツジが咲いている。小手毬《こでまり》はそろそろ花が終わりそうだ。夕どきの窓辺から、猫が一匹こちらを見ていた。

珠生が訪ねてゆくと皺《しわ》の少ないふくよかな顔立ちの女が出てきた。五十半ばの玄人だが、花柳界の水が彼女だけ避けてでもいるように、なんの棘も婀娜《あだ》っぽさも漂ってはこなかった。三浦が最後まで面倒をみたというのはもしや、この普通さについつい切り損ねたのではとも思えてくる。最後まで一緒にいたというのも後からついてきた話であって、もしかしたらこの女のほうが、金の切れ目というのをあまり気にしない性分だったのではないか。

珠生は大変遅くなりましてと頭を下げ、「相羽重之の名代でお参りをさせていただきに」と告げた。女は上がりかまちに膝をつき珠生の顔をまじまじと見上げて問うた。

「もしかして、喜楽楼の」

「はい、珠生でございます」

小唄の師匠は珠生の来訪をひどく喜んで、仏間へと案内した。三味線が三竿《さお》、壁に立てかけてある。四軒先に住んでいたというのに、滅多に見かけることもなかったのは別の流派であったのと、なにより生活時間が大きく違っていたことが大きい。それぞれの家が客ひとりを待つ貸間のような地域だった。周囲の目が気にならないのは、家々の主がみな似たような境遇だったせいもある。

「三浦はよく相羽さんとあなたのお話をしてました。自分の横槍《よこやり》が過ぎて、大事な部下を手放すことになってしまって、大変悔やんでました。でも、おふたりが一緒になられて、いちばん喜んでいたのもあの人だったような気がするんですよ。珠生はいい女だから、というのが口癖で。相羽さんの気性を、あなたならきっとよく汲《く》んでくれるはずだと、そう言っていました」

お参りを済ませ、鈴《りん》の横に香典を置いた珠生に、師匠は香りのいいお茶を淹れてくれた。

「相羽がご挨拶にうかがえないのは、三浦の旦那に合わせる顔がないからなんです。育ててもらった恩に、砂を掛けた自分が許せないんです。本当に、このとおり」

珠生は両手をついて、頭を下げた。師匠はゆったりとした体どおりのふくよかな声で、どうか頭をあげてほしいと言った。

「珠生さん、ものごとはすべてに道理があるんですよ。調節したようにしか音を出せないのが三味線だし、人も同じ。相羽さんはしっかりと親を超えたんです。それで充分じゃありませんか。相羽組がなかったら、この街はどんなになっていたか。街を底上げしているのは相羽さんです。彼を育てたことで、三浦も満足だったと申しておりました」

師匠は相羽が街でどれだけ手広い仕事をしているか、珠生より詳しく知っていた。映画館も舞台興行も、祭りに至るまで、相羽組がなければ娯楽の灯が消える。珠生が知る限り、男たちは年から年中、陸と言わず海と言わず境界線の上で大騒ぎだ。喧嘩もあれば怪我人《けがにん》も出る。

小競り合いはあるにせよ、大きな均衡が保たれ外から面倒な人間が入ってこないのも、大旗が表舞台に立って相羽が裏側を仕切ることで街全体が綱のように縒《よ》り合わせられているからだった。日々の生活の前では善も悪もないことを、土地が証明している。それぞれが持ち場で役目をまっとうすれば、余所者《よそもの》が入り込む隙はなくなるのだ。

「相羽さんを育てられて、三浦も本望だったんです」

不器用な男の一生は、優しい女によって明るく語られてゆく。

「また、たまにお寄りくださいな。わたしはここを動きませんし、どうぞ気兼ねなく。相羽さんに、どうかよろしくお伝えくださいね。三浦は街の噂ほど悪い男でもなかったと、いつか頃合いをみて珠生さんからも」

珠生は頷いたあと「相羽もよくわかっているはずです」と深く頭を下げた。

玄関を出ると、小路にはひとつふたつと明かりが灯《とも》り始めていた。もう辺りは薄闇が広がりつつある。未《ま》だ営業を続けている料亭の方角から、三味線の音が聞こえてくる。隣の家から、髪を高く結い上げた着物姿の女が出てきた。小唄の師匠に軽く頭を下げる。「よいお仕事を」と送り出す師匠の声が優しい。珠生も、別れの挨拶をして植え込みから狭い道へと出た。

　小路の曲がり角に、かつて相羽を待った家がある。珠生は自分がいたころと少しも変わらぬ借家の前で足を止めた。玄関に人の気配がして、懐かしい引き戸の音が響く。遠くで三味線の弦が鳴り、引き戸から上背のある男がひとり出てきた。背広のズボンに片手を入れて、首をぐるりと回している。珠生は自分が今どこにいるのか、いったい今がいつなのか分からなくなった。

　戸口に現れたのは相羽だった。その男が、今夜は遅くなると言って家を出た自分の亭主なのかどうかさえ記憶が怪しくなる。しかし電信柱の街灯に照らされてできた大きな影や広い肩幅、背広のポケットから煙草を取り出す仕草のどれを見ても、男は相羽に間違いないのだった。

　男が煙草をくわえる手を止めこちらを見た。男の背後で玄関の戸締まりをする女の気配。「待って」と少女のように高く可愛い声のあと、女が男の背後へと駆け寄ってきた。

　かつて珠生と暮らした借家に情婦を住まわせる男の心根を想像するが、どうにもうまくいかない。そんな不実があるものかと嘆く傍ら、男といういきものの仕方なさに思いを巡らせる。相羽は眉ひとつ動かさない。数秒、お互いの顔を見ていた。

　女が相羽の肘の辺りを摑んで揺らす。まだ子供じゃないかと思うほど若い。着物を着ているが、花街で働いているふうでもない。珠生の目には、いかにも素人の小娘にしか見えないのだった。

「ねえ、どうしたの」

甘えた声で相羽の肘を揺らす女に向き直り、珠生は過去いちばん気遣いを込めたお辞儀をした。喜楽楼の玄関でのお見送りでも、こんなに心を込めたことはない。己をおとしめないためにする挨拶だった。心を込めて頭を下げなくては挨拶のあの字にもならない。下げた頭の隅に、自分という女の輪郭が浮かび上がった。

「お出かけのところに、あいすみません。相羽珠生と申します。主人が大変お世話になっております。近所に用足しに参りましたところ、うっかりお宅の前を通りかかりました。夕どきに無粋なことで、お許しください」

相羽珠生、とつぶやいた彼女の喉から次の瞬間、渇いた風の音が聞こえた。女はすぐに半歩下がり、相羽の背に隠れた。珠生に挨拶を返すということはなさそうだ。相羽も黙って女房を見下ろしている。ここで騒がないのが自分の夫なのだ。この場にいて、居合わせてしまった女房のほうが、損な役どころを引き受けねばならない。この先も自分は似たような場面に何度も出くわすかもしれない。男の側から見てきた世界が、珠生の内側で反転した。

おかしな腹の据わりかたがあるものだ——。

珠生は自分の内側に広がりつつある「座らざるを得ない場所」を意識した。通りに出れば、保田が待っている。相羽に惚《ほ》れ込んでついてくる部下に、みっともないところは見せられない。珠生がここで泣いたりわめいたりなどすれば、たちまち相羽という男の「格」が下がる。それはそのまま、相羽珠生が在る理由へと意味がすり替わってゆく。相羽と自分は、つがいではなく対だった。

数秒の短いときの中で、珠生は三浦の言葉を思いだしていた。

――なんだ、珠生は珠生だろう。河之辺が相羽になったのが、そんなに偉いことなのか。

ふっと、頬に笑みが走った。「それじゃ」、軽い会釈のあと回れ右をし、珠生は背筋を伸ばして小路の家から離れた。

旦那、あたしはちっとも偉くはなかったですよ――。

珠生はつい先刻お参りをした三浦に向かってつぶやいた。明日の米や、今日の金に左右されない暮らしには、同じくらいの負担があるのだ。生きてゆく上での含み損が夫の不貞なら、相羽珠生は黙って受けいれる。河之辺珠生から相羽珠生になっても、生まれ持った性分がそうそう変わるわけもない。はからずもそれを、三浦が言い当てていた。

通りに一歩出ると、待っていた車がエンジンをかけ直した。珠生は急いで後部座席に乗り込み「早く」と運転席に向かって言った。

「早く出してちょうだい。急いで」

保田が返事と同時に車を出した。ヘッドライトが照らす道ほども、珠生の前は明るくないが、それでも自分には保たねばならぬ気概、偽《にせ》でも似非《えせ》でも相羽の女房という立場があった。怒鳴り騒ぐことができればどんなに楽だろう。いや、と首を振る。女にとって楽など端《はな》からないのだ。保田は帰りの車でも静かだった。この小路になにがあるのかを、知っていたのだ。怒りが湧かない理由をあれこれと考えたが、結局のところ珠生にとって「相羽珠生」以上の説得力を持つものは見つからなかった。

今の今まで薄ぼんやりとしていたものがはっきりとしたかたちを持って目の前に現れた。姿かたちがわからぬままの存在をあれこれ考えるのと、明確な答えを得ることの、どちらがいいということもない。疑いが現実になった、というだけのことだった。現実はさまざまな納得を連れてくる。珠生以外は、みな彼女のことを知っていたのだ。

自宅に戻り、帯を解いた。深く息を吸って吐いた。涙が次から次へと流れ出てくる。よくもこんなにたくさん目の奥に溜《た》まっていたものだと、驚きながら泣いていた。ひとしきり泣いて、足袋の小鉤《こはぜ》を外す。手足が冷えていた。この期に及んで、相羽が帰る前にいつもどおりの自分に戻ろうなどと思っている。涙が涸《か》れたあとは再び背筋が伸びた。

拿捕《だほ》抑留漁船員が全員帰国したのは九月に入ってすぐのことだった。街には抑留者の名簿が流出したという噂が流れた。金と票が動く場所へは、どんな隙間へも政治が入り込むらしい。それと前後するようにして、大旗善司後援会主催の「激励会」が開催された。九月の根室には秋風が吹いている。朝夕の気温差が大きくなり、短い夏の去り際は引き潮によく似て早かった。

泰昭殿の大広間は、大旗と智鶴の結婚披露宴のときよりずっと人が入っていた。立食形式のパーティーに出たのは初めてだったが、珠生が緊張する理由は別のところにある。今日は、河之辺の両親と早苗も会場にいる。入り口から中央部のテーブルへと進む相羽の一歩後ろを保田が、珠生のほうには木村が、ぴったりとついていた。相羽が入ってゆくと、ゆったりとした速度でテーブルから人が離れた。飲み物を載せた銀の盆を差し出され、水割りを受け取る。木村と保田はグラスを受け取らず、相羽にはりついていた。

相羽と珠生のテーブルから五メートルほど離れたところに、一段高くなった舞台がある。すぐ前に人垣ができていた。大旗と智鶴がいた。夫婦からテーブルひとつぶん離れたところに大旗運輸の社長夫妻がおり、やってくる客は息子夫婦より先にこちらに挨拶をしていた。挨拶を終えた河之辺の両親のうち、母親が先に珠生たちに気づいた。

母は、珠生と相羽に気づいたことを心の底から悔いているような表情になった。ゆっくりと娘から目を逸《そ》らす。不思議と、親不孝をしているという心もちにはならなかった。小路のできごと以来、いっそう相羽の妻として背骨が太くなった気がする。迷いや悔いを挟んであれこれと考える隙間がなくなった。男と女でいる時間を経て一対となり、獅子《しし》と牡丹《ぼたん》に見えなければならない。自分たちはそういう間柄なのだと思った。

相羽は小路の女について、その後も一切語らなかった。語られたところで、珠生もどう返せばいいのかわからない。心の水位を保つことに精いっぱいで、本心など霞《かす》んでしまうだろう。このまま自分の気持ちに蓋をしておけばいいのだ。本心など、誰にも悟らせない。相羽珠生の矜持《きょうじ》が全身を支えていた。

大旗社長のそばを離れた河之辺の両親のほうへ、相羽が歩み寄った。

「ご挨拶が遅れまして、すみません。相羽重之と申します。ご縁があって、珠生さんと所帯を持たせていただいております。本来ならばもっと早くご挨拶に上がらねばならぬところ、このようなご無礼どうかお許しください」

ぴしりと腰を折る男を前に、河之辺の父も母も一切の表情を失っている。珠生はふたりの反応をかなしみながら、相羽とともに頭を下げる。「筋は通した」と思った珠生もう、半分以上相羽の棲む世界に足を踏み入れている。

両親の横では、早苗がしらけた顔を隠さない。はっきりとわかるように自分たちを避け始めた妹に、珠生もかける言葉を持っていない。挨拶はこのくらいにして、とテーブルのほうを見た珠生を、智鶴の柔らかな声が呼び止めた。

「みんな揃ったわね。今日はお忙しいところありがとう、相羽さんも珠生ちゃんも、また会えて嬉しいわ」

智鶴は願を掛けてか青竹を刺繍《ししゅう》した、夏の海峡と同じ地色の訪問着姿だ。髪を結い上げ、その場にいるだけで辺りを明るくする。母が智鶴を見て、まぶしそうに目を細めた。父の表情は変わらず難しい。三人いる娘たちの、いずれにも満足はしていないのだ。夜の街で手を広げつつある姉娘の商才を、少なくとも父は手放しで喜んではいない。

智鶴の横から、助役が現れた。すげ替えの利く市長よりよほど顔が広いと言われている男は、新聞写真の印象よりずいぶんと小狡《こず》い目元を珠生に向けた。

「僕は、島で相羽君と机を並べていたんです。昔から、静かな男でしたよ。気に入らないのは僕より女の子にもてることだった」

助役は相羽に視線を移し「仕事は上手《うま》いこと進んでますか」と、問うた。相羽はそれには答えず、煙草をくわえた。保田がライターの火を立てる。少し遅れて助役も煙草を取り出したが、誰も彼には火を差し出さなかった。

舞台袖のスタンドマイクで、後援会の音頭を取っている信金の理事長、杉原が挨拶を始めた。根室の金はすべてこの男が洗っている。なにを食べているものか、やけに血色がいい。フロアの視線が一気に舞台へと向いた。いつの間にか助役が舞台近くへと移動していた。

「みなさま、本日は大旗善司君を国政へ送り出すための激励会にご参加いただき、まことにありがとうございます。この地に生まれこの地で育った若者に赤い絨毯を踏んでもらうことは、我々の悲願でございました。土地の応援を受けて今まさに羽ばたこうとしている大旗君の大きな器と人柄を、余すところなくみなさまにご紹介し、ご理解とより強いご支援をいただけるよう、わたくしどもも尽力して参ります。次の選挙では、彼に達磨《だるま》の目を入れさせるべくどうか、北の神風を吹かせてください」

続いて壇上に立った大旗善司は、理事長の貫禄《かんろく》には及ばないものの、気負いのない謙虚さで決意を語った。

「根室は、日本の東端ではありません。この半島は道東の中心部と、わたしは理解しております。再びこの街を文化の中心、漁業、各種産業、経済の中心にいたしましょう。そのためにこの大旗善司、男一生の仕事として地元に尽くす所存でございます」

会場の賑《にぎ》わいが街全体を象徴するように、大旗へとひとの心が集まってゆく。壇上の夫を見上げたあと智鶴は、婚家の義父母に微笑みかけている。珠生はこの土地の狭さと広さに、いっとき呼吸が苦しくなった。

つい三十分ほど前、会場の受付付近で小路で世話になった大家に会った。理事長の縁戚だという彼女は、いいご縁だといって再会を喜び、珠生の手を取った。相羽の視線が逸《そ》れているあいだに、珠生はそれとなく、現在家を貸している先について訊ねてみた。

「あの家が空くのを待っていたと伺って、本当に嬉しかったのよ」

小路の家の新しい借り主は大旗智鶴だった。大家は通っている男が以前と同じことには気づいていないようだ。珠生が小路の家に住まう大旗家の親戚の娘について知らないことを、大旗側の遠縁だからと勘違いしている。大家が事実に気づいたときに何を思うかまで、気遣うことができなかった。珠生は大家の鈍さに感謝しつつ、智鶴の真意を摑めずにいた。何食わぬ顔で帰宅し、なにもなかったように振る舞う夫と、表向き静かに暮らす日々は続いている。

智鶴の周囲を窺うが、小路の女は見当たらない。決して珠生のほうを見ようとしない両親や早苗より、にこやかに珠生の名を呼ぶ姉の心に在るもののほうがずっと恐ろしかった。いつか相羽の女について話す日がきたとき、智鶴はいったいどんな顔をして珠生を慰めるのか。髪の毛が逆立つような想像は常に、智鶴の微笑みで停止した。

大旗善司が挨拶を終えて壇上から降りようとした際、会場の中央部から誰かが「大旗」と怒鳴った。声のほうを見る。赤黒い顔の、一見して漁師とわかる風貌の男が腕を振り回し周囲の人間を蹴散らした。

「スパイだ、大旗善司はソ連のスパイだ。みんな知ってるぞ、お前は島を自分のものにして、国を売るつもりだろう。ヤクザなんか使って海を荒らして、言うことを聞かない漁師から船を取り上げて、このうえ国まで売るってのか」

男は大きく息を吸い、相羽を見た。

「相羽、お前もだ」

男が私服警備員にがっしりと抱え込まれた。抵抗するが腕を逆に取られて自由が利かない。静まりかえった会場から、男はみるみるドアのほうへ引きずられていった。姿が見えなくなると同時に会場にざわめきが戻ってきた。大旗がいかつい男たちに囲まれながら、壇上から降りてくる。珠生は手に持っていたハンカチを握り直し、相羽のいるほうへ向き直った。夫は意に介さぬという表情で水割りを飲んでいた。

数日後、珠生は港から上がったばかりの秋刀魚《さんま》を二十尾、龍子に届けた。

「お龍」の厨房では、タカが卵焼きを焼くいいにおいが漂っている。龍子より頭ひとつ長身なので、厨房の入り口に掛かった暖簾の下からは、彼女の手元しか見えない。体格と同じく、筋張った大きな手だ。

「ありがとう助かるわ。タカちゃんの甘露煮は評判がいいのよ」

店の前に、保田の車を待たせてあった。今日も相羽は遅くなるという。小路の女の件から、保田との会話もあたりさわりのないものになっていた。お互い、何気ない言葉の端に不用意なものを挟み込まぬよう気をつけているせいで、保田とはどうしても言葉数が減る。

珠生は龍子に、小唄の師匠の様子を話した。

「噂どおり、ちゃんとしたひとだった。三浦の旦那も、最後に落ち着くところがあって良かった」

龍子は「そうだねぇ」と言ったあと、ひとつふたつ三浦が元気だったころの笑い話をした。密漁船でひと儲けした際に、部屋いっぱいに芸者をあげてひと晩中飲み続けたのが喜楽楼だった。

「いつだったか、珠生ちゃんを妾《めかけ》にするのに女将はいくら欲しいって訊くから百万って答えたのよ」

「百万とは、女将さんも思いきったこと」

「あんたは金でどうにかなる女でもないし、まだ色ごとのなにもわかっちゃいなかったし。わたしが百万もらうってことは、珠生ちゃんには一千万の支度金が要るってことよ。いくら当時の旦那でも、それは無理」

相羽が賭博で主の懐を潤わせていたころは、珠生も立派なすれっからしだった。智鶴が相羽にあてがった女は、いったいいくらだろう。金の問題ではないとわかっているのに、それでしか己を測ることができない世界を見てきたことが今は珠生の弱みだ。男たちの前では毅然《きぜん》と振る舞っていても、龍子の前にくると気の弱いところがでた。

「小唄の師匠のところへ、お参りに行った帰り、元の家から出てくる相羽に会ったの」

「小路の家から、相羽さんが」

龍子はあぁ、とため息をひとつ吐《つ》き「見ちゃったのかい」とつぶやいた。

「知ってたの？」

「会ったことはないけど、耳には入るさ。それは仕方ないでしょう。あたしからあんたに聞かせる話でもないだろうし」

「若い子だった」もうみんな知っているのだという諦めが湧いてくる。

「あんただって若いじゃないの」と龍子が混ぜ返す。そうか、と珠生は笑った。

十も年上の相羽と一緒にいると、自分も同じくらいの年齢だと錯覚してしまう。珠生は一度会ったきりの女に「小路の小娘」という居場所を与えたが、つい三年前は自分も同じだった。外泊が続く時期もあった。部屋から出てゆく相羽を見送った女もいたはずだ。当時は珠生もまた誰かに「小路の小娘」と思われていたのだろう。

「男か」と言った珠生に、龍子がコップになみなみと注《つ》いだ酒を差し出した。

「女将さん、わたし最近お酒飲んでないの」

「それならなおさら。珠生ちゃん、一杯飲んでから帰りなさいよ。男も、外でいろいろあるところを、コップ酒一杯で腹に落として家に帰るのよ。この時代、男も女も差はないわ。あんたも腹にひとつ重りを落として、時間が経つのを待ちなさい」

「女将さん、あの小路の家、智鶴ちゃんが借りてた」

言ったあと、頬にふるふると涙がこぼれ落ちた。龍子は目を伏せたきり、何も言わなかった。ここで慰められたら、簡単に崩れ落ちてしまう。珠生はコップの半分を喉へと流し込んだ。熱い塊が体から抜け落ちてゆく。

「珠生ちゃん」と言ったきり、龍子の言葉も途切れた。

珠生はコップに残っていた酒をすべて飲み込んだ。熱い塊が臓腑《ぞうふ》の壁にぶつかりはじける。首筋からすぐに、熱を帯びてくる。厨房からタカが顔を出した。タカは厚焼き卵ふたきれと大根下ろしが並んだ皿を龍子に差し出し、珠生に不器用な笑みを向けて頭を下げたあとすぐに持ち場に戻った。

「これ、タカちゃんからですって。どうぞ」

箸を割り、おろし大根をのせた厚焼き卵を口に運んだ。街に吹く潮風を味方につけて、卵焼きもより甘くなるのか、こんなときでも涙がでるほど旨《うま》い。珠生はふと、自分が母親の味を知らないことに気づいた。同時にそれはもう、自分にとって不要であることがわかる。「おいしい」つぶやいたひとことが酒と同じ場所を通りすぎてゆく。酒の沁《し》みた頭の隅で、智鶴も早苗も同じく母の味など知らないのだと思った。厨房の奥ではタカが、届けた秋刀魚を捌《さば》き始めた。人のものと見間違うほど赤い血が、タカの指先を濡《ぬ》らしていた。

捨てたつもりの血縁に、いちばんこだわっているのは珠生自身ではなかったか。智鶴はみごとにそれを断ち切って見せた。自分たちの母が長女に強いた生き方は、結果的に血の濃さに繋がりを見ながら潔く捨て去るというものだった。矛盾に満ちてはいてもそれもまた命の連鎖だろう。間違いなく「意思」の力を手に入れた、人間の生き方だ。

自分はなぜこの街から出なかったのか。珠生は痺《しび》れる頭で考えた末、近くにいなくては遠さも確認できないほど薄い縁だったことに気づいた。この不条理は、生まれ育った街に流れる「血」であった。それ以上でも以下でもない。街はそれぞれひとつの臓器のように、智鶴や相羽、珠生をその身に捉えて放さないのだ。

なんの縁か、珠生は自分がたまたま相羽が妻として据える気になった女だったことも、海や空や土といったものと同じ、自然のなりゆきに思えてくる。代わりはいくらでもいるのだろう。そう思うと、なにかしら気が楽になった。

珠生は立ち上がり、龍子に軽く頭を下げた。自分の鼻先に、飲んだ酒の香りが漂っている。陽が落ちる前に飲む酒の回りが早いというのは本当かもしれない。

「女将さん、ありがとうございました」

「あんまり無理しちゃ駄目よ」

だいじょうぶ、と返す。足もとのふらつきを悟られぬよう、珠生はゆっくりと店の内側に掛かった暖簾を手の甲で払い上げ、引き戸を開けた。夕どきの、潮風が店内になだれ込んでくる。昼間働いている人間たちが、そろそろ帰宅の算段をしている時間だ。

相羽はいまどこにいるのだろうと思った。同じ空の下にいる夫を、いちばん近くに感じたのはいつだったか。自分の気持ちは野付半島へ車を走らせた日となにひとつ変わっていないように思うのに、その心もちも無意識のうちに都合のいい棚に置いている。

行く場所も帰る場所もない気がしてきて、慌てて「お龍」の戸を閉める。数メートル先に停まった車から、保田が出てきた。後部座席のドアを開け、珠生が座ったのを確認して閉める。動作には無駄がない。運転席に戻った保田に、行き先を告げずに言った。

「煙草を一本わけてちょうだい」

座席に体を吸い込まれそうになりながら、運転席から差し出されたハイライトを一本抜き取る。保田がライターの火を立ち上げた。煙を吸い込むと、軽くむせた。我慢してもう一度吸う。こんなもののどこが旨いのかさっぱりわからないが、漂う煙は相羽のにおいがした。首をねじり、暖簾のかかった「お龍」へと入ってゆく客を見る。灰色の背広を着ている。勤め人のようだ。泰昭殿で見た男の、血走った目を思いだす。どこで刺されてもおかしくない仕事《こと》を、相羽はしている。ならば、と珠生は必死で心を持ち上げた。

保田――、と相羽のように呼び捨てにした。

「はい」と保田がバックミラー越しに珠生を見た。車内に張り詰めた空気が、吐き出した煙の方向へと渦を巻いた。

「相羽の警護を増やして。小路の家にいるときも、誰か必ず近くに置くように。あんたが事務所に戻るのはいいけど、そのあいだは誰が相羽の動きを見ているの。相羽がいない間も、小路の家には誰かはりつけておいて。関わる人間みんな、その視界に入れておきなさい」

「姐さん」と言ったきり、保田が黙った。喉仏が上下に動き、緊張しているのか顔がひとまわりちいさくなったように見える。珠生は目の前の煙を手でよけて、バックミラーに映る保田に言った。

「相羽になにかあったら、自分の命もないと思ってちょうだい」

死なれるよりいいのだ。ここから先は珠生も、相羽組の「作業員」たちと同じだ。自分の立ち位置を決めると、なにやら吐き出した煙のぶんだけ体が軽くなってゆくようだった。

保田がハンドルを握った。運転席と助手席の間にある引き出し式の灰皿に、煙草の灰を落とした。相羽の見よう見まねも、ひと箱吸うころには板につくだろう。このにおいは、夫が纏《まと》って戻る白粉の香りをごまかすのにも役に立ってくれる。

珠生は、自分専用のライターを買うことに決めた。幼いころから看板に見覚えのある、時計店の名を告げる。車は、いつもよりもゆっくりと車道へ滑り出る。沈みかけた太陽が半島の街をあかね色に染めていた。

「時計・宝石」の看板の前で車を停め、保田が「ここでよろしいでしょうか」と振り向いた。言葉遣いも今までとは違う。保田を呼び捨てにする珠生には、もうおかしな遠慮がなくなっている。保田もここへ車を停めるまでのあいだに、自分の立ち位置を決めたのだ。お互いの間に一条《ひとすじ》、目に見えぬ線が引かれた。

珠生は保田が開けたドアから歩道へと出た。ふらつきそうになる体を、帯を頼りに真っ直ぐ立たせている。一歩踏み出すたびに頭の芯が痛んだ。店内の突き当たりでは、老職人がロイド眼鏡をかけて時計の修理をしていた。珠生が入ってゆくと、この家の息子なのか普段着の男が出てきた。年頃は保田とさほど違わぬようだ。

「いらっしゃいませ」と言った口元へ、珠生はライターを買いに来たことを告げる。案内された硝子《ガラス》ケースには赤いビロードが敷かれており、漆塗りや舶来もののライターが十個並んでいた。

「わたしが持つなら、どれがいいかしらね」

珠生がケースの中をのぞき込むと男は、にこやかに微笑みながら「こちらなどはどうでしょう」と紫色のビロードが貼られた皿に三つ、ライターを並べた。赤い漆に金の縁取りがあるもの、翡翠《ひすい》色の色違い、もうひとつは蒔絵《まきえ》ものだ。深紫色に同心円を互い違いに重ねた金の青海波《せいがいは》模様が美しかった。珠生は青海波の紋様が持つめでたさと今日の心もちのちぐはぐさに一瞬笑い出しそうになり手に取った。

「これをくださいな」

珠生は値段も訊かずに紫色のライターを差し出した。しっとり冷たい手触りと、見かけよりずっと重たいことが気に入った。ガス入れの準備をしながら告げられた値段は、現在財布に入っている金のおよそ十倍だ。珠生は財布を取り出すのをやめて、陳列ケースの前で腰を伸ばした。

「支払いは今日でも明日でも、好きなときに取りに来てくださいな。借用書、書いたほうがいいかしら」

「お名前を伺ってもよろしいでしょうか」怪訝そうな顔で訊ねる男の目を見て言った。

「相羽組の、相羽珠生です」

すっと目の色が変わる気配のあと、うやうやしくライターが差し出された。不安げな表情が消えて「気づきませんで」としきりに申しわけながっている。

「相羽さま、お時間がよろしければ、こちらのケースもご覧くださいませ」

示された鍵付きケースの中には、ルビーや翡翠、ダイヤのほかに、真珠と珊瑚《さんご》のブローチも並んでいる。自分がつまらない見栄《みえ》を張ったことを恥じる傍ら、珠生はなにやら愉快な気分になってきた。陳列ケースの中で光っている宝石が、先ほど「お龍」で流してしまった涙のような気がしてきたのだ。大玉のルビーをダイヤで囲んだ指輪が目にとまった。祭りの露天商が広げるままごとのおもちゃに見える。偽物はいつだって、それらしくふるまうものだ。

「それ、見せてちょうだい」

どうぞ、と言われ右の中指に入れてみた。急に右手が重くなった。この指輪をはめた右手でライターを持ち、指に挟んだ煙草に火を点ける自分を想像してみる。河之辺の母が見たら卒倒するだろう。智鶴だったなら、品のあるなしにかかわらずもっともふさわしい仕草で吸ってみせるに違いない。いずれにせよ、娘たちは表向きも裏側も、親の思い通りには育たなかったということだ。

「ちょうどいいわ、ください な。お代はライターの分と一緒に取りに来てもらうのでいいかしら」

時計の修理をしていた職人が眼鏡を外して初めて珠生のほうを見た。ルビーが光る指先を蛍光灯にかざして手のひらを思い切り広げる。浮気の代償として高いのか安いのかわからない。宝石も蛍光灯も、少しもまぶしくはないはずなのに目の奥が痛んだ。

珠生は帰りの車中で何度かライターの火を立ててみた。客のために使ったことはあるけれど、自分がくわえた煙草に火を点けたことはない。愉快な気持ちが内側から珠生の皮膚を掻《か》いていた。保田がそんな珠生をときどきバックミラー越しに見ている。車は「相羽組」事務所、海峡に面した丘の上へと向かっていた。

7

松の内が過ぎるころになって街が白く染まった。昭和三十年代最後の年、このまま雪も見ないで春が来るのも悪くないと思っていたところへの積雪だった。

早苗から電話があったのは夕刻五時。「話したいことがある」という妹の声が妙に切羽詰まっていた。珠生の心は、ここしばらく誰のどんな様子にも揺れることがなかった。もう一年ものあいだ、壁の向こうにある隠し部屋にひとつひとつ放り込んでは居間に戻ることを繰り返している。

左右の中指、薬指にこれみよがしの宝石を光らせて、着物はいっそう衿《えり》を抜いて着るようになった。相羽と一緒に出歩く先では、みな珠生が身に着けた貴金属と着物をちらちらと見る。珠生にとっては、他人のそうした視線がどんな心もちによるものか考えるだけで愉快だった。

昨年秋に資材置き場を拡張して、事務所とは別に作業員の宿泊場所を建てた。階下の大部屋は仕切りを入れて個室にし、木村や保田をはじめとする「作業員以外」の人間が詰めている。いつしか「相羽組」では、姐らしく振る舞うことが珠生の仕事になっていた。相羽の行き先がひとつ増えるたびに、指や首に光り物が増える。そのたびに珠生は自分を嗤《わら》った。

応接椅子の隅に浅く腰掛けて、早苗がじっとテーブルを見つめていた。片道八キロの距離をハイヤーを飛ばして来たという。珠生は向かい側の椅子に深々と腰を沈め、着物の裾も構わずに足を組んだ。

「どうしたの、そんなに深刻な顔をして」

煙草に火を点けたところで、台所から保田が紅茶の入ったカップを二客、盆にのせて近づいてきた。階下に専門の板前を雇い入れたのを機に、珠生はほとんど台所に立たなくなっていた。

吐き出した煙のなかで妹を観察した。早苗がやってくる前に、いかにも粋筋が着るような縞柄の和服に着替えた。いくぶん下気味に帯を締めて出迎えた珠生を見て、早苗は戸惑いの表情を隠さなかった。

「保田ちょっと。これにブランデーを垂らしたいんだけど」運ばれてきた紅茶を指さし言った。

「すぐにお持ちします」保田がぴしりと腰を折ってカップボードの戸を開ける。いつからかみな、相羽組をそれらしく見せるようになった。変わらぬものは、木村の佇《たたず》まいだけだったが、それもやはり変わらぬように見せるために内側で変化しているのだろう。

紫色のライターを煙草の箱に重ねた。もうあちこち傷だらけの、愛用のライターだ。これで火を点けているあいだは、自分が相羽珠生なのだと思うことができた。常に問うていないと、気持ちと体が現実からずれてゆきそうになる。心が沈みかけたときは、晴れ渡った海峡と指に光るものを見る。緑が芽吹いては枯れ、雪が降っては解けることを繰り返すなか、島の遠さと宝石の輝きはいつも同じだ。

大旗がしきりに演説するように、すぐにこの街が道東の中心へと返り咲く気はしなかった。返還の旗が大きく振られるたびに信金の杉原一家が肥えてゆくことも、そのことを物語っている。数ばかり多い利権が複雑に絡み合っていた。懐事情はそれぞれで、中には島がすぐに返還されては困る人間もいるのだろう。珠生も、この闘いは語られている以上に長丁場だと薄々ながら気づいている。

「早苗ちゃん、黙ってちゃわからない。話したいことってなに」できるだけ穏やかな笑顔を作るが、早苗の表情は硬く、顔色もあまりよくない。

「珠生ちゃん、なんだかおかしいわ」

「おかしいって、なにが」語尾を上げた。

「なにもかも、ここも珠生ちゃんも。いたずらにひとを威圧してる」

珠生は妹の言葉に微笑み、首を傾げて見せた。運ばれてきたブランデーをカップに注ぎ入れる。保田が一瞬、早苗のスカートの裾からのぞく細い足首を見た。早苗が男の視線に気づく様子はない。

保田が盆を台所へ返したあと、階下へ降りる前に戸の前で一礼する。早苗は決してそちらを見ようとはしなかった。

「安心して。二階にはあたしたちしかいない。誰も聞いてない」

上目遣いに珠生を見たあと、早苗が膝頭で両手を組んだ。みるみる指先が白くなってゆく。しっかりと切りそろえられた爪は幼いころと変わらず丸い。夜の女にも政治家の妻にもならぬ、爪のかたちどおりの丸い人生を送る指先に思えた。珠生は「あぁ」と思い当たる。

これは、そろばんをはじく指だ――。

「お家《うち》には、なんて言って来ているの。ここにいるとは、思ってないでしょう。お父様もお母様も」

「同僚と食事をしてから帰るって」

「もうじき階下《した》からお膳が届くわ。話はそのときでもいいし今でも構わない。うちに来るにはずいぶん勇気が必要だったろうから、せめて美味《おい》しいものでも食べてってちょうだい」

料理人を雇っているのかと問われ、そうだと答えた。

「土木建築って、ずいぶん儲かるのね」

「儲かりゃしないわ。うちの事情は、あたしよりも早苗ちゃんのほうが詳しいでしょう。相羽組が土ばっかり掘ってるわけじゃないことくらい、誰でも知ってる」

妹との会話に「儲かる」という言葉が入り込むとは思わなかった。ただ、こちらが心がけていないとすぐに沈黙へと滑り込んでしまう。珠生はそのたびに話題を探した。早苗はなかなかここへ来た理由を口にしなかった。やさぐれた姉に会って話したいというからには、儲け話でも世間話でもない。言葉とタイミングを計りかねるほど、彼女にとっては深刻ということだ。珠生は会話につまずくたび煙草に火を点けた。

「煙いわ」と言われて、三本立て続けに吸ったことに気づいた。

「ごめん、これじゃあご飯が美味しくないわね。空気を入れ換える」

窓を開けるとすぐに、冷たい夜気が部屋の四隅めがけてなだれ込んでくる。海風はたちまち室内の煙を外へと押し出した。ほんの一分ほどで、暖房がきいているはずの部屋は外気と入れ替わった。

珠生はふと、壁の向こうにある隠し部屋のことを考えた。ここしばらくは中にこもってあれこれと思い煩うことがなくなっている。寝ても覚めても相羽珠生でいられるようになったということだ。暮らしに違和感がないのだ。夫の仕事も女のことも、建物も部下もすべて、絹物のように珠生を包み、かたちを作っていた。

「ちょっと寒いわね、膝掛けを持ってくるわ」

居間を出ようとすると、早苗が「だいじょうぶよ」と引き留めた。

話したいことってのは――。

早苗の瞳が珠生を見上げた。衿合わせを指先で確かめて、椅子に戻る。

「あたしで良ければ、なんでもどうぞ」

珠生は煙草に伸びそうになる手を帯留めに戻した。指先に、瑪瑙《めのう》が冷たい。

「お見合いをしたの」

「あら、良かったじゃないの。お相手はどこの方なの」

「杉原家の次男坊よ」

珠生は「信金にとっちゃ玉の輿《こし》じゃないか」と言いかけてやめた。

「結局わたしも体《てい》よく売られてゆくんだわ」

「売られてゆくとは、穏やかじゃないわ。いったいどういうこと」珠生は煙草に手を伸ばし、急いで火を点け大きく吸い込んだ。

「この縁談、智鶴ちゃんが進めてるのよ」

「智鶴ちゃんが選んだ相手なら、間違いないでしょう。なにが気に入らないの」

早苗は言葉を選んでいるのか、ぽつぽつと歯切れがいいとは言えない口調で河之辺水産の台所事情を話し始めた。長女を嫁がせてから、河之辺の父はここ数年でずいぶんと船や加工場を増やした。珠生が実家にいたころよりも、五割は拡大している。近年は、ほとんどの施工に相羽組と信金が関わっていた。しかし早苗は、街のあちこちに河之辺の看板が並んでいるのは、羽振りが良いせいではないのだ、と口調をつよくする。

「融資はすべて杉原から。お父様は、好きで事業を拡大しているわけじゃないの。街のため人のためなんて言われて、あちこちから泣きつかれては河之辺の看板を分けているだけなのよ。河之辺の名前があれば、融資も進むでしょう。ただの保証人と同じよ」

「知ってる。けど、そのことと早苗ちゃんが杉原に売られてゆくというのとは、ちょっと違うでしょう」

思い詰めた表情から目を逸らす。同じだ、と妹は譲らない。

「大旗と河之辺と、杉原。これだけ並んだら、珠生ちゃんだってなにがどうなるか想像つくでしょう」

早苗の被害者意識につき合うのは骨が折れる。かといって聞き流すこともできない話だ。

大旗と杉原と河之辺、そして相羽――。

政治家と金貸し、お人好しと極道が揃う。誰もババを引かないためには細心の注意が必要だ。しかし川幅が太くなり金の流れがより明確になるのも予測がつく。危うく、それゆえに絶妙な均衡がそこにはある。気づかれぬようひとつ息を吐いた。

「それで、放蕩者《ほうとうもの》のわたしにどんな頼みがあるの。金のことはよくわからない。うちはただの土建屋よ」

智鶴ちゃんの思い通りなのよ――。

早苗の言葉を何度か頭のなかで繰り返した。金の流れと同時に、巧妙に仕組まれた構図が浮かびあがってくる。珠生は、妹が頼ろうと思った先が相羽珠生である意味を考えた。煙草を吸いすぎたのか、喉や胃の腑《ふ》が乾いて仕方なかった。

「智鶴ちゃんの思い通りかどうかはさておき、杉原の次男坊ってのはどんな男なの」

「婚約の話が出たその日のうちに、周囲にわたしの男性経験を聞き回るようなちいさな男。河之辺水産は、このままでは信金どころか大旗運輸に吸い取られるわ」

杉原家の長男は信金の理事長になり、次男は跡取り息子のいない河之辺の末娘と結婚をする。手堅い商家を間に置けば、政治と金の橋渡しはよりいっそう確かなものとなるだろう。金貸しの息子が商人の一族になれば、これほどつよい結びつきもないのだ。

珠生は、実の妹にどんな憐れみも感じなかった。自分が智鶴と相応の価値があると思える妹の、真《ま》っ直《す》ぐな眼差《まなざ》しが鬱陶しい。そんなことを思う自分が空恐ろしいくせに、妙に吸い込んだ煙が甘く感じられた。

「結局、好きなひとと暮らせるのは珠生ちゃんだけだった」

いいじゃないの――。

思ったことがそのまま声になった。早苗が目を倍も開き珠生を見た。珠生は妹の視線と自分の戸惑いを、急いで吐いた煙に巻いた。階下のドアが開き、すぐに階段を上る足音に変わった。足音は遠慮がちにゆっくりと上りきり、障子戸の前で止まった。

「お食事をお持ちしました」

短い返事をする。保田が三段重ねの重箱と取り皿を入れた籠を持って現れた。紅茶のカップが片付けられる。珠生は重箱や皿がテーブルの上にすべて並ぶのを黙って見ていた。早苗も、今さら保田に気を遣うのはためらわれるのか、手を貸さない。箸置き、箸と並べ終えて立ち上がった保田は台所でお茶の用意を整えたあと、再び腰を折った。

「早苗さんに召し上がっていただけますこと、板前が大変光栄に思っているようです。どうぞごゆっくり」

緊張で頬がひきつっている保田を見て、珠生は声をたてて笑いそうになる。居間には早苗と差し向かいで話しているときのささくれた気配がなくなっていた。珠生は、無口で無愛想な板前がそんなことを言うとも思えず、保田の態度が可笑しくて仕方ない。

「ありがとうございます」保田を見上げ、初めて早苗が微笑んだ。みごとな作り笑いだ。

「失礼します」高揚した表情のまま、保田が部屋を出て行った。

珠生は重箱の蓋を外し、一段ずつ応接テーブルに並べる。おこわと刺身と和《あ》え物《もの》、小鉢と煮物。ずいぶん手の込んだものを、と珠生は思う。これではまるで料亭の仕出しだ。板前を半ば脅し気味にして注文をつける保田の様子を想像すると、更に可笑しみが増した。

「珠生ちゃんは、毎日こういう食事をしているの」

「お客様が来たときだけ。普段は質素なもんよ。正直これはかなり張り切ってるほうだと思うわ」

相羽はまだ戻らないのかと問われ、遅くなるようだと答えた。珠生と夕食を一緒に摂《と》るのは、週に一度か二度のこと。小路の家にいたときと変わらない。女房も妾も、お互いの居心地悪さの向きが違うだけで、女の居場所にさほど大きな違いはないのだ。

おこわと刺身をひとくちずつ食べたところで、珠生は話の続きを始めた。

「それで早苗ちゃんは、あたしになにをどうしろって」

「本当のところを、聞いてもらいたかったのよ」

「聞いてもらうだけなら、誰でも良かったでしょう。女子供の愚痴を聞くくらい、そこら辺の石ころにだってできる」

先回りして言うのは簡単だが、なぜかここだけは妹の口から言わせたかった。頼るからにはそれなりの態度と言葉が必要だろう。妹という立場でやって来たのなら、なおさらだ。実家の事情、あるいは金の流れによって自分が売り買いに等しく婿を取らされることを、まさか珠生に毒づくためだけに来たわけでもあるまい。早苗が箸を持つ手を止めた。珠生はためらう妹には構わずカニ刺しを口に運んだ。

「大旗や智鶴ちゃんに、いいようにされるのが嫌だったのよ。それが家のためだとしても、なにか違うような気がして仕方ないの」

「それでものごとが上手いこと運ぶってこともあるでしょう。智鶴ちゃんがお嫁入りするときを思いだしてごらんなさい。実にみごとだったじゃないの」

どういう意味かと問うので、間を入れずに答えた。

「女子供の不平不満じゃ、世の中なんにも動かないってことよ」

妹は意識的にか無意識にか、大旗と相羽を比べたのだ。同時に智鶴と珠生を並べて見て、自分に都合の良いほうを選び泣きついた。

「わたしのは、不平不満なんかじゃないわ」

「好きでもない男と結婚して、自分以外の誰かに得をさせることが、そんなに嫌なの」

「珠生ちゃんには、わたしがわがままを言っているようにしか見えないのね」

「どんな理由を並べたところで、相羽を動かすのは難儀なことよ。女房の妹だろうと姉だろうと、おそらくそれは変わらない。血縁とか情とか、そういうこととは生涯無縁の男だから。あたしが手をついて頼んだところで、相羽はおそらく自分の部下を割の合わない仕事に巻き込んだりはしない」

早苗がまさかこんな泣き言を手土産に現れると思わずにいた。戸惑っているはずなのに不思議と心は揺れない。

「考えてみて。早苗ちゃんがいま泣きを入れている先は、相羽なのよ。あなたが言っているのは、もっと自分の有利になる結婚に持っていってくれ、ってこと。相手が大旗と杉原となれば、街の経済に関わることだから、たしかに汚れ仕事のできる相羽は頼りになる。女房の実家のためにと思うところもあるでしょう。でもね、あたしはただの取り次ぎ役。このあとのことを決めるのも相羽本人。そこはわかってるのよね」軽蔑してやまなかった相手の家にやってきて、ふんぞり返ったまま頼み事などできないのだ。早苗は「わかっています」と言ったあと、視線を珠生に据えた。

わかっていて男の仕事に口を出すのなら――、珠生はそこでいちど言葉を切り、ゆっくりと次の言葉を吐き出した。

「喜んで結婚するふりをすることね」

早苗が黙々と箸を動かし始めた。いくら泣き言を言ったところで、目に見える結果は大きく変わらない。自分の放ったひとことが妹の痛い場所にめりこむのを感じながら、湧いてこない「情」だけはどうすることもできなかった。

智鶴が婚礼の朝に弾いた「別れの曲」以降、笑顔の裏側でなにを思っているのか、ずっと考え続けてきた。大旗の衣を着て、今度は早苗を使って実家までも自由にするつもりなのか。だとすれば、小路の女もただの駒だ。女という保険をかけられた相羽が智鶴の企《たくら》みに屈するかどうかは、妻の珠生にかかっている。あのとき、泣いて騒がずにいて正解だった。そんなことをしていたら、まんまと姉の策略に嵌《は》まっていただろう。

男たちの動きは表向き、立場に忠実で無駄がない。目的が大きいからこそ、裏側で細かな細工をしている女の指先にまで気が回らない。この場で結論など出しようもないが、珠生も智鶴とそれほど違わないのだ。事情を詳しく調べてからと前置きをして、折を見て相羽に伝えておくと告げた。早苗もそれ以上とりすがったりはしなかった。

食後のお茶を飲んだあと保田に、妹を実家まで送るよう命じた。早苗に不満げな表情はない。事務所の玄関から去るころは、やって来たときとは顔つきも違っていた。心からなにかがすっぽりと抜け落ちている。自分の立ち位置になんの価値もないと悟ったか、ここへ来たのは間違いだったと悔いているか。どちらでもよかった。お互いにここから先は、ままならない現実とどうつきあってゆくか、だ。智鶴も早苗も、珠生も相羽も、相羽に集う男たちも変わりない。

珠生は事務所に戻ってきた保田を二階へ呼んだ。

「どうだった、早苗の様子は」

「どうだった、と言いますと」

疑り深い目つきになる。保田に一本すすめてから、珠生は煙草に火を点けた。

「晩ご飯が美味しかったとか、まずかったとか。初めてやってきた姉の家は、やっぱりやくざの集まりだったとか」

言いながら笑ってしまった。こちらの陽気さとはうらはらに、保田は真剣な表情で言葉を選んでいる。真面目ぶらなくてもいい、と言うと更に困った顔になる。

「あの子もそろそろ現実を見るときが来たってことなのよ。相羽に頼み事をしなけりゃいけないことで、どれだけプライドが傷ついたか。みんな同じだってことがわかれば、楽になることもあるでしょう」

姐さん——、保田がそこで言葉を切った。

「泣いていらっしゃいました」保田の思い詰めた表情が鬱陶しい。

女はそうやって男の気を引くのだ。泣かれた時点でさほど大切にも思われていないことに、なぜお前までが気づかない。ものごとに大きな期待をすることはなくなったが、保田のひとことは珠生の神経を逆なでした。

「ご婚約されることを伺いました。まるで売られてゆくようだとおっしゃっていました。自分、なんのお助けもできません。残念です」

「売られたこともない女にしか、言えない台詞ね」

「なに不自由なく育ってこられた方には、俺たちにはわからない苦しみがあると思います」

「俺たち」とはいったい誰をさすのか、訊ねてみたい気持ちを抑えた。

「あの子は、あたしたちに同情などされたくないでしょう。片方の話しか聞かないで行動するのはよくないことよ」

「なんとか、ならないものでしょうか」保田が声を落とす。見込みのない相手に、そこまで思い入れる必要はないだろうに。哀れといえばこの男のほうがずっと哀れだ。

気詰まりな空気に、珠生は立ち上がりカーテンを開けた。浅く積もった雪に月明かりが落ちて、夜が青かった。海峡側に氷が接岸すれば、陸地はもっと青みが増すだろう。冷えて冷え切れば、ここは島と繋がる。振り向くと、保田がすがるような目を向けていた。

二月も半ばになると、晴れの日はいっそう寒くなった。氷が海峡に流れ込み、昨日まで海面だった場所が氷で覆われている。ひとつひとつはちいさな氷塊だが、どれかひとつが立ち往生すると途端に流れが止まりひしめき合うようになる。

海面のままならば陸の気温は大きく下がらずに済むのだが、ひとたび氷原になると海辺の街は朝夕の冷え込みが厳しい「内陸」に変わってしまう。秋口、作業員たちが水道管の凍結を防ぐために巻いた保温材も、一部で役に立たなかった。

冷え込んだ朝は、部屋が暖まるまで小一時間かかる。珠生は明け方の寝室で眠い目をこすりながらポータブルストーブに火を入れた。

衣装部屋のドアを開けて、居間の暖気を入れる。脱いだものを放《ほう》ってそのまま眠ってしまった夫の、ウールの背広をハンガーにかけた。多少外で遊んだとしても、「ただいま」と「おかえり」の会話がひとつあれば、夫婦はまずまずなんとかやっていけると龍子が言う。相羽の「ただいま」が習慣なのか無意識にでも珠生を立ててのものなのか、当の妻にはわからない。

指に貴金属を光らせながら煙草を吸う珠生を見ても、相羽はなにも言わない。やめる機会を失い続け、「相羽珠生」が板についてしまった。つまらないことをしている、と思うたびに三浦の言葉が脳裏を過《よ》ぎった。

珠生が居間のストーブの火加減を確認しにゆくと、相羽が寝室から出てきた。パジャマの上に羽織った丈の長い綿入れ半纏《はんてん》は、珠生の大島紬《おおしまつむぎ》を縫い直して作った。拙い縫い目だ。手探りで針仕事などしていたのは、一緒に暮らし始めたころだった。

「おはよう、シゲさん」声をかけると、相羽が眠そうな目で「おはよう」と返す。なんということのない朝だ。熱いお茶を淹れてくれ、と相羽が言った。珠生は台所に立ち、薬缶に水を入れ火にかけた。

振り向くと、相羽がストーブの前にしゃがみこんで手足を炙《あぶ》っている。この世には「幸福」などないのかもしれぬと思っていても、「幸福感」だけは在る気がしてくる。

行きつけの鮨屋《すしや》の名前が入った湯飲み茶碗にたっぷりと緑茶を注いで手渡した。ひとくち飲んで、息を吐いた夫の口から保田の名前が出た。

「なにを考えてるのか、信金の周りをうろついてる」

思わぬ場面で、早苗がやって来たことを話さざるを得なくなった。智鶴のことに膜をかけて話すのは、珠生にとっても厄介なことだ。

「婚約自体は悪い話じゃないですし、男の仕事に首を突っ込むのはどうかと思って。薄情は承知のうえで、放っておいたほうがいいのじゃないかと。そっちの情報ならば、シゲさんのほうが早いだろうし。保田が早苗の周りをうろついているのは知りませんでした。すみません」

智鶴の企みに首を突っ込みたくないのは、珠生のほうだった。

相羽は空いた湯飲みを珠生に手渡した。食事が届くまでにまだ一時間と少しある。少し早めてくれるよう階下に頼みます、と言うと「いつもどおりでいい」と返ってきた。もう一杯お茶をくれ、と言う。珠生は再び台所に立った。居間の椅子に腰掛けた相羽が、ばらついた前髪をかきあげた。

「河之辺水産は、このあたりじゃいちばん健全な会社だ。社長はできた人だし、たいがいの面倒も引き受ける。戦後の街を立て直すのに、どれだけ私財を投じたかわからん」

あたしの実家のことは——、珠生の言葉を遮って、相羽が続ける。

「ただ、真っ直ぐ前を向いている目には、見えていないものもある」

おおきなため息が居間の空気を揺らした。

「河之辺社長は、長女を大旗運輸に嫁がせたことでひとつ街のために骨を折った。末娘を家付きにしてしまったことを、誰より悔いてる。真ん中がやくざ者の嫁になるとは思っていなかったようだが、結果的にそこにも善し悪《よ あ》しがあったことをよくわかっている。誰にも何にも文句を言わず、自分にできることを黙々とやり遂げる辛抱強さが河之辺水産を作り上げてきたんだ。俺が今まで会った経営者のなかで、河之辺社長ほどの人格者はいなかった」

相羽の声は真夜中に聴いた氷の音に似ていた。きしみながら苦しげに、たどり着く先と繋がりを探している。ひと呼吸置いて相羽が「なぁ」と言って数秒黙った。どうかしましたか、と問う。

「保田は、早苗さんとどうにかなりたいとは思ってないようだ。あいつの女遊びなんぞ、腐るほど見てきた。入れ込んだ女なんてひとりもいなかった。だからというわけじゃないが、たぶん本気なんだろう」

このひとは何もかも見えているのだという安堵《あんど》と、その隣にある男の狡さ、入れ籠《い こ》になって重なり合う女の悔しさが、蛇腹のように伸びたり縮んだりしては珠生の綻びを露《あら》わにする。

「河之辺の家は、どうなるんでしょうか」

流れに任せてゆけば遠くない将来、杉原家の次男が河之辺の社長におさまり、金貸しと政治家の関係はより強固になるだろう。真ん中でせっせと海峡の金を掘り出している相羽には陽があたらない。珠生にはそれがいいことなのか悪いことなのか、わからない。たとえ智鶴のもくろみだったとしても、そのまま物事の善し悪しに繋げて考えることができないのだ。河之辺の父が望んだことならば、いいような気もしている。

「お前は、どうしたい」

珠生は精いっぱい考える。誰もが満面の笑みを手に入れることは無理でも、どこにも大きな穴を作らずにいられれば――、考えるほどにそんなものはない気がしてくる。

「あたしに、できることはありますかね。強いて言うなら、ひとが泣くのを見るのはいやですね。わがままなことですけど」

「誰を泣かせないかを考えると、俺も頭が痛くなる。結局いつも誰かが泣いてる」

鼻の奥にこみ上げてくるものをこらえながら、精いっぱい明るく言った。

「河之辺の父と母が、これからも今までどおりに暮らせるように。それだけお願いできませんか。こんなひねくれ者の娘ですけど、健康に産んでもらって十五まで育ててもらいました。思えばなにひとつ返せたものがないんですよ。これからも返せるとは思えないんですけど」

相羽はひとつ頷き、「わかった」と言って二杯目のお茶を飲んだ。

「保田は、どうしたもんかな」部屋が暖まってきたころ、相羽がつぶやいた。珠生は視線を落とした際、羽織の衿に糸が出ているのを見て爪の先で縫い目に押し込んだ。黙っていると、遠くで氷のきしむ音がする。岸辺に響いた音は凍った土を伝わり、建物を這《は》い上ってくる。どこまで逃げてもまとわりついてきそうな、気持ちのささくれに染みこむ音だった。

「人の気持ちですから、なんとも。早苗もこの縁談はもう避けようのないことだと思っているようですし。それでも、どこかで自分を思ってくれているひとがいるというのは、心強いものだと思うんですよ。一緒にいられる明日がなくても、お互いが遠い景色になって支え合うこともあるんじゃないでしょうかね。あの子には、あたしばかり好きなひとと一緒になってと責められました。それもそうだと思います」

「好きなひとと一緒、か」

相羽が笑うので「そちらはどうだかわかりませんが」と意地悪く返した。

「お前と大して変わらんさ。似たもの同士はいろいろある」

「しんどいことのほうが多いんじゃないですか」

「そんなところに戻るほど、俺もお人好しじゃないし我慢強くもない」

電話が鳴った。出ると保田が「これからご朝食をお持ちします」と言う。「おはよう、よろしく」いつもどおり短く返事をする。

数分後、階段を上がってくる気配がした。相羽は綿入れ半纏姿だが、珠生はそうはいかない。急いでウールの普段着に半幅の帯を締めて、軽く紅を差しておいた。朝の食事から始まり、もう相羽とふたりきりの一日などないのだった。

松花堂風の器を食卓に置いた保田が礼をする。頭を上げる前に相羽が声をかけた。

「保田、ちょっと座れ」珠生と話しているときと調子は変わらないが、多少やましさのある身にはつよく響いたようだ。保田は腰を半分折ったまま、戸口から動かない。顔だけひねり、珠生を窺った。不安そうな目に向かって、口角を上げて見せた。保田は「は」と短く返事をし、ゆるゆるとした仕草で相羽の正面の椅子に腰を下ろした。

「飯は食ったか」

「はい、朝は味見で腹いっぱいになります」なかなか主を正面から見ようとしない。

相羽はそんな部下をからかうような軽さで続けた。

「いろいろ、個人的に忙しいようだな。生まれて初めて、預金通帳を持った気分はどうだ」

「知ってたんですか」

「あたりまえだ。お前たちが俺の行き先にすべて張りついてるくらいにはな」

「勝手なことをしまして、申しわけありません」

「こそこそ嗅ぎ回っていると、逆に痛いところに突っ込まれるぞ。杉原の次男坊は、長男とは別のところで頭が切れる。婿養子に入る利益を先の先まで計算できるんだ。今のところ、あの男に目立った穴はない。どうでもいいようなところを突《つ》けば、逆にこっちが割を食う。お前のケツを拭くのが俺だということを忘れるな」

相羽のひとことに、保田も観念したようだった。倒し気味だった背を伸ばし、顔を上げた。

「早苗さんが、気の毒でならなかったんです。俺は漢字もろくに知らない無学な馬鹿ですが、ああいう生まれついてのお嬢さんが、家のために好きでもない男と結婚するってのがどうにも。なにか自分にできることはないものかと思いまして」

語尾が消え入りそうに細くなる。後付けの拙い理由ということは、本人がいちばんよくわかっているのだった。

「好きでもない男かどうかは、わからないだろう。女は案外いろんな顔を持ってるぞ。生まれついてのお嬢さんはうちにもいるが、こっちもなかなかだ。河之辺の女たちは、どれも一筋縄じゃいかない」

「自分なんかがちょろちょろしたら、却って迷惑でした。すみません」保田の目が揺れた。

「お前とは違う理由で、俺も動くことになる。今後は、身内の勝手な行動がいちばん困る。河之辺水産の懐事情が大きく狂わないよう、金の流れと人の配置のバランスを取る。おおかたのことは木村が図面を作るから、しっかり聞いておけ。くれぐれも、私情は挟まないように。今度勝手なことをしたら、俺はお前を切るよ」

その言いかたがあまりに優しげだったので、珠生の背中には冷たいものが走り、両肩が持ち上がった。漠然と、河之辺の家は大丈夫だろうと思った。

保田が階下へ降りたあと、相羽と向き合い朝食を摂った。静かな時間、不意にお新香を噛《か》む音が響く。窓の外を、ときおり強い海風が通りすぎた。


海峡の色がいっそう深い青色に変わった。六月末、大安——杉原家の次男坊と早苗の結納が取り交わされた。早苗はすぐに信金を辞める予定だったのを、結婚直前まで延ばすことになった。その傍ら裁縫や料理といった習い事にも力を入れるという。

河之辺の両親が結婚に際してつけた条件のひとつが、婚約期間二年という長さだった。末娘ということもあるし、まだ一九歳という若さでは嫁として不足もあるだろうという理由は、周囲を納得させた。ただ河之辺家は、二年のあいだに杉原家に不誠実な言動が見られた場合は、すぐにこれを解消するという強気も見せた。決して表にはでてこない相羽重之の存在あればこその立ち位置だった。それは智鶴にも都合が良いらしく、大旗側が難色を示すことはなかった。

河之辺の看板を使って父が救ってきた地元企業は、造船や水産加工だけにとどまらない。河之辺水産が整理する会社は、四島から引き上げてきた魚油を原料とする石鹸《せっけん》会社や、缶詰ラベルをドル箱とする印刷業にも及んだ。

戦後に引かれた国境線のこちら側で生きる人間にとって、河之辺家が果たしてきた役割は大きかった。融資は街の復興という名のもとに河之辺水産に投入され、負債は長期にわたり河之辺の帳簿に積み重なっていた。

決して返せぬ借金ではないはずが、傘下となった街の企業は、採算は独立していながらも河之辺の懐をあてにし続けた。何があっても「潰れることはない」という慢心がもたらす負担は年々重くなり、転がり出せばどこまでも流れてゆく。

相羽は水面下で河之辺側に、自転車操業が目立つ会社から順に片付けるよう進言した。売却が可能な物件は河之辺水産から相羽が買い上げ、相羽の名義で売りに出した。短期で経営再建が可能な関連企業には陰でテコ入れを促す。よって今まで河之辺の傘下でぬるま湯に浸かっていた者はいきなり冷水を浴びることになった。杉原家が河之辺名義で各社へ回していた金は、今度は相羽の軒下を通らねばならなくなり、説明のつかぬものはことごとく切り捨てられたのだった。

こうして末娘の結婚に際して河之辺水産に不利なものは、相羽の手でひとつひとつ排除された。珠生が驚いたのは、河之辺の父が相羽の差しだした案を黙って受け入れたことだった。一緒に泥を被《かぶ》りましょうという相羽の姿勢と熱意は、長い年月で凝り固まったものを少しずつほぐしていった。

しかし建物の権利や血縁といった、面倒なものを孕《はら》んだ案件も多く、相羽のやり方に反感を持つ者は後をたたない。相羽は、偏見など働く人間の生活を安定させることによってじきに緩和されるし、他の企業よりもほんの少しだけ優遇することで消え去るものだといって譲らなかった。労働時間であったり休暇であったり手当であったり。そこには相羽の影となって図面を引く木村の手腕が発揮された。

杉原は河之辺との結びつきに金銭面の枷《かせ》が薄れた。よって婚約期間の二年という長さを受け入れざるを得なくなった。早苗の婚約話に始まった河之辺水産における土台の揺らぎは、相羽が杭《くい》を打ったことでひとまず快方に向かった。そしてそれは珠生に、盤石に見えた大旗智鶴の計画にわずかでも綻びがあったことを教えた。

珠生は一部始終を眺めながら、跡取りのいない河之辺家に父がどれだけ胸を痛めているかを想像した。母は男の子を産めなかった自分を責めていると聞いた。臥《ふ》せっていると聞いて案じたものの、「見舞いに来てもらうほどではない」という妹の言葉を信じている。

おいそれと帰れぬ家にしたのは、誰でもない自分なのだった。最近は、開き直りとも悔いともつかない心もちに揺れては、みなの無事を祈るほどに珠生も自分とのつきあいが巧《うま》くなった。三人姉妹をとりまく男たちの事情や経済は、それぞれ絡み合い、絡まり合いながら街の表面を美しく見せている。

早苗も、もう戻れぬ道を歩き始めた。みなが河之辺の家を守ってゆく覚悟を決めて、表面上父は娘を売り己を売らずに済んだのだ。珠生が相羽と一緒になったことも、これで少しは意味を持った。相羽の動向をすべて智鶴が把握しているように、今後早苗の身辺には相羽の目が光る。

昼過ぎ、結納後の挨拶として珠生のもとを訪れた早苗のひとことが胸に重たかった。

――執行猶予って、こういうことを言うんだわ。相羽さんにはずいぶんよくしてもらったと思うの。でも珠生ちゃん、正直なところわたしは嬉しくも悲しくもないの。なにひとつ満たされた気がしない。心が死んでしまったみたい。さんざんお世話になっておいて、こんな言いぐさはないんでしょうけど。

早苗は心を殺して、智鶴の思惑や男たちの放つきな臭さに蓋をした。漏れ出た言葉にどんな諦めを込めても、いちばん太い道を歩いてゆくしかないことに気づいたのだ。春をやり過ごした体に、疲れが出たのか珠生はその日軽い熱をだした。病院へ行くほどではなさそうだが、胃の腑がむかつくので食欲がない。相羽は今夜も遅くなりそうだ。今夜はいつもより軽めのものにしてほしいと頼むつもりで、午後三時を過ぎたころ階下に降りた。

事務所では変わらず、木村が机に向かっていた。河之辺の事情と大旗家と相羽のことをすべて把握していることが不思議なほど、木村は静かだ。この男は何ごとも、顔色を変えずにやり遂げる。電話にしなかったのは、この家で珠生の心頼みが木村ひとりという気弱さからかもしれない。ひとまず、顔を見ればなんとなく安心するのだ。保田はどこへ行ったのかと問うと「買い物ではないでしょうか」と返ってきた。ちいさな痛み分けはここにもひとつあった。保田の淡い恋心は相羽や木村の「見て見ぬ振り」でまだ微《かす》かに体温を保っている。決して今以上の関係を望まぬ己の立ち位置も、保田が自ら選んだ。相羽に恨みを持つ者が怒りの矛先を河之辺に向けぬよう、そのときは相羽組が全力で立ち向かうことを表に出さねばならない。やくざ者、海峡のダニと蔑んだところで、結局は相羽と同じことができる者はいない。だからこそ、身内には細心の注意が必要だった。習い事の送迎をする保田を、今のところ早苗が嫌がることはないようだ。

珠生は男たちの心もちを考えるたび、武士の情けにしては残酷なことだと思う。女の気持ちなどまるで無視して、格好を整えることばかりに心を傾けている。それが意気地というのなら、男たちの描く絵のなんと単純なことか。

作業員が別棟に移ってから、事務所は静かだ。ときおり、あまりにも物音が少なくて潮騒や風の音が気になるほどだった。

「今日はずいぶん静かだこと。みんなの様子はどうなの」

「作業が遅れているところがございまして、今日は遅くなると思います。風邪が流行《はや》っているようで、能率が上がらないこともあるようです」

「木村さんは、どうなの」珠生が訊ねると、木村は珍しく首を軽く傾げた。なにを問われたのかわからないようだ。人前では「木村」と呼び捨てにするが、不思議とふたりで話すときは「さん」が付く。

「あなたは、風邪をひいてないの」

ようやく合点がいったのか、浅く頷き「おかげさまで」と返ってきた。がらんとした事務所は、開業当時となにも変わったところはなかった。壁の工程表には以前と比べものにならぬほどの書き込みがされているが、木村は事務員を雇う気もないらしい。ここ数年で変わらぬものを数えたとき、あまりの少なさに珠生自身がさびしくなる。夫のことや姉のこと、妹のこと。人知れずなにかを振り切るため隠し部屋の隅に座っている珠生に、木村だけは気づいてくれていると思うのが慰めだ。

木村が寡黙なのは、すべてが自分の想像通り、青写真通りに動いているせいではないのかと思う。とすれば――そこまで考えて珠生は思考を止める。無意識に相羽と木村を比較していることに気づいてしまう。

「みんな別棟に移ってから、事務所もずいぶんと静かになったわね」

「社長と奥様には、できるだけゆったりお過ごしいただきたいと思っておりました」

作業員の起こす面倒や喧嘩騒ぎは、みな自分の責任だと思っているようだ。そんなに責任ばかりたくさん背負い込まなくてもいいのだ、と言いたいのだがうまく口に出すことはできない。せめてこの男の肩の荷が、少しでも軽くなるよう祈った。

「快適よ、とっても。ありがとう」

木村が静かに頭を下げる。少し熱っぽいので食事は軽めのもので頼むと告げた。

「病院へ行かれたほうがよろしいのではありませんか。車を出します」

「ただの疲れよ。温かくして早めに横になればだいじょうぶ」

「ちょっと失礼します」

木村が珠生の横をすり抜けて、もとの大部屋の一角にある厨房へと入った。熱、滋養、胃にやさしいもの、といった言葉が聞こえてくる。「急いで頼みます」のあと、木村が事務机のところまで戻ってきた。

「出来上がりましたら、すぐにお持ちしますから。それまでお休みになっていてください」

「木村さんが、持ってきてくれるの」

「はい、お届けにあがります」

珠生はわかった、と告げて二階へ上がった。今ごろ相羽はいくつかある行き先のひとつで、風呂にでも入っているかもしれない。珠生がつまらない嫉妬《しっと》に振り回されていては、相羽組は立ちゆかなくなる。ひとつふたつと増えてゆく貴金属は、珠生の目にさびしく光る。満たされる場所などひとつもないのに、この身ばかりが石の輝きによって醜く肥え太ってゆく気がする。

居間の椅子に深く座り、建物の壁を這い上がってくる潮騒を聴いていた。目を瞑《つぶ》ると、外から響いてくるのか自分の内側から聞こえてくるのかわからなくなる。皮膚の内側か外側か、見極めのつかないところで珠生を震わせているのだ。熱は痛む頭から首筋へと流れ、背骨を通り腰まで下りてきた。

富山の置き薬のなかに痛み止めがあったはずだ。軽い紬を着ているのに、全身が濡れた衣をまとったように重い。立ち上がった珠生の視界で、壁が勢いよく走り始めた。右から左へ、同じ方向を見ているのに景色が流れてゆく。驚いて目を瞑ると、今度は自分が回転し始めた。なにか別の力に操られている恐怖感に、思わず声をあげそうになる。その場に崩れおち、椅子の肘掛けでつよく頭と腰を打った。

痛みと嘔吐《おうと》感で、声も出せない。耳奥の潮騒が音量を増してほかになにも聞こえなくなった。薄目を開ければまだ壁が走っている。助けを呼ぼうにも、全身に広がる痛みのせいで呻《うめ》き声しか出なかった。

ひたすら嵐が過ぎ去るのを待っていた珠生を、誰かが抱き起こした。

帰ってきてくれた——、夫の名を呼んだ。

声になったかどうか、自信がなかった。手を伸ばすがどこにも届く感じがしない。

抱き上げられてほっとしたところで、気が遠くなった。

　横たえた体がじりじりと砂に引き込まれてゆくのに、指一本動かせないままでいた。呼吸はできるのに、視界にはちいさくなってゆく空しかない。この青は見たことがある、と思った。どこで見た空だったろうかと記憶をたぐり寄せる。あぁこれは――納沙布岬で智鶴と見た空の色だ。ふるりと全身が震えて、珠生は目覚めた。

　頭の芯が痺れている。どこにいるのかわからない。瞼がこんなに重いとは気づかなかった。ひとつ大きく息を吐いた。次の瞬間、胸が痛くなるほど息を吸い込んだ。思ったよりも明るい場所だった。目玉は動くが、声が出せない。口の中が乾ききって、舌が半分に縮んでしまっている。三度目に息を吸った際、消毒薬のにおいがした。

　足もとのほうで引き戸の音がして、人の声が聞こえ始めた。

「お目覚めですか、相羽さん、わかりますか」

　視界に看護婦の白衣と腕が入ってくる。精いっぱい瞼を動かした。点滴の瓶と白いガーゼが見える。唇に、なにかあたる。湯冷ましの吸い口と気づいた。珠生は全身の力を振り絞り、吸い口から注がれる一滴一滴を口に溜めた。

　あの、恐ろしいめまいはいったいなんだったのだろう。舌が水分を得て膨らみきってからやっと、生きた心地になった。看護婦が珠生ではなく別の人間に話しかけていた。きしむ首をそちらに向けた。木村が、事務所にいるときと同じ角度で珠生に頭を下げた。

「じき、お医者様がみえるそうです」

珠生はそばにいたのが木村であったことにほっとしていた。こんな場所に横になっていることを、いいわけしなくて済む。黙り込んだ木村に、短く礼を言った。

現れた医者に深々と腰を折って、木村が病室を出て行く。珠生はベッド脇に立つ医者の、白衣の衿を見ていた。

「過労によるめまいの発作だと思われます。疲れがひどくなると、三半規管の働きも悪くなるんですよ。水分の調節が自力ではできなくなるんです。前兆として、ときどき耳の聞こえが悪くなっていたと思うんですが、だいたいの患者さんが『今思えば』とおっしゃいます。耳鳴りとか、難聴とか、ありませんでしたか」

珠生はふと、耳奥に響いていた潮騒のことを思いだした。

「ここのところずっと、海の音が気になっていました」

それかな、と医者が言った。海峡から響いてくると思っていた音が、耳のせいだとは思わなかった。医者に断定されると、潮騒も三半規管の不具合となるらしい。同じ場所にいても、同じ音が聞こえるとは限らないのだと気づき、さまざまなことが腑に落ちた。先生、と訊ねてみる。

「家に戻りたいんですけど」

「せめてもう一日、様子をみたほうがいいと思いますよ。お腹《なか》のこともあります」

お腹、と語尾を上げる。医者は言いよどむこともなく「流産されています」と答えた。

「お腹――、赤ん坊がいたんですか」

「ごく初期でしたが」

帰らねばならない、と思った。起き上がろうとすると腹と腰に鈍い痛みが走った。

「無理はいけません。ひと晩様子をみましょう」

いったい自分はどのくらいのあいだここに居るのだろう。今がいつなのか訊ねた。

「夕方に運ばれてきて、今は午後八時を回ったところです」

まだ相羽が家に戻る時刻ではない。保田も事務所に戻っているかどうか、という時間帯だった。

誰にも知られたくない――。

珠生の内側から、つよい気力が湧いてくる。腹の子を失ったことにはまるで実感がなかった。気づかずにいたことを申しわけないとも思わない。在ったことも失ったことも潮騒にかき消され、珠生の耳に聞こえてはこなかった。

点滴は残り三分の一というところだった。薬を出しておきます、と言って医者が病室を出て行った。入れ違いに、木村が戻ってくる。

「この点滴が終わったら、帰ります。今なら、相羽が戻る前に家にいられます」

それは、と言いかけた木村を遮った。

「お腹のこと、知ってるのね」木村は無表情のままだ。珠生は「それならなおのこと連れて戻って」と譲らなかった。

午後九時、明日の午前中にまた点滴にくることを約束して、珠生は木村に支えられながら病院を後にした。借りた肩が、見かけよりもずっと頑丈であることを知る。内耳の水の揺れで嵐のようなめまいに襲われている珠生を、軽々と抱きかかえたのはこの腕であった。

車窓から見る街はもうすっかり夜に包まれていた。珠生は、ひとまず帰宅できる程度のことだったのだと自分を奮い立たせた。珠生が声をかけると、木村がハンドルを握ったまま「はい」と返した。

「風邪と疲れ、ということにしておいてください。お願いします」

「承知しました」

夕食の献立を変更するときと同じ調子だ。木村はこの先も、変わらないのだろう。

この男の強みは、忠実な姿勢と感情の在処《ありか》を誰にも知らせずにいられる精神力なのだ。

けれど珠生は、めまいに揺れる自分を抱き上げた際の腕が、相羽のものと間違うほどに躊躇《ためら》いがなかったことを知っている。相羽の命を守る延長線上に珠生がいるのではなく、この男は「珠生を守る」ことも、己に課している。

力の入らぬ左手で車窓をすこし下げた。湿度の高い夜気が滑り込んでくる。

愛《いと》しい男と、いますがりついて泣きたい男が、別の場合もあるのだと思った。

8

珠生がひと夏臥せっているうちに、海峡には薄い筋雲が流れていた。秋を呼ぶ空は、海の色を移していっそう青黒い鱗《うろこ》を光らせていた。

霧の消えた海峡を眺め、通りすぎた季節を遠いものに感じたとき、珠生は長旅から戻った気持ちになった。いつしか、凪《なぎ》の海に向かって手を合わせるのが習慣になっていた。

昭和三十九年九月、今日は市民斎場の落成式だ。相羽は昼には現場へ向かうという。落成式のあとは事業関係者との懇親会がある。珠生は夫のネクタイとワイシャツ、背広の準備をしながらふと手を止めた。これまで、大きな行事には珠生も同行していたのだが、この夏は珠生が相羽の仕事先について行くことはほとんどなくなっていた。何度か公式の行事はあったはずだ。

それがたびたび横になる珠生を気遣ってなのか、顔色の悪い女房を見るのが億劫《おっくう》なのか、ねぎらいながらも夫の外泊は増えてゆく一方だった。送り迎えをしている保田も珠生との接触を避けているふしがあった。

珠生の心頼みは木村へと傾き、保田のいない夕刻に食事を運んでくれる折にひとことふたこと話すのが慰めになっていた。話題はたいがい天気のことや、食べたいもののことだ。珠生が夕食のさくらんぼが美味しかったと言えば、どこから手に入れたのか、手籠にいっぱいのさくらんぼを届けにくる。不器用な男の気遣いと優しさは、珠生をひととき幸福な気持ちにした。ただ、余計なことを一切言わない木村の態度が嬉しいぶん、相羽の話題を避けていることがどこかさびしくもあった。

腹からいなくなった赤ん坊への思いは、流れた当初より重くなっていた。体が安定してくるにつれて、心のほうが病み始めたようだ。流産と前後して、智鶴が妊娠中であることを知ったのもよくなかった。

いいじゃないか――。季節をひとつやりすごして晴れ渡った海峡は、そんな答えを連れてきた。自責と悔いの、長い潜水は終わった。

背広の準備を終えて、居間に戻った。相羽が硝子の灰皿で煙草をもみ消していた。

シゲさん、と問う。生命力の象徴に似た濃い眉が寄り、優しげに珠生を見上げた。

「今日の落成式、あたしも行こうかと思うんだけど、どうでしょうね」

「具合はどうなんだ。無理はするな」

「ひと夏、本当にすみませんでした。病院通いも半月に一度でいいと言われてるし、今日は霧が晴れたみたいに調子がいいんですよ」

相羽は数秒珠生の顔を見たあと「じゃあ行くか」とつぶやいた。左手の指先にまだ火を点けていない煙草が挟まれていた。珠生は口角を精いっぱい上げて、夫の目に応えた。

市民斎場は、火葬場と同時にオープンする。誰も喜んで行きたい場所ではないけれど、金のあるなしにかかわらず、全市民が等しく使うことのできる斎場は悲しみの容《い》れものとして街の大切な箱だった。

珠生は今日の装いに濃紺の色無地を選んだ。帯は薄い灰色の刺繡入りだ。帯締めを紫にすれば品も損なわれない。指には十五ミリの南洋真珠を着けてゆくことに決めた。

昼前の時間をたっぷり使い、珠生は久しぶりに外出用の化粧をした。髪は低めの夜会巻きにし、衿も詰め気味にする。絹物が体に馴染んで心地良い緊張感に包まれた。

自分の用意を整えてから、相羽に背広を着せる。ネクタイを締めていると、窮屈だとつぶやくので、わざと締めようと指に力を入れた。珠生はふざけ半分で見上げた相羽の頬に、一瞬だが憐《あわ》れみが過ぎったのを見た。ネクタイをほどよく調節して、両ポケットにハンカチと懐紙を入れた。

「はいできあがり。今日も男前ですよ」

「男前だけ余計だ」居間に向かうころは、いつもの相羽に戻っていた。

支度を整えて、すこし早めに事務所に下りた。こちらがおや、という素振りをすると木村が目を伏せた。珠生は木村の背広が、大旗善司の激励会当時のものと同じことに気づいた。

「もしかしてその背広、一張羅なの」

「別段着てゆく先も持ちませんし、一着あれば、たいがいの用は済みますので」

珠生は「そうかねぇ」とつぶやき、木村の黒い革靴に視線を落とす。磨かれてはいるが、あまり新しいものとはいえない。保田が車を出す際いつもモスグリーンや紺地の背広とおしゃれなのに対して、木村は事務所では作業着で通している。

相羽がふたりのやりとりに気づいて、木村に声をかけた。

「この先、人前に出る仕事がないとも限らん。作業服とそいつじゃ、足りないこともあるだろう。せめてもう一着くらい持っておけよ」

頭を上げた木村が「はぁ」と返したあと困惑した表情になった。珠生もたたみかける。

「近々、このひとの冬物をオーダーするから、そのとき一緒に採寸しましょう」

「それがいい」と相羽が続けた。

車を取りに行く、と言って外に出た保田がなかなか現れなかった。珠生はちらと換気口の近くにある壁掛けの時計を見る。珠生の視線をうけた木村が、自分の席から一歩踏み出した。保田が事務所の戸を開ける。傍らに、男をひとり連れていた。相羽以下、事務所に並んだ面々を見て、保田がばつの悪そうな顔をした。

「木村の兄貴、急ぎのときにすんません」

隣で一緒に頭を下げた男は、保田と同じ背格好だった。年の頃なら三十手前というところか。角刈りにした頭髪に、木村に負けず劣らず地味な背広を着ていた。

「こちらは、いったい」木村の問いに、保田は素直に答えた。

「以前、三浦の親父《おやじ》さんに世話になっていたらしいんです。最近、飲み屋で知り合ったんですけど。働き口がないって言うんで、事務所に来たら俺が頼んでみるって言ったんですけど、約束が今日だったのすっかり忘れてて」

「見たことないな」と相羽が言った。男はひかえめな表情で、保田と同じく恐縮しながら前に出た。

「今川徹《いまがわとおる》と言います。ずっと釧路におりました。相羽社長が独立されてから、お世話になった者です」

「親父の仕事のなにを請け負ってたんだ」相羽が訊ねた。

「内陸との取引や通訳の真似事をやっておりました」

今川徹は実直そうな表情に緊張を混ぜて、ぴしりと腰を折った。横で一拍遅れて保田も頭を下げる。

「どのくらい世話になった」

「たった一年でしたが、ずいぶんと良くしていただきました。連絡が途絶えて、なにがあったのかと思い根室に参りましたら、こんなことに」今川は半分腰を折ったまま答えた。

「どうして今ごろうちに来る」

「三浦の親父さんにはよく『お前はシゲに似ている』と言っていただいたんです。相羽社長には、いつかお目にかかりたいと思っていました」

似ているとはどういうことだ、という問いに、今川の目がより真剣な気配を帯びる。

「弟子屈《てしかが》で炭焼きの倅《せがれ》に生まれましたが、十五の年に起きた火事で家族が焼かれて、ひとり生き残ってしまいました。親父さんが釧路にいらした際ハイヤーの運転手をしておりまして、たまたま身の上話をしましたら、『シゲにそっくりだ』とおっしゃって。それから仕事をいただくようになったんです」

珠生は着物の共布で作ったバッグからライターを取り出し、相羽の煙草に火を点けた。ひとつ煙を吐き出して、相羽がぐるりと首を回した。

「うちはただの土建屋だ。背広を着たままできる仕事じゃない」

「なんでもいいんです」

今川の額には脂汗が浮かび、こめかみに流れんばかりだ。

数秒の間を置いて相羽が「仕事か」とつぶやいた。木村が一歩相羽に近づいた。珠生はこのふたりが目の前で近づくと、それだけで胸苦しい。同時に視界に入ってくることがいたたまれず、その場から逃げ出したくなる。

「社長、うちは市民斎場も終わりましたし、飯場も事務所も人手が足りています。特別雇い入れる理由もございません。働き口を探しているのなら、土建よりも港のほうが実入りがいいはずです」

うん、と言いながら相羽が煙草を挟んだ右手の親指でこめかみを掻く。木村がたたみかけた。

「飯場の人間も健康状態の悪い者はいっとき静養させますが、それでも人手は十分に足りております」

相羽はなかなか答えを出さなかった。式典の会場へ向かう時間が迫っており、木村が珍しく主の反応に苛立《いらだ》っている。今川と名乗る男は再度腰を折り、顔だけを相羽に向けた。その瞳には切実な光があった。それぞれがなにかしらこの場にふさわしい言葉を探している気配のなか、珠生は指に南洋真珠を着けてくるのを忘れたことに気づいた。

「聞いたとおり、人手は足りてるそうだ」

「飯炊きでも掃除でも、なんでもいたします。どうか使ってやってください」

数秒の沈黙のあと、相羽がのんびりとした口調で顔を上げろと言った。ゆっくりと男の頭の位置が高くなってゆく。頬にはまだ緊張が残っているが、その目は相羽しか見えていないようだ。

「行くところがないんだろう」と問われ、今川がひとつ瞬《まばた》きをしてうなずいた。

「木村、飯場でもどこでも、寝泊まりくらいはできるんじゃないのか」

「寝泊まりする場所とは別の問題です。現場を預かる身としては、賛成しかねます」

木村が珍しく正面切って相羽に逆らった。滅多にないことなので珠生も驚いたが、それ以上に相羽が困惑している様子だ。

「社長、現在は気の荒かった作業員たちも真面目に働いて、公共事業も順調です。新入りのことで現場が混乱するのは管理者として避けたいと思っております」

そうか、わかった——。相羽がひとつ大きく息を吐いた。

「ご覧のとおり事務所の仕事は慣れた者が詰めている。雇うかどうかは別として、泊まるところがないなら、とりあえず今日明日の寝泊まりと飯くらいはこの木村がなんとかしてくれるだろう」

珠生は今川と保田、ふたりの顔がさっと紅潮するのを見た。

社長――。

同時に、木村の張りのある声を聞いた。こんな大声が出るのかと驚いていると、相羽が机の上の灰皿に煙草を押しつけた。

「木村、今日は市民斎場の落成式だ。ホトケを最後に見送る場所の行事へ行くってときに、俺を頼ってきた人間を追い出す気にはなれないんだよ。ちょっとのあいだ、悪いが頼む」

木村は言葉に詰まった様子だったが、すぐにいつもの様子に戻り頭を下げた。不本意な気配はぬぐえないが、主のひとことに折れた風だ。珠生は木村が見せた頑《かたく》なさの理由がわからなかった。そしてなぜか、相羽が見せた事業主としての姿をもの悲しく思った。海峡では命のやりとりさえ厭《いと》わない男の妙な鷹揚《おうよう》さに触れると、胃の裏側がひりついた。実の姉に涼しい顔で騙され続けている自分のことも、甲斐性《かいしょう》のない女に思えてくる。

木村がいったん事務所の奥へ消え、すぐに屈強そうなひとりの男を連れてきた。

「しばらく、お前も一緒に裏の飯場で寝泊まりしてくれ。布団と飯と――あればなにか仕事を見つけてやってくれないか」

男は短い返事のあと、今川を連れて事務所を出て行った。

作業員たちがすべて別棟に移ってからは、いったい何人がこちらの建物に寝泊まりしているのかさえ報《しら》されていなかった。静かな暮らしを、と木村は言うけれど、知らないことが静かなことだとも思えない。

保田が喜び勇んで事務所を飛び出し、すぐに車をまわした。木村は再び事務所の奥に声をかけ、自分が留守にする時間を告げている。この細やかな仕事の積み上げこそ彼の性分を示すものであるのに、と珠生は先ほどの木村の様子を思い返す。

出しなにまた、バッグを持つ手に南洋真珠がないことを思いだした。相羽はもう車に乗り込もうとしている。

「ちょっと待って、忘れもの」

珠生は急いで二階へ上がった。衣装部屋の宝石箱から指輪を取り出し、右手の中指に着ける。後れ毛やこめかみのほつれはないか鏡で確認して、白足袋のつま先を階段下に向けた。慌てていたので、階下のドアが人の肩幅分開いていた。階段の中ほどまで下りると、開いたドアの隙間にねずみ色の背中が見えた。木村だ。

「ごめんなさい、開けっ放しで上がっちゃって」

声をかけながら草履の鼻緒に足を合わせた。戸締まりのために待っていたとわかっているのだが、ざわめき始めた心が面倒な理由を欲しがっている。

鍵の確認をしながら、木村が「ご体調は、いかがですか」と訊ねてきた。珠生は着物の裾が足袋と草履に挟まらないよう気をつけながら「だいじょうぶ」と答えた。すぐに車に乗り込まねばならないのに、この時間が惜しい。

「心配かけて、すみませんでした」

木村は「いいえ」と短く返し、珠生を相羽が待つ車へと促す。いっときの迷いが一拍の間をつくった。踏み出すつま先がほんの一瞬ためらったのち、木村と目が合う。珠生は男の、なんの感情も見て取れない目に精いっぱい微笑んだ。

「このとおり元気です。行きましょう」

秋晴れの空の下に、長い煙突がそびえていた。斎場の外観は洒落《しやれ》た洋館のように見える。市長や助役、ずらりと並んだ街の名士たちの先陣を切るようにして大旗善司、智鶴夫婦がいた。大旗はいつか見たときよりもすこし恰幅《かつぷく》が良くなっていた。隣で微笑む智鶴の腹は、妊婦用礼装服の前裾が持ち上がりそうに突き出ている。明日から稼働するという火葬場の景色にみごとなほど浮いた姉の姿は、珠生をいっとき憂鬱な気持ちにさせた。河之辺の両親の一歩後ろに早苗もいる。並びには杉原の関係者、建設会社、設計技師らと続き、その横に相羽、珠生と並んだ。ふたりの後ろには木村が、向かい側の見学者のなかには保田がいる。

保田は全体を視界に入れ、おかしな動きがあったときはすぐに木村に告げられるよう、この場においては浮き気味の薄茶色の背広を着ている。市長挨拶は長々と続いた。ずらりと並んだ男たちの半分以上は四島出身者あるいは樺太からの引き揚げ者だった。

「――というわけで、大変長くなりましたが最後に、誰もが等しく利用できる市民斎場をここにオープンできますことを喜び、ご尽力いただいた大旗善司氏、施工に関わってくださった地元建設業者各位、多くの寄付を寄せ支えてくださいました市民のみなさまに、心から御礼申し上げます。末長く愛される施設の総合管理を執り行って参ることをお約束いたしますとともに、本日ここに落成式を迎えることができましたこと、市民のみなさま並びに関係者のみなさまに、深く感謝申し上げます」

続いて、大旗がゆるりとした仕草でマイクを握った。

「――ここ市民斎場が長く、命の終わりを見送る大切な施設として、ご遺族の心を慰めるいちばんの場所であり続けるよう、微力ながら応援してゆきたいと思っております。わたくしごとではありますが、あと半月後には父親になります。我が子がいつかここでわたしを見送ることを常に意識しながら、父親の生きた時間に思いをはせてくれるよう、今後もよい仕事をさせていただこうと、心を新たにいたしました」

視線が一気に智鶴へと動いた。こぼれ落ちそうな腹をさすっている姉の口元には、うっすらとした笑みがある。挨拶をする大旗から向かって弧になった関係者のなかで、智鶴を見ていないのは河之辺の父と母だけのように思われた。母は背筋こそ伸びているものの、まるで黙禱《もくとう》のように首を前に倒している。逆に、智鶴はいくぶん削《そ》げ気味の頰を持ち上げ、神々しい笑みで皆の視線を浴びていた。

秋の日差しのなか、姉の腹に在るもの、金で動く人間、金で変わる言葉を持つ者たち、どこに持ち上げられているのかさえわからない者たちのことを考えた。みな、いつかこの斎場で焼かれて天に上り土に還《かえ》るというのに、亡骸《なきがら》を焼かれるいきさつには思いを寄せず、焼かれるときの周囲を想像している。大旗の大仰な挨拶はもっとも響きながら、どこか人の心を別の場所へと牽引《けんいん》していた。

珠生の横で相羽が「どうした」と訊ねてきた。「いいえ、なにも」と返す。

「息を止めているからどうしたのかと思った」

「息、止めてましたか」

「うん、ずいぶん長く呼吸していなかった」

珠生は左の指先で、南洋真珠を撫でた。長い時を経てゆっくりと育った真珠の表面には少しの傷も歪《ゆが》みもざらつきもなかった。ひっそりと海の底で硬い貝殻に守られて育ったものだけが持つ、それは時の流れが見せる健やかな丸みであった。

斎場には不釣り合いな紅白のテープが、市長、大旗、施設長の手で切られた。あちこちでシャッターを切る音がする。光の先に智鶴や大旗、河之辺の両親がいた。ひとの視線が鬱陶しくて後ずさりしそうになる珠生を、相羽と木村の存在が支えている。

ぼんやりしているとつい、せり出した智鶴の腹を見てしまう。生まれてくるのは子供だけではないのだろう。大旗善司も、あの腹から出《い》でてあの腹にすがり続ける生きもののように思えてくる。

式のあと、斎場の広間で立食懇親会が開かれた。仕切りを入れると控え室が五部屋になる造りだという。テープカットの前と大きく違わない挨拶を、同じ顔ぶれが続けている。室内では智鶴の前に人の列ができた。声が聞こえる場所で、相羽の一派として佇んでいる珠生は、智鶴や早苗、河之辺の親族から数歩離れた場所にいた。

臨月を迎えた智鶴への挨拶のおおかたは「男の子だといいですね」「跡取りが生まれたら、盛大にお祝いをしなけりゃ」という言葉で締められた。誰もが決められた台詞《せりふ》のようにそのひとことを付け加えて去ってゆく。娘の体を気遣うように立っている母は、相変わらず珠生の方を見ようとはしない。挨拶客がいずれも「男の子」を連発するのを緊張した微笑みで見送っている。

河之辺の父が妻と長女のそばから離れ、相羽の前にやってきた。久しぶりに見る父の頭髪は前にも増して白くなっている。父は相羽の前までやってくると、静かに頭を垂れた。

「この夏はいろいろと申しわけなかったね」

「礼を言われるようなことは、なにひとつできなかったように思います」

「いや、結果的にきみが動いてくれなかったら、どれもこれもどっちつかずで、何も前へは進まなかった。しがらみを背負うということを、こんなに痛感したこともなかったよ。縁談ひとつで片を付けるには、ものごとがあまりに膨らみすぎていた。結局、わたしは三人の娘たちに一生恨まれ続けるんだろう」

「誰も、河之辺社長のことを恨んではおりません。ご自分を責めるのはいけません」

父の頬に、穏やかな陰ができる。父は「うん」とひとつ頷いて、母や智鶴の横へと戻った。相羽が華やかな気配をふりまく群れを見ながら言った。

「いずれみんな、ここで骨になる。俺も同じだ」

死ぬことをほのめかしながら生きる男たちがひどく不誠実な生きものに思えて、珠生は意地悪く返した。

「ええ、いずれわたしもですよ」

相羽が喉の奥で笑った。人の集まる場所では、壁に近いところで全体を見る位置に立つようになった。護衛するには顔見知りも敵も多く、周囲の空気が硬くなってしまうからだった。

早苗の縁談がからみ始めてから、杉原家はいっそう相羽を煙たがっている。表向きは友好的に見せながら、現場で起こるトラブルの内容をひっくり返すと、不思議とうっすら杉原の影がちらつくのだ。わざと杉原が見え隠れするように見せかけて、後ろで智鶴が糸を引いているとも限らない。ひと夏の憂鬱をつなぎ合わせてゆくと見えてくるものもあった。絶妙な均衡を保っているそれぞれの境界線は、少しずつ曖昧になっていた。

杉原が智鶴のドル箱だったキャバレーの経営権を引き継いだり、長男の嫁を世話してもらったことも表面化した。智鶴が視線を向けた方角をさっと探り当てて、先回りをする男たちがいるのだった。子供を産むのは智鶴だというのに、周囲から「がんばれ」と激励されているのは夫というのも、この夫婦らしい光景だ。感極まって今にも泣きそうな大旗でさえ、いつの間にか智鶴が持っている手駒のひとつにしか見えなくなっていた。

珠生にとっては、会場の内外から人間関係までを把握している木村の存在が心頼みだった。木村がいなければ、こうした場所にいることすら本来とても恐ろしいことなのだ。つと、斜め後ろにいる木村を振り向き見た。視線がぶつかり、珠生のほうが慌てて目を逸らした。

会は大旗の挨拶によって締められた。半月後に父親になる男が、火葬場の煙突の話をしている。魂が上ってゆく天と、大旗善司が向かう天は、同じ響きでありながら、生のあるなしでまったく異なる場所だった。

珠生はふと、智鶴の腹の中にいる子が女の子であればと思った。女であれば、男たちが思い描く力の連鎖からうまい具合に外れることもできる。全身に期待を背負って生まれ来るぶん、男はその身も心の裡《うち》も厄介な生きものだ。

目を閉じるとなぜか、晴れた空にひとすじ上る煙が見えた。慌てて開けた目の先に、いくぶん疲れた表情の、河之辺の父がいた。


落成式から半月後、朝の七時に早苗から電話があった。夜半から季節を急ぐ雨が降り始め、カーテンを開けてみても空は太陽がどこにあるのかわからぬ色をしていた。

「智鶴ちゃん、無事生まれたみたい。少し前に大旗の家から連絡があったの。お母様が、珠生ちゃんにも報せてあげてって」

「ありがとう。生まれたみたいって、智鶴ちゃんは河之辺に戻ってお産したんじゃないの」

「うちには一度も戻らなかった。智鶴ちゃんは、大旗の家でお産婆さんを呼んだそうよ。産気づいたことも、誰も知らなかったのよ。実家に戻るのが間に合わなかったわけじゃあないの。最初からそうすることに決めていたみたい」

病院ならばともかく、実家に帰らずお産扱いも頼まず、婚家で産婆にお産を任せるなんて。珠生は視線を、冬支度の色を深める海峡に移した。

「早苗ちゃん、どうして智鶴ちゃんは里帰りしなかったのかしら」

「最初はお母様の体調を気遣ってだと思っていたけど」

早苗の言葉も歯切れが悪い。母と智鶴のあいだに何かあったのではないか。母が死ぬまで百点を取り続けると言ってのけた長女は、母に頼らずに出産した。珠生は「別れの曲」に込められた思いのあれこれを想像して背筋が冷たくなった。

「早苗ちゃん、河之辺のほうはお産のお見舞いをどうするの」

「まだなんとも。病院には入らずに済んだっていうけど。いくら初孫だからといっても、実家の者がぞろぞろと赤ん坊の顔を見に行くのもはばかられる感じよ。お祝いムードなんて感じられない。大旗さんやご両親ならいざ知らず、女中さんからの電話で報せるなんて、どうかしてるとしか思えない。小馬鹿にされてるのかも」

河之辺の父と母がどんな様子なのか訊ねると、早苗の歯切れはますます悪くなった。

「ふたりとも無事を喜んでいるふうだけど。飛んで行くっていう感じでもないの」

手放しでの祝い気分ではないことが、妹の口調ではっきりする。早苗の縁談といい小路の女といい、智鶴とのあいだに屈託を抱える珠生もやはり手放しで喜ぶ心もちにはなれなかった。両家の初孫誕生にしては、みなどこか戸惑っている気配があった。

「わかった。あたしがまず、お産見舞いに行ってみる」

珠生はほどよく両家との距離がある。相羽の仕事のおかげで、誰とも親密にならず済んでいるのだ。裏仕事を仕切る男の妻は、利害関係が表面化しないことで守られる居場所がある。

助かるわ——早苗がほっとした気配で続ける。

「実のところ、お父様もお母様も初孫の顔を見たいのでしょうけど、智鶴ちゃんはそれを拒絶している気がしてならないの。産気づいたことさえ知らずに、今朝の電話でいきなり生まれましたって、女中さんからだもの。それって、いったいどういうことかと思うでしょう。せめて智鶴ちゃんから直接ひとことあったら、すぐに駆けつけることができるのに」

珠生は大事なことを聞きそびれていることに気づいた。

「めでたいことに変わりはないでしょう。それで、男の子だったの、女の子だったの」

「男の子ですって。大旗家の跡取りよ」なんの喜びもない口調で早苗が言った。

海峡に垂れこめる雲はますます色濃くなっていた。このぶんだと雨は一日降り止《や》まないだろう。十月——ひと雨ごとに気温が下がる。長い冬の始まりを予感しながら、珠生は受話器を置いた。

寝室から出てきた相羽に、智鶴が大旗の家で男の子を産んだことを告げた。

「大旗家も安心したろう、良かったじゃないか。うちからの祝いは遠慮せずにしっかり包んでおいてくれ」

「選挙にはどう影響しますかね」

「跡取りが生まれる時期としては、いちばん良かったんじゃないか。地域一帯の安心票が入るだろうさ。偶然とはいえ、長男にはやはり長男に相応《ふさわ》しい嫁が来るってことなんだよ」

珠生は「偶然じゃないかもしれない」とつぶやいた。相羽が上げた眉に向かって「計算かも」と続ける。

「あのひとはずっと、生まれたときから百点のひとだから」

相羽は数秒黙ったあと、「いいことじゃないのか」と言った。夫の言葉の意味を測りかね、どういう意味かと訊ねた。

「取れる百点なら、取ったほうがいい。世の中には完璧なんぞひとつもないが、せめて見えるところだけでもそうなれば、自分も周りも安心する」

わざわざ、河之辺の両親が見舞いに行きづらい場所で出産することもなかろうと言った珠生に、相羽がなだめるように言った。

「珠生、男にも女にも立場に合った落とし前ってのがあるんだ。大旗の家で子供を産んだとなれば、長男の嫁はその家に大きな貸しを作ることになるんじゃないのか。実家で産んで、婚家の親が見舞いの時期を測るよりいいと判断したんだろう。これで本当の嫁になったと、大旗家は河之辺の親を手厚く接待するだろうさ。お前の姉は、ひとが下げる頭の重さをよくわかってるってことだ」

そう言いながら相羽は、自分には親がいないのでただの憶測だがと付け加える。珠生は、みんな自分のことしか考えていないじゃないかと毒づきたくなるのを堪えて、お産見舞いに行ってくることを告げた。

「あたしなら、ひょいと顔を出してもただの客人扱いでしょうから」

数秒おいて、相羽が笑った。あいかわらずだな、と言った目元がいつになく優しげだ。珠生は自分から流れていった赤ん坊が相羽に似ていたかもしれぬことを想像した。顔立ちのしっかりした、鼻筋の通った男の子だったかもしれない。

もしもそうだったら――、考えたそばから思いを振り切る。あの日なんとも思わなかったことが、時間を経るごとに腹の代わりに大きく膨らんでゆく。女の体を恨んだり外の女を羨んだりの日々には、待てど暮らせど終わりがこなかった。

「紅白餅とお祝いの包みでしょうかね。今日の午後に、届けましょう」

相羽は「うん」と頷いて立ち上がった。鳴り響く電話のベルで目覚めたと言い、まだ眠いとつぶやきながら居間から出て行こうとする。朝ご飯はどうするのか夫の背中に向かって訊ねた。

「飯が来たら言ってくれ。雨降りは頭が痛い。もうすこし横になる」

少しずつだが夫婦の会話は減っていた。寝室に戻った相羽が再び眠ることのないこともわかっている。ふたりで同じ空間にいるのが、ときどき気詰まりなのだ。そうした心の向きは不思議と珠生にもあった。かといって、一緒にいたくないというわけでもない。ただ、なにか解決しなくてはいけない問題があったときは良い相談相手でありながら、男と女としての輪郭がぼやけてきているのだった。

その日の午後二時をまわったころ珠生は、保田の運転で大旗家へと出向いた。午前のうちにお産見舞いにゆくことを告げてある。電話は女中頭が取り、「承知いたしました、奥様にそのようにお伝えいたします」とのことだった。電話が智鶴に回されることはなかった。加減が悪ければ遠慮を促されるだろうし、玄関先での挨拶になるだろう。相羽は「だったら、それでいいじゃないか」という。

「そうですね、まずはわたしが行って様子を見てくるのがいちばん」

河之辺の人間が躊躇《ためら》うところを、自分ならば自然に任せて挨拶のひとつもできる。女三界《さんがい》に家なしとはよく言うが、それもまた悪いことばかりではなさそうだ。

午後になって、更に雨脚が強くなっていた。保田の運転する車が大旗家の敷地へと入る門柱を抜ける。石畳に雨が強く打ち付けている。厚い雲は、夕刻を終えたかと思うほど街を暗くしていた。

敷地内には社長夫妻が住む和式の母屋と息子夫婦が暮らす別棟の洋館が建っていた。双方が渡り廊下で繋がっている様子はなく、同じ敷地内に並ぶだけで、同居ということではないらしい。門から入って十メートルほどで二手に分かれた道を左に折れると息子夫婦の暮らす洋館があった。

「すごい豪華ですね」保田が感嘆の声をもらした。

「そうだね、けどあたしにはなんだか住み心地が悪そうに見えるよ」珠生が返す。

入り口には雨に濡れずに車に乗り込むことのできる車停めの庇《ひさし》がついているので、雨がひどくても草履や足袋が汚れることはない。珠生は後部座席のドアを開けた保田に、待っていてくれるよう告げた。

「そんなに時間はかからないから。玄関先でお見舞いだけってこともありそうだし」

「承知しました」

珠生は洋館の重たそうなドアの前に立ち、呼び鈴を押した。数秒後に白い割烹着《かっぽうぎ》姿の若い女が出てきた。

「このたびはおめでとうございます。お祝いに上がらせていただきました」

「いらっしゃいませ、先ほどはご連絡ありがとうございました。奥様がお待ちです。こちらへどうぞ」

伏し目がちにしているが、珠生は女の顔に見覚えがある。どこで会ったか記憶を辿《たど》る。二階の奥の間へ向かう廊下で、やっと思いだした。

――小路の女だった。

夕暮れの小路で会ったときとは雰囲気が違った。小娘のような仕草は消え、髪をうなじでひとまとめにして、割烹着の内には薄手の白いセーターと紺地のスカート姿だ。なぜ女がここにいるのか、という思いと智鶴の微笑みが重なり、一歩進むごとに珠生の心は重たくなる。娘は小路のときとは変わって、質素な使用人という気配だ。

案内された洋室の真ん中に、天蓋付きのベッドがあった。広々とした部屋は、ベッドと椅子以外の家具がないのでさびしい印象だ。窓から見える景色も雨に曇り、部屋の中は薄暗い。珠生は娘に、すぐにお暇《いとま》するのでお茶は不要と告げた。珠生を案内すると、娘は部屋を出て行った。

「智鶴ちゃん、おめでとう。おつかれさま」

智鶴が起き上がったので、珠生はベッドの足もとにあったクッションをその背に挟んだ。智鶴の体から、嗅いだこともない血のにおいが立ち上った。そこに赤ん坊を産んだ女のふっくらとした気配はなかった。

「ありがとう珠生ちゃん。昨夜から陣痛が始まって、生まれたのは明け方。正直こんなに疲れるものだとは思わなかった。けど、男の子で助かった。痛い思いも一回で済むし」

「一回って」

「男を産めば、わたしの仕事の半分は終わったも同じ。つくづく運がよかったと思うの。予備への意欲はないわね、あの痛みじゃ」

そこだけやけに晴れ晴れとした口調で智鶴が言った。姉にとっての出産は義務であって、兄弟は「予備」なのかと、改めてその割り切りに言葉をなくした。

智鶴が、部屋の入り口にスイッチがあるので明かりをつけてくれないかという。珠生は言われたとおり、壁のスイッチを押した。

天井にはめ込んだ四角い磨り硝子《す》の中で、蛍光灯が徐々に光を増してゆく。けれど薄暗い部屋の印象はなかなか変わらなかった。天蓋の内側で上体を起こす智鶴は、籠の中の鳥に見える。しかし籠の中にいるというのにこの姉は、豊かな風切り羽を隠し、爪も隠し、攻撃の機会を窺うという野生の血のにおいを放っている。

「河之辺に戻ってお産をするものだって思ってた」

智鶴は少し削げた頬を横に振り「最初からここで産むつもりだったのよ」と答えた。

「河之辺にも大旗にも、おかしな借りは作りたくないの。お産婆さんも手伝いも、みんな自分で手配して、すべて予定どおりよ」

「智鶴ちゃんが、ひとりで準備したの」

「そう。お産も仕事も、おかげさまでやりたいようにやらせてもらってる」

出産後の女は、もっと柔らかな気配を漂わせるものだと思っていた。珠生の想像を、智鶴は簡単に崩してゆく。珠生は部屋に漂う違和感の理由が、そばに赤ん坊がいないせいだと気づき訊ねてみた。

「いま、スミちゃんが連れてくるわ。もう少ししたらひと眠りしたお産婆さんも様子を見に来るはずよ」

小路の女は、スミという名らしい。珠生は姉の顔を見た。

「疲れているところにお邪魔してごめんなさいね。まずはお祝いをと思ったものだから」

手に持っていた紅白餅の箱を椅子の上に置いた。中には十万円を包んだのし袋が入っている。お気遣いありがとう、と言って智鶴が微笑んだ。ドアが二度ノックされ、女が入ってきた。スミちゃんと呼ばれた女が、ふかふかとしたおくるみに包まれた赤ん坊を抱いていた。

「奥様、おぼっちゃまをお連れしました」ベッドに近づき、慈しむような仕草でおくるみを差し出した。赤ん坊を受け取った智鶴が、珠生にスミを紹介する。

「大旗の母方の遠縁なの。行儀見習いのあと、この家からお嫁さんに出してあげる約束で預かっているのよ。スミちゃんというの」

「初めまして、スミです」

頭を下げる姿は、小路で相羽の腕にからまっていた女とは別人に見えた。終始伏し目がちで、珠生の視線を避けている風だ。花嫁修業の約束で預かった娘を相羽にあてがう智鶴の目的は、いったいどんな感情によってのものなのか。珠生は姉の手に抱かれた赤ん坊を見た。赤ん坊の目鼻立ちは大旗によく似ていた。

「スミちゃんにはしばらくこの子の面倒をみてもらうことにしてるの。わたしは床上げが済んだらまた外の仕事をしなくてはいけないし」

この家に、スミ以外の人間の気配を感じなかった。珠生は河之辺にお産が終わった報告をしたのは、誰なのかと訊ねた。母屋の女中頭だと智鶴が答えた。

「お産は、母屋の人間には一切頼らなかったの。ただでさえ無愛想な女中だから、そばにいられると気が滅入《めい》るのよ。こっちの家はすべてわたしの自由にやらせてもらってるの。自由にならないのは、電話くらいよ」

電話だけは内線の切り替えにしかしてもらえないのだと智鶴は言う。なので、こちらでの話はすべて母屋のほうに筒抜けなのだと笑っている。

「外に出れば、どこの電話でも使えるっていうのにね。車も商売もすべて自由なのに、電話ひとつでなにを縛れるのかわたしにもよくわからないわ。あのひとたちの考えていることはいつもそう。この家のひとは、どこをどうすればなにがどう動くかということに少し鈍感なところがあるみたいよ」

智鶴の視界では、ほとんどの人間が駒のように動いている。手駒として用の足りない者は、簡単に切り捨てられてゆくのだろう。珠生は背筋に感じる寒さに蓋をして、持ってきた包みを示した。

「これ、お餅なの。おっぱいがよく出るって聞いたから」

「ありがとう、珠生ちゃん。でもわたし母乳で育てるつもりはないの。四六時中赤ん坊と一緒にいなけりゃならないと聞いて、無理だと思った。それじゃあ赤ん坊中心の生活になってしまう。わたしにとって生活の中心はそこではないの」

智鶴の声が、トタン屋根に響く雨の音と重なる。今後はスミが屋敷に住み込むという。

「でも、週に一度はお休みをあげるつもりでいるの」

珠生はその休みが小路の家で相羽を待つ時間なのだと想像する。智鶴の真意は、わかったようなわからぬような、不思議な色合いで珠生を包み込んだ。蛍光灯の下では、部屋全体に霧が立ちこめ智鶴を守っているように見えた。

長きにわたり智鶴に百点を取り続けることを強いた母が成し遂げられなかった「跡取り」を得て、姉は一歩母を超えたのだった。河之辺の母は、生まれ持った血を長女につぎ込み、その子に踏み越えられた。親としては本望なのだろうか。この状況を見れば、押し寄せる感情が温かとは限らない。智鶴は母を超え、母と、母の教えに忠実だった自分に復讐を遂げたのかもしれぬ。

「智鶴ちゃん、お母様とはお話したの」

「ええ、ついさっき。電話がこんな風だから、あたりさわりのないことしか言えなかったけれど。喜んでくれているんじゃないかしら」

「みんなお祝いに駆けつけたいのよ、本当は。わたしは早苗ちゃんから電話をもらって、正直なところ露払いみたいなもの。智鶴ちゃんから、初孫を見に来て欲しいって言ったら、きっと喜ぶと思うわ」

「そうね、母屋のひとたちが仰々しいことを始める前に、さっさと会わせてあげるのもいいかもしれないわ。ご注進ありがとう」

響きはおっとりと美しいが、言葉には棘がある。そんなまっとうなことを、裏仕事なんぞしている男に嫁いだ妹に言われたくはないのだ。実家では隠しおおせたこの気位の高さが、河之辺が大旗になっても変わらぬ智鶴の、智鶴たる所以《ゆえん》なのだった。

「長居をしてごめんなさい。元気な顔を見られてよかった。お体、大切にしてね」

「ええ、ありがとう」

智鶴の視線が一瞬、腕の中の赤ん坊に向けられた。再び珠生のほうを見た智鶴はひどく乾いた声で言った。

「どうぞ、相羽さんによろしく伝えてちょうだい」

珠生は無言で廊下に出た。雨音がいっそう濃くなった。いちど深く息を吸い込む。智鶴の寝室で嗅いだのは、やはり血のにおいだと思った。洋館の廊下はワックスで磨き込まれた板張りだ。廊下の窓から外を見る。曇天に墨を垂らしたような空だった。

珠生が質の良いビロードのスリッパを揃え、草履に足をいれたところでスミが現れた。

「ありがとうございました」短い挨拶と深々としたお辞儀。珠生はやりきれない思いをバッグを握る手に込めた。顔を上げたスミの表情に、戸惑いを見る。いま自分はいったいどんな顔をしているだろうと考える。そんなことを思った時点で、すでに女房という立場からしかこの女を見ることができなくなっている。

「相羽が、お世話になっています」

精いっぱいやさしく言ったつもりだが、スミの両肩が持ち上がった。

「ただ、いったいどういういきさつでこんな場面をご一緒しなけりゃならないのか、あたしにはよくわかりません」

「もうしわけ、ございません」

スミは一段低い玄関先に立っている珠生に腰の後ろ側まで見えるほど深く体を折った。束ねた髪がうなじで翻る。

「顔を上げてくれませんか。こんなことで腹のおさまりがよくなるような、できた人間でもないんですよ。かといって亭主がお世話になっている先のひとに、悪態をつくほどの度胸もない。あたしは芸者上がりの、ただの意地張りです」

「わたしは、いま、ここでぶたれても殺されても文句は言えません。けれど、大それたことは考えてはいないんです。ただ、もうしわけないと、それだけはお伝え――」

「あたしは誰も、叩いたり殺したりはしませんよ」珠生はスミの言葉を遮った。

ただ、こんな場面ひとつがどうしようもなくかなしいのだ。智鶴の手引きで出会ったふたりのこれからを案ずるより先に、珠生はなにがあっても「相羽珠生」でいなければならなかった。それは「大旗智鶴」をまっとうすると心に決めている姉と変わらない。

薄暗がりのなかにいるせいか、スミの顔は先ほどよりずっと暗く、青白く見えた。腰をもとに戻したあとは、じっと珠生の目を見ている。もうすこし、と珠生は祈った。もうすこし、性根の悪そうな顔を見せてはくれないか――。

スミの目からは、ひとすじにひとりの男へと寄せる想《おも》いしか感じ取ることができなかった。夫の妾を目の前にしたかなしみよりも、女の真剣な眼差しのほうがいっそう珠生を傷つけた。

車に乗り込んだ。見送りに玄関先に出てきたスミが小路の女だと、保田もようやく気づいたらしい。発進を焦ったのか、エンジンが止まってしまった。「かぶっちまった」と言いながら、何度かキーを回してようやく息を吹き返す。

「すみませんでした」

「行ってちょうだい」

車の窓から、スミの姿が流れて消えた。車は雨音の中へと滑り出る。珠生は姉の家を振り返らなかった。こんなとき、いつもならあれこれと珠生に話しかけてくるはずの保田も今日は黙り込んでいる。空が重たそうに雲を抱えていることが、なにやらありがたく思えてくる。フロントガラスに叩きつける雨も、いずこも同じと珠生を慰めてくれているようだ。

少し遠回りをして帰るよう指示したあと、珠生は車窓に流れてゆく濡れた景色を眺めながら煙草を三本吸った。途中、市民斎場の前を通りかかった。午後だというのに、斎場の高い煙突から細い煙が上っている。女の体から出《い》でる命と、天に上ってゆく命の差を測ることができなかった。それが生だと言い切るだけのつよさが、自分にはない。珠生は煙の力なさから、骸《むくろ》はもう骨ばかりになっているのだろうと思った。焼けば骨しか残らぬ体に、ひとはいったいどんなものを詰め込み、流しながら生きているのか。考えると頭の芯が痛くなった。

「保田、大旗の玄関先で見た子のことは、相羽には黙っていて」

「承知しました」応える保田がハンドルを握り直した。

事務所に戻った珠生は、木村の机の横に事務椅子を運び置いた。腰をおろし「ちょっと疲れました」と告げる。腰を浮かせたまま呆気《あっけ》にとられた風の木村に、座ってくれるよう促す。木村が言われたとおり自分の椅子に腰を戻した。

「相羽の行き先は、どのくらいあるの。木村さんはすべて把握しているのでしょう」

珠生を真っ直ぐ見つめ、木村は黙っている。

「横槍《よこやり》を入れようっていう話じゃないから安心して。行く先々で、待遇が違うのもなんだか女房としての据わりが悪いと思っただけなの」

「どういうことでございましょうか」

「毎月暮らしに困らないように、会社の経費で養ってあげてほしいの。相羽の行き先は、みんな相羽組の社員よ。ひとりひとりを四六時中見張ってるわけにもいかないでしょう。ならばちゃんと生活の面倒をみて、おかしな気を起こさないでいてもらわないと」

珠生は木村を真っ直ぐに見て続けた。

「女の気は変わるの。あっちが五万でこっちが十万なんていう話が耳に入っただけで、どんなことを言い出すかわからない。暮らし向きは、ちょっと贅沢《ぜいたく》できるくらいがいいわ。そこは木村さんに任せる。金でなびかないくらいのひとたちでなけりゃ、あたしもおちおち枕を高くして眠れないから」

言いながら、金で片がつく女たちであることを祈っている。珠生はこんな卑しい提案をできる自分が忌々《いまいま》しかった。

木村は黙ったまま机の引き出しから一冊の帳簿を取り出した。等間隔で見出しの紙片が付いている。ぱらぱらと帳簿を捲《めく》り、木村が珠生に向き直った。

「一か月の平均支出は、家賃と光熱費を抜いて現状四件おひとりにつき三万五千円です。住まいについては、集合住宅はやめるようお願いしました。両隣に部屋がある場合こちらの手が行き届かないことを想定してのことです。借家も、近くまで車が入ることができるような場所を用意しております。それぞれが面識を持つということは今のところございません」

珠生は耳に流れ込んでくる木村の言葉に、すぐに反応できなかった。木村からは、女たちはみな「物」という気配しか伝わってこない。相羽の行き先は、取引先と同じであると、別の言葉を使って物静かに珠生の心を労《ねぎら》うのだ。

「平均ってことは、決まった金額じゃないということね」

「そのときどきで、入り用の際にお渡ししたり貸し金としたり、それぞれの事情によっても変化がございます」

「一律には、できませんか」

「できます。今月からそのように手配して、ご納得いただきましょう」

この男が「できる」と言ったら、無理はなにひとつないように思えた。金の流れはすべて木村が把握している。人間の流れもその頭に入っているのだ。

智鶴を訪ねたときの疲れがまとめて肩や背中を重くした。このまま倒れ込んでしまいたいほどの疲労感だ。

「お願いします」

すぐには立ち上がることができなかった。疲れのせいなのか、去りがたいせいなのか。珠生は、自分には手を伸ばせば届くところに「誠実」があるではないか、と思った。木村とのあいだにある距離を測ってはいけない。数秒目を瞑る。相羽珠生も、たいそうなうぬぼれ者だ。自嘲しながら全身に力を込め、ゆるりと腰を上げた。

「この雨はいったいいつまで続くんでしょうね。鬱陶しいことです。いろいろ面倒かけますけど、よろしく頼みます」

二階へ上がり普段着に着替えたあと、珠生は久しぶりに隠し部屋へと入った。足音を殺してそっと奥へ進む。換気口から足もとを覗き込むと、木村がひとりで黙々と帳簿を付けていた。止まぬ雨が幾重にも連なり、いつしかピアノの連弾となって珠生の耳に響いてきた。今日ばかりは海鳴りも雨音に紛れて聞こえなかった。

9

海峡から太平洋へと抜ける風が冷たい。昭和四十年一月二日の朝、珠生は重たい心もちで竹模様の訪問着を羽織った。街に雪はない。十五で実家を飛びだしてから、両親に年末年始の挨拶などしたこともなかったが、今回だけはそうもゆかぬようだ。

「全員が揃《そろ》うからって言われたって。まさか父が河之辺家の数の内に入れてくれるとは思っていませんでしたねぇ」

そんな珠生を見て、暮れに仕上がってきたばかりの背広を着込み相羽が笑う。紺地に薄い縦縞《たてじま》の地模様が入った生地は英国製だ。相羽が真っ先に選んだだけあって、色も地模様も一度袖を通しただけで体にはりついて見える。

珠生は採寸のあいだずっと居心地悪そうな顔をしていた木村を思いだした。木村が選んだのはいちばん安いウールの生地だった。色も濃いねずみ色がいいという。相羽がもっと箔《はく》の付くようなものを着ろと言うのに対して、自分はこれでいいのだと譲らない。珠生が割って入って、せめてもう少し若々しく見えるものを、と茶系のツイード織りを選んだ。珠生の忠告にはしぶしぶ頷《うなず》く木村を見て、相羽が笑っていた。ふたりのやりとりを思いだしても、やはり珠生は可笑《おか》しくて仕方ない。

「なんだ、ふて腐れていると思えばにやにやして。おかしなやつだな」

「にやにやなんかしてませんよ」

慌てて唇に力を入れた。珠生は「それより」と相羽に訊《たず》ねた。年の暮れからひんぱんに「内閣・雲隠れ解散か」と報じられる解散騒ぎが起こっている。東京オリンピックが終わってからも、政界では、大小問わず賄賂と癒着の話題ばかりだ。解散総選挙が近いことは、誰もが予測できそうな雲行きだった。いよいよ大旗が国政へ踏み出すための選挙が待っているということだ。市議、道議という助走を踏まず、大旗運輸専務という立場から国政に初出馬、北海道五区トップ当選――。大旗と智鶴が描く国政への野望には果てがない。

大旗は地元で領土返還運動の舵《かじ》を取る人間を育てて抱き込み、智鶴は地元を束ねる。河之辺の長女が、夫と婚家を踏み台にして街の女王になる日も近い。

「大旗さんのほうには、どのくらい応援を出すんですか」

「事務所の、ちょっと気の利いたやつを七人か八人ってところだ。そこは木村がうまくやるだろう」

夫の口から木村の名前がでると、浮ついた気分が身から半分ずれるような気がした。そんなに出してしまって、うちは困らないのかと問うてみる。部下たちが選挙のために事務所を留守にすることが増えると、どうしても相羽の身の回りが手薄になる。

「うちにはうちの仕事もあるでしょうに。大旗さんだって、自分のところで人を雇えないならいざ知らず」

「恩を売る、っていう言葉もあるさ。単純な親切じゃあ誰も動かないもんだ。それは向こうも同じだろう。俺のところから応援部隊が行くと、大旗の事務所も自分たちの損得だけじゃ動けなくなる。そこは木村の得意なところだ。みんな持ちつ持たれつしながらその裏で見張り合いをしてるんだ。俺が出した人手のぶんくらいは向こうからも見張りが来る。誰がどこから見ているかわからん。選挙が終わるまでの辛抱だな」

「面倒な世界だこと」

言いながら、まったくだ、と心が追い打ちをかける。年明けとはいえ河之辺の実家に顔をださねばならぬ気の重さは、風の強さで髪が乱れることまで憂いてしまう。大口ばかりの大旗の横で子供を抱いた智鶴が笑っているかと思うと、余計に気持ちが沈んだ。

「正月といったって特別変わることもないでしょうし。実家の行事も面倒なことですよ」

相羽は大晦日《おおみそか》にこそ酒や肴《さかな》を振る舞ったが、三が日はそれぞれに外で遊ぶ金を渡して「好きなように過ごせ」と言った。もともと家のない者がほとんどだ。出かける者は金を持って街へ行き、飯場に残る者も好きに過ごすと聞いた。面倒な新年の挨拶など抜きにして、仕事始めに会おうというのが相羽の方針だった。

なににつけ堅苦しいことの嫌いな夫が、河之辺や大旗の誘いには妻を伴い出かけてゆくのが、珠生には不思議でならない。智鶴に関わればスミのことが露見するかもしれぬというのに、大旗が口で描く壮大な絵空事に相づちを打つ夫を見るのもせつないことだ。

「今日も冷えてるけど、上着を脱いだとき、ワイシャツの上にチョッキは要らないかしら」

「上着を脱ぐ必要、あるのか」

その口ぶりがひどく乾いていたので、珠生はバッグの用意をする手を止めて夫を見た。相羽が珠生の視線に気づいて、眉を寄せた。この表情をずいぶんと長いこと見てきた。喜楽楼の座敷でも、野付半島へ行ったときも一緒に暮らし始めたときも、海峡を見下ろす地にやってきた今も変わらない。

小路《こうじ》のあの家で、相羽は今もこんな無防備な顔をしているのだろうか。相羽の仕草を想像することはできるのだが、それを見ている女の表情はぼんやりと霞《かすみ》がかかっている。スミのことを、夫はなんと呼んでいるのだろう。大それたことは考えていない、と彼女は言った。けれど、と珠生の思いはいつもそこで動きを止める。

相羽が誰を思ったところで女房は珠生しかおらず、珠生にしたところで同じなのだった。いつの間にか夫の心の所在に、あまり胸が痛まなくなった。痛むほど、他人事《ひとごと》ではなくなったということかもしれない。なにもかも捨てるつもりで喜楽楼に入ったころの河之辺珠生のつむじが、足下に見えるようだ。そしてこの五年間、自分は相羽という果てない螺旋《らせん》階段を上り続けている。

「食事が出る時間帯ですよ。多少はお酒も振る舞われるでしょう。河之辺の広間は、ここほど暖かくないと思うけれど」

「背広を着たままだと、不作法なものか」

「大旗さんが脱いだら、どうでしょうね。そのときの雰囲気にもよるけれど。あたしも新年の顔合わせなんて家を出てからは初めてのことだから、どうにも想像しようがないですね」

ずいぶんとそぐわない場に立たされたこともあったはずなのに、いざ親族の前に出ようというときのほうが居心地悪いというのも不思議なことだった。心身健やかに万事滞りなく、などということが無理なことは重々承知でも、行く前から億劫《おっくう》ではそれもなにやら遠い絵空事にしか思えない。

「俺には、面倒な作法はわからんな」

「あたしも、まったく」

部屋の空気が柔らかくなる。階下から内線電話が入り受話機を取った。帰宅後の食事に希望はあるかと訊《き》くので、正月用に作ってもらったお重がもう一日保《も》ちそうだと伝えた。続いて木村は、何時に出発するかと問うた。

「十一時半で間に合うと思うんだけど」

「では、十一時半に」

頃合いを見て事務所に下りると、木村が新調したばかりの背広を着て待っていた。薪《まき》ストーブの上では大きなアルマイトの薬缶《やかん》から白い湯気が立ち上っている。窓は室内の蒸気に曇り、レールに溜《た》まった水が凍って久しい。凍てつく土地の窓硝子《ガラス》は、春になるまではただの透ける壁だ。

保田が外から戻ってきた。年が明けて車を使うのはこれが最初だった。年始の挨拶は済ませてあるのに、保田は珠生の姿を見て深々と腰を折った。顎を引いて応える。しばらく保田の軽口を聞いていなかった。

木村がストーブの前にかがみ、薪代わりの廃材をひとつふたつ、投げ込んだ。セーター姿の保田が慌てた様子でストーブに駆け寄る。

「兄貴、その背広着てこんなもん触ったら駄目だ」

「いや、そういうのは関係ない」

相羽はふたりのやりとりを見下ろし「なんだお前たち」と笑っている。保田の表情がようやく柔らかくなった。

「運転始めは、兄貴に任せることにしたんです。俺は事務所の留守番です」

「ひとりでか」と相羽が問うと、今川の名前が出た。珠生が問い返す。照れた顔で保田が「あいつ、意外と仕事の出来るやつなんですよ」と言った。

廃材を触った手を洗って戻ってきた木村の顔を窺《うかが》った。壁の時計はそろそろ十一時三十分になろうとしている。秒針が十二を指すのを待っていたように、木村が一礼して玄関の戸口に立った。

「では、参ります」

「木村さん、ちょっと」珠生はその横顔を呼び止めた。戸口にかけた手が止まった。

「事務所は、大丈夫なの」

木村は「保田がおりますから」とひかえめな口調で言うとすぐ、事務所を出て行った。すぐに相羽も後部座席に乗り込んで、一拍ずつ男たちの動きからずれてゆく珠生を見ている。バッグと草履を確認して、ショールを腕にかけ直し、後部座席に腰を下ろした。車のドアを閉めて、事務所玄関の前で保田が深々と腰を折った。保田の後ろ、事務所の奥にうっすらと人影を見た気がするが、車はすぐに道路へと出てしまった。

沿道には枯れ芝色の景色が広がっていた。いっそう青色を深めた冬空には雲ひとつない。こんな日に再び実家の敷居をまたぐことになろうとは、珠生も想像していなかった。新しい年だというのに心もちが空ほど晴れない。丸二日間という時間を、相羽と同じ部屋で過ごしていることを「まさに盆と正月」と笑えるくらいに腹は据わった。しかし四六時中顔をつきあわせている時間が夫としての気遣いならば、これほどさびしいこともない気がするのだ。

珠生はもうほとんど、相羽のことで自分を責めなくなっていた。人の心も景色も、刻一刻と姿を変えるということが、言葉にはならないがうまく腑《ふ》に落ちてくる。誰と顔をつきあわせているよりも、自分と向き合うほうがずっと骨が折れる。ひとりでいることに慣れはしたけれど、相羽の身の回りの世話をしていればわずかでも気が紛れるのも確かなことだった。

なにかあったら木村を頼りにすればいい。ふたりの男が珠生の心のまるで違う場所にいることだけは、はっきりとわかる。方角の違う場所を守っている男たちに密《ひそ》かに敬意を払いながら、どちらも愛《いと》おしく思っている。方角が違うばかりに、比べようもないのだった。

街にさしかかったところで、相羽が運転席に向かって訊ねた。

「船のほうは、どうなってる」

「心配ありません、順調です」木村が言った。

そうか、と返す。珠生の耳に「船」という言葉が残った。男の仕事に口を出さぬことに決めてはいるが、気にならないと言ったら嘘《うそ》になる。ソ連船や巡視船との金銭的な折り合いは空模様ほどに変化するのだと聞いた。向こうが強気のときもあれば、相羽が粘るときもある。階下にあるという無線室に、珠生は入ったことはない。けれど、相羽と木村のやりとりから、抵抗勢力の存在があることはわかる。

地元漁師のなかにも、相羽の動きをよしとしない者は一定数いるのだった。まっとうに領海内で漁をしている者が馬鹿を見る現実は、珠生も理解していた。同じだけ働いても、線引きされた海の向こうへと行ける者はいい物を着て旨《うま》いものを食べている。

ときどき届け物ついでに龍子と話せば、折々の街の情報から相羽の立ち位置くらいは想像がついた。相羽組は、珠生の想像以上に肥え太っていた。相羽が三浦水産から引き継いだ漁船は、表だって河之辺が仕切ることのできない裏取引の船だった。こうした船があって、まっとうな漁船も存在することが大切なのだと相羽は言う。

領海を越えて水揚げされるカニやウニが、相羽組の懐を潤わせ、ぐるりとひとまわりして河之辺の台所を守っている。入った金は杉原という台所で洗われ、大旗の元へも流れる。

この国に存在しないことになっている漁場があった。相羽は、表向きは土建屋だが海峡側に隠れた利権を持つ裏網元として、街の幅を自在に変えることができると言われていた。内地からやってくる資金源欲しさの勢力がこの地で育ちづらいのも、相羽の背後にまっとうな水産会社として河之辺、政治がらみの運輸会社として大旗、金融には杉原という後ろ盾があるからだった。

ソ連海域で、情報や新聞、生活用品を差し出しながら漁をする船は大小合わせて何十隻もある。裏取引をする船はレポ船と呼ばれているが、要求される金品を渡していてもときおり見せしめのように拿捕《だほ》があった。根室半島と対を成し、国後島を挟むようにしてオホーツク海に突き出た知床《しれとこ》半島にも似たような組織があるのだが、両者が表立って諍《いさか》いを起こすようなことは今のところない。ソ連の取引屋が双方に要求するものを、微妙に違《たが》えているせいだと聞いた。

相羽曰く、いずれ勢力を統一するためにもこちらの半島には政治家が必要なのだった。

珠生は雪のない海景色を眺めながら、新年だというのに心に暗い影が落ちてくるのを止められない。いつか大旗の激励会で地元の漁師が言った言葉が耳の奥から響くときがある。

言うことを聞かない漁師から船を取り上げて、このうえ国まで売るってのか――。

相羽、お前もだ――。

漁場や船を失った者が、わかりやすい場所に存在する相羽に恨みを持つのは当然だった。裏側になにがあるのか報《しら》されないことが、大旗の言う「明るい社会」であり「地域の利益」なのだろう。相羽にも珠生にも、後ろに目はついていない。だからこそ木村の存在が欠かせなかった。ひとつため息を吐《つ》くと、横で相羽が煙草《たばこ》をくわえた。珠生は、バッグから取り出した青海波《せいがいは》模様のライターで火を点《つ》ける。

相羽は河之辺の家に着くまでのあいだに、二本煙草を吸った。

新年の挨拶と会食のあいだ、木村は玄関脇の運転手控え室で食事を摂《と》るという。運転手への待遇としては破格のもてなしだろう。珠生は木村が河之辺の屋敷の中で待つと知って、この度の送迎が保田にならなかった理由に気づいた。

十二時には応接室で新年の挨拶が始まっていた。ぎくしゃくした気配は、男たちより女たちのほうに偏っているようだった。挨拶を済ませたあとは、広間での会食が待っていた。

久しぶりに見た母は、市民斎場の落成式で見たときよりずっと老け込んでいた。白いものが混じる髪はすっかり艶を失い、体も若いころの三分の二まで細くなったように見える。広間にはたっぷりと場所を取ったお膳が用意され、早苗がお屠蘇《とそ》を注《つ》いで回った。今年集められた親族のなかに、杉原家の次男は含まれていない。上座に河之辺の両親と早苗が、角を挟み右側に大旗と智鶴夫妻、その向かい側に相羽と珠生が並んだ。

珠生は早苗が着ている振り袖の柄を眺めながら、智鶴の弾く「別れの曲」を聴いた日を思いだした。あれからまだ数年しか経《た》っていない。早苗が相羽の前までやってきて、嫌味なほど儀礼的に挨拶をする。

「相羽さん、珠生ちゃん、どうぞ」

静かに杯を傾ける夫の横で、珠生は妹の振り袖を褒めた。

「いずれ袖を落とさなけりゃいけないなんて」つぶやく早苗の、目元に薄い陰りが見える。

習い事の送迎を相羽組の運転手に任せているという噂《うわさ》は街の隅まで行き渡っていた。しかし早苗が期待した婚約解消への道筋は、今のところ進展も後退もしていなかった。今のところ杉原家の次男よりも条件の良い婿養子が現れる気配はない。破談の理由もないまま時が経つ。

週に一度ずつの裁縫と料理教室は楽しいか訊ねてみた。早苗は唇の端を軽く上げて「さっぱりよ」と答えた。

「あんまり向いてないみたい。そろばんをはじくほうがやり甲斐《がい》ありそう。それよりもいま、語学を少しやってみたくなってるの」

「語学って、なにを」

「英語とロシア語。これから先は、どうしたって必要になるもの」

ロシア語、と聞いてふと相羽の横顔を見上げた。早苗がその視線に気づいて、相羽のほうを見た。

「相羽さんは、ロシア語で困るということがないと伺っています。同時通訳をできるなんてすばらしいわ。どなたかいい先生を紹介していただけませんか」

いきなり話を振られ、相羽が顔を上げた。いくぶん媚《こ》びを含んだ早苗の様子に、すぐには言葉も出てこないようだ。早苗にそんな話を聞かせたのはおそらく保田だろう。早苗が早くこの話をやめるよう祈りながら言ってみた。

「語学は、信金関係者のほうが確かじゃないかしらね」

「あっちに頼るくらいなら、いっそ独学でやるわ」

軽く鼻を鳴らした早苗に向かって、相羽が静かに盃《さかずき》を置きながら言った。

「英語もロシア語も、語学は必要に迫られたほうが覚えが早いんですが、俗語を覚えてもなんにもならないですよ」

「相羽さんは、正統派のロシア語を話されるのかしら」

「残念ながら、自分の言葉を正統だと思ったことはありませんね」

義理の兄妹というよりも、勤め人と酒場の女の会話を聞いているようだった。

「早苗、こっちにも注いでくれないか」父が娘の横顔に催促する。

珠生は張りのある父の声にほっとしながら、立ち上がる妹の衣擦《きぬず》れを聞いた。母はお膳の料理をひとつひとつ、ゆっくりと口に運んでいる。顔色もあまり良くないようだ。広間にいる人間の中で、艶やかに微笑《ほほえ》んでいるのは扇模様の入った訪問着を身に着けた智鶴ひとりだった。薄桃色の着物に銀箔《ぎんぱく》の入った帯を締めているせいか、赤ん坊を産み終えたころよりもすこしふっくらとした印象だ。

早苗がお膳の前から去ると、畳二枚向こうの大旗夫妻と向き合うかたちになった。智鶴に漂うつよい生の気配は、河之辺の母から引きはがされたものに思えてくる。珠生は必要以上に姉と目を合わせぬよう茶碗《ちゃわん》蒸しに手をつけた。大旗がすかさず相羽に話しかける。

「相羽君どうだい、仕事のほうは。こっちはいよいよ出陣間近で、これから夜にかけてあちこち挨拶回りさ」

「お互いに忙しいのは、いいことです」

「地元は智鶴さんが固めてくれたようなものだけどね。このひとはやっぱり賢いね。誰も敵《かな》わない。赤ん坊を産む時期まで計算していたなんて、誰が信じると思う。みんな、智鶴さんを擁立したほうがいいなんて言い出す始末さ」

大旗の口ぶりが演説めいてきたところで、智鶴が箸を置いた。

「あら、起きたみたい。連れてくるわね」

大旗信司《しんじ》と名付けられた長男は、首も据わりしっかりとした顔立ちになっていた。年始の挨拶のあいだにぐずり始めたので、別間に寝かせていたという。ふすまを開けて、智鶴が広間を出て行く。珠生は智鶴が赤ん坊とスミを伴って現れるのではないかという想像をしていることに気づき、目を伏せた。

一分ほどして、智鶴が信司を抱いて現れた。ほかには誰もおらず、珠生はほっと胸を撫《な》で下ろす。この場で肩身の狭い思いをしている自分を腹の内で叱《しか》りつけながら、気後れしてしまうほどの笑みを放つ姉を見る。

「信司、こっちにおいで」と大旗が両手を伸ばした。智鶴はやんわりと、まだ起きたばかりですからと夫をいさめた。

「わたしが抱っこしていましょうか」と早苗が言った。智鶴は軽く首を振り「お母様に」と口角を上げた。

「せっかくの男の子だもの。お母様に抱っこしていて欲しいわ。大旗の家では遠慮もあったでしょうし。わたしが長男を産んだことを誰より喜んでくださっているのはお母様だもの」

母がゆっくりと顔を上げた。そこだけ変わらぬ優雅な仕草で箸を置く。頬骨が口元に陰を作った。

「立派よ、智鶴さん。ほんとうにおめでとう」

珠生の背筋に冷たい汗が流れた。親の言うとおりに嫁いで、自分が立てた予定のとおり長男を産んで、夫を国政に送りだそうという智鶴は、百点を取り続けることを己に課した娘から、母と闘う女になった。母は、希望通り育った娘に骨まで食い尽くされる。そうした思いは、珠生の内臓まで冷やしてゆく。

おくるみに包まれた初孫を母に抱かせて、智鶴がくるりと振り向いた。ぞっとするほど優しい眼差《まなざ》しだった。

「健康優良児ですって。お医者さんが検診で褒めてくださったのよ。今日はこの子を連れてお年始の挨拶、予定では十二件入ってるの。夜中までかかりそう」

大変ね、と言うのが精いっぱいだ。相羽が黙って銚子《ちょうし》の酒を注いでいる。早苗が母の横に座り赤ん坊の頬をつつき「いかにも大旗家の長男っていう顔立ちね」と言った。妹を一瞥《いちべつ》して智鶴が自分の膳に戻る。早苗もやはり、智鶴の言葉に含まれた棘《とげ》が母を傷つけていることに気づいている。父は赤ん坊を見なかった。相羽と同じく、黙々と酒を飲んでいる。

沈黙を突破する力を持っているのは、やはり早苗だった。

「でも、こうやって外に連れて歩くときは智鶴ちゃんが抱っこしているけど、普段は若い子にお世話をぜんぶ任せているわけでしょう。智鶴ちゃんは心配じゃないの。なにかあったらどうするの」

「スミちゃんのことなら、なんの心配もないわ。よく出来た子なの。自分の立場もわきまえているし、口数が少ないうえに面倒なことは一切言わない。なによりとても働き者なのよ」

「若すぎないかなと思って。地味に見えたけど、わたしよりも年下だって聞いてびっくりしたのよ」

「年齢は、あまり関係なさそうよ」

智鶴の視線が相羽と珠生を撫でて、再び母に抱かれている息子の方へと戻った。どういうわけか、早苗が食い下がる。

「乳母《うば》は子育て経験のあるひとのほうが良かったんじゃないかって、お産見舞いのときからお母様とも話していたの」

智鶴は「ご心配ありがとう」と、いくぶん声をつよくした。早苗が口を閉じた。間を置かず、大旗が陽気に言い放つ。

「どうかみなさんご安心ください。智鶴さんも、充分考えあってのことなんです」

それに、と言いかけた夫の口を、智鶴が「もうそのへんで」とやんわり止めた。

沈黙を守っていた父が、ひとつ軽い咳払《せきばら》いをして大旗の盃に酒を注ぐ。部屋に舞う見えない塵《ちり》が、すっと畳に吸い込まれたような静けさだ。

「大旗君、出馬すれば当選は確実だろうが、問題はその後のことなんだろうね。すぐに片を付けてみせる問題もいくつか用意して、時間をかけるものについては次の選挙と当選後のことまで睨《にら》まないといけないというじゃないか。智鶴が大旗の家でいくらか役に立っているのなら、親としてこれ以上ありがたいことはない。どうかこれからも、よろしく頼みます」

父が下げた頭の先で、大旗があぐらをかいたままひとつ大きく頷いた。年の初めからこんな芝居を見せられて、相羽はなにを思っているだろう。欄間から入る新年の日差しは、珠生のところに届かぬまま西に傾いてゆきそうだ。

「十二時五十分には、ここを出なければならないわ」と智鶴がつぶやいた。

「そろそろ用意をしなければ。あなた、準備はよろしいの」

妻の語尾が上がるのを機に、大旗も盃を膳に戻す。座布団を外し、ふたり並んで河之辺の両親に両手をつく大旗夫婦を見た。似合いの夫婦――。そんな言葉を思い浮かべると、珠生の耳の奥で風の音がした。去年聴いた潮騒によく似ていた。

海峡側の港に不審な車がうろついている、という連絡が入ったのは一月も半ばのことだった。オホーツク海から流氷が下がってきているという情報もある。氷で地続きになってしまうと、海峡の問題はもうひとつ違う貌《かお》を見せる。

相羽組専用の港には、大小取り混ぜ船が五隻あった。いずれも越境海域で操業する密漁船だ。金や情報のほかに、人を運ぶこともある。ソ連兵が欲しがるもののなかには、女も含まれていた。船は出漁するたびに名が変わり、乗組員も戦後に就籍しなかった大陸や樺太からの引き揚げ者だった。氷で閉ざされそうな場所に見知らぬ車がうろついていると聞いて、早速木村が動いた。

智鶴が票集めのために興した商売や人脈も、溶けない雪のように街に積もり続けており、相羽も自分もいつの間にか世間から外れた者になっていた。街を歩けば人から頭を下げられるが、表舞台にいるようで決してそうではないのだ。相羽の下にいる者も、珠生も、光の届かぬ深海で目もなく鼻も利かない生きものと化して水の重さに耐えている。日々、仕事はある。水の重さには気づいていても、どのくらい深い場所なのか本人たちにはわからない。

午後一時、相羽が階下からの電話に、頷いたり質問したりを繰り返していた。

「それで、車の持ち主の特定はできたのか」

「二回見たっていうのは、うちの人間か」

電話ではらちがあかないと判断したのか、相羽は木村を二階へと呼んだ。相羽が煙草を一本吸う間を置いて、木村が一礼して居間に入って来た。椅子を勧める珠生に、軽く腰を折る。

「すみません、わたくしの説明が足りぬようです」木村は座ってからも頭を下げた。

「いや、直接話したほうがいいんだ。誰が聞いているかわからんだろう」

相羽の言葉に、木村が動きを止めた。珠生が部屋から出ようと戸口に向かって歩き出したところで、相羽が呼び止めた。

「ここにいろ、席を外さなくていい」

珠生は夫の瞳が示すとおり、台所近くの食卓椅子に腰を下ろした。数メートル先に男たちが顔をつきあわせる姿がある。

「それで、船着き場をうろついているのはどこの誰なんだ」

「見かけない車です。船を出す時期を過ぎて手薄になっているはずのところを、わざわざ見回りの者に見られるような不手際をする。嫌な動きです」

「で、お前の予測は」相羽がゆったりとした口調で訊ねた。

木村が数秒黙り、背を伸ばした。相羽が口に挟んだ煙草に火を点ける。このふたりが向かい合っていると、外とはまったく違う時間が流れているような気がしてくる。

珠生は面白い活劇でも見ているような気分で、着物の裾を押さえながら脚を組んだ。体が歪《ゆが》んでいるのか、持ち上げた側の腰に鈍い痛みが走る。

「大きくは、警告と思われます」

相羽は「何のために」とは問わなかった。ふたりとも、警告してくる相手の目星がついているのだ。珠生は目の前にいる男たちの関係を、心をふり絞りながら考えた。伏せられた事実が多すぎて、これ以上覗《のぞ》き込んだら崖の向こうへと落ちてしまいそうだ。声を落とし、木村がわずかに身を乗り出した。

「選挙前に、こちらの動きを封じるつもりかもしれません」

相羽が「うん」と頷き、煙草をもみ消したあと数秒の沈黙を挟み「行ってみるか」とつぶやいた。海峡側の窓が風に圧《お》されて鳴いたのをきっかけにして、木村がひとつ頷いた。

「では、わたしが船小屋におりましょう。社長がいらっしゃるときは姿を現さないでしょうから」

「そうだな」相羽はにやりと笑ったあと、「それじゃあ」と珠生の方を向いた。

「おい、どうだ。たまには俺の運転で外に出ないか」

顔はこちらを向いているのだが、珠生はその言葉が自分に放たれたもののような気がしない。相羽が珠生の顔を見て笑っていた。意味がわからず、思わず木村のほうへと視線を移した。木村は珠生を見ない。

「たまには、って。いったいどういう風の吹き回しなんです」

「ちょっと、餌になるのさ。俺が港へ行って、うっかり目の前にいるような阿呆《あほう》どもなら心配はないんだ。俺の前に出てこない相手なら、木村が動かなけりゃならない」

「それとあたしが一緒に出かけることは、関係があるんですか」

「あるとも。相羽組組長が女連れで車を運転しているなんてところは、ここ数年なかったことだからな。浮かれて氷見物をしているという筋書きも悪くないだろう」

どれだけ説明を受けたところで、男たちの世界などひとつも理解できないような気がした。撒き餌《まきえ》に女房を使うことも、それを物陰から見ているはずの「敵」を木村にゆだねることも。ともかく、と珠生は自分に言い聞かせた。相羽が大丈夫と判断したことは、大丈夫なのだ。

「わかりました。めかしこんで、氷見物に参りましょう」

乾いた笑い声に、木村が加わることはなかった。

相羽の提案で、日暮れ間近の見通しの悪い時間帯めがけて出発することに決まった。珠生は、今夜は外で食べようという夫の言葉に頷いた。木村が居間を出て行く。珠生は階段の降り口で背を向けた木村に声をかけた。

「危ないことは、ないんですね」

「危ないこと、といいますと」木村は穏やかな表情で振り向いた。

「いろいろあるんでしょうけど」

「社長と奥様に危険のないように、わたしがいるんです」

相変わらず微笑みのひとつもないけれど、必ずしも無表情ではなかった。珠生はそれ以上、なにも返せなくなった。礼を言うこともできずに、木村が階段を降りてゆくのを見送った。窓にまた、海峡の風がひとつ吹き寄せる。冬の日、鈍色《にびいろ》の空の下で海が氷を待っていた。

相羽組の船小屋に着いたのは、午後四時を過ぎたころだった。両手を広げたらその中にすっぽりと収まってしまいそうなちいさな入り江に、三隻ずつ収容できる船小屋が二棟建っている。入り江へ続く狭い道は、タイヤに踏み固められた砂利に浅い雪の轍《わだち》ができていた。幹線道路からの引き込みには鎖が張ってある。完全な私有地だ。空も海も鈍色だが、入り江に打ち寄せる波は冬とは思えぬほど穏やかだった。氷はまだ姿を見せていない。オホーツクの沖合で漂っているころか。

二棟の船小屋のあいだに、幌《ほろ》付きのジープが一台停《と》まっていた。中に人の気配はなかった。運転席の相羽を見た。短く「木村のだ」と返ってきた。

入り江の一本道は、一キロほど行けばそのまま幹線道路へと抜けられるようになっていた。崖の上からはよほど縁まで行って覗き込まない限り、船小屋を見ることはできない。波の癖によって浸食されたくぼみは、秘密基地の役割を果たしている。相羽が珍しく笑いながら言った。

「春先に山菜が取れる場所でもないし、かくれんぼをして遊ぶにはちょっと危険だな」

フロントガラスに広がる、暮れゆく海峡を見た。島影は海に溶け始めていた。ライトを消したあとのフロントガラスは、一秒ごとに夜へと向かう。

珠生は薄水色に手鞠《てまり》を散らした小紋を着ていた。十代の娘のような若い着物だ。早苗のほうがずっと似合いそうな柄をまとっているという、妙な後ろめたさがある。いつの間にか若くて着られないような柄ができてきたことに気づき、そんな着物を懐かしいついでに夫との外出に選んだ心の動きが不思議だった。気取らない店で食事をしようと言われて、それならば龍子の店へ行こうと提案したが、果たして良かったのかどうか――。

夜の街にいた女の着物は、堅気の人間はあまり欲しがらない。結局、譲る先もなく簞笥《たんす》に重なっている。龍子からはよく、ひとに着物を譲るときは相手が同じ水に暮らした人間かどうか確かめろと教わってきた。もう、喜楽楼時代の朋輩《ほうばい》とはつきあいがない。利害関係を失った場所では、菓子を分け合ったひとときも遠い昔の出来事だった。

「何をそんなに緊張している」

「緊張なんて、してませんよ」

「あれこれと頭の中を動かしているときは、黙っていてもその忙《せわ》しなさが伝わってくるもんだ」

「いやなひと」とつぶやくのが精いっぱいだ。ふとその、砂粒がぶつかるような微《かす》かな音は木村にも聞こえているのかもしれぬと思った。

「あのジープ、人が乗ってないけれど」

「心配するな。あの男のやることと考えることには間違いがないんだ」

相羽は笑いながら、何ごとかあるときは自分も木村の手駒のひとつに変わるのだと言った。

「どういう意味です」珠生は語尾を上げる。

「俺たちは一蓮托生《いちれんたくしょう》なんだよ」相羽が海に向かって歌うように言った。

「木村さんって、本当はどこから来たひとなんですか」

相羽はちらと珠生を見たあと「目の前の島だ」と答えた。

「あいつの母親は日系ロシア人、父親が思想犯で内地から逃げてきた男だった。ふたりは国後の山奥で、人に隠れて生活していた。あいつには、国籍も戸籍もない」

「ご両親はどうなったんです」

「死んでいる」

「国籍も戸籍もないって、どういうことなんですか」

「見えている世界の人間、この世の者ではないということだ」

「うちにいるじゃありませんか、いつも」

「見えているのと、実際にいるのとでは違うらしい。死ねばなにもかもがなかったことになる。人にはゴミのような一生というのがあるそうだ」

「誰がそんなことを」と問うてみた。「木村本人」という答えが返ってきて、珠生はそれきりなにも言えなくなった。わかりやすい人間も、わかりやすい出来事も、この世にはそんなものはないのだと気づいていても、木村が抱えた人生をうまくのみ込むことができない。目の前で呼吸している人間が、この世の者ではないなどと、誰が信じるだろう。

国籍も戸籍も親もない――。珠生の脳裏に納沙布岬の景色が浮かんだ。智鶴の言葉が今日はことさら重たく響く。これが戦争に負けるということか。

「じゃあ、三浦の旦那が言っていたことは本当だったんですか」

「親父《おやじ》がどこまで知っていたかはわからんが、木村は最初から俺の相棒だ」

「いったい、いつからのつきあいなんです」語尾を上げた珠生を見ずに、相羽が答えた。

「島にいたときからだ。あいつは戦争なんかよりもっとひどいものを見ながら育ってきた。戦争が終わっても、木村がいたところは狩られずに済むくらい山奥だったよ。

生まれ育った場所が敵国になっても、あいつは自分の生活を続けていたんだ」

けれど、とひとつ間を置いて語られる木村は、まるで野生のいきものだった。

ふた親を失った木村は、ひとりきりになっても山奥での暮らしを続けた。夏のあいだ人里離れたところで狩りをし魚を捕り、長い冬に備える。日本人が消えて軍服のソ連人や大陸の人間が島にやってきたのを見て、幼いころ父から教えられた知識で「戦争が終わった」ことと、それが「負け戦」だったことを知る。

人の住まない海岸縁に海豹《トッカリ》を捕りに降りたとき、十代半ばの少年はどこまで行けるのかと興味が湧いて、氷の上を歩き始めた。本能のみで生きていた少年が初めて持った好奇心の先は、自分の命に向けられていたのだった。

「あいつは、流氷の上を歩いてここに来たんだ」

命ひとつを元手にして島からやってきた少年は、相羽重之と根室の浜で再会する。

珠生は闇に溶ける景色に、木村の姿を探した。フロントガラスの前から、空と海の境界、波打ち際、船小屋の順に輪郭を失ってゆく。

エンジンをかけたままの車のなか相羽とふたりきりでいると、木村のこと以外なにを話していいのかわからなくなる。訊ねたいことは山積みなのに、ひとたび切り込んでしまうと珠生を支えているすべてが崩れ落ちそうなのだ。転がるように木村のこれまでを問いそうなことも、それが相羽の後ろでちらつくスミや智鶴へ続きそうなことも、口を開けば終わりのない迷路へと繋がってゆくようで怖かった。海にも船小屋にも、車の後方や岩陰にも、珠生がどれほど目を凝らしても人の気配はおろか、車がやってくる様子はない。入り江にきて小一時間ほど経ったところで、相羽が「さて飯でも食いに行くか」とギアを入れた。砂利を踏むタイヤのきしみが座席の下から伝わってくる。ゆっくりと動き出した車の助手席からリアウインドウへと船小屋が流れてゆき、やがて見えなくなった。ヘッドライトが車一台ぶんの道幅を照らし、浅い轍を進んだ。バックミラーを覗き込んでも、背後の景色には動くものがなかった。

国道を市街地へと向かう途中、相羽が「『お龍』でいいか」と問うたので「ありがとう」と答えた。冬雲が天蓋のように街全体を包んでいる夜だった。

相羽と珠生が揃って店に入って来たのを見た龍子は、「いらっしゃい」を最後まで言わずに口を両手で覆った。喜楽楼時代の婀娜《あだ》な気配は遠くなり、今はすっかり小料理屋の女将《おかみ》が板に付いている。間口は狭いが店内は清潔で、引き続き通ってくれる客に支えられ品のいい店に育っているのがわかる。

相羽は、喜楽楼の玄関先へ車を回していたころのように、龍子に向かってぴしりと腰を折った。横にいる自分も、喜楽楼の珠生に戻ったような気分になる。精いっぱい笑うと、龍子の目が潤んだ。ずいぶん遠くへ来てしまった——。珠生の指には、あたりまえのようにダイヤが光っていた。

「よく来てくれたわねえ。ふたりとも元気そうで良かった」

「すっかりご無沙汰《ぶさた》して、ごめんなさい」

「忙しくしているのは知ってたもの。ここで待っていれば、ちゃんと会いに来てくれることも。でもふたり揃って来てくれるとは思わなかった。なんでも正直にやってくものね」

龍子は相羽に席を勧めながら、こんなに立派になっちゃって、と何度も頷く。三浦の名前を出しそうになるのを、堪えているようにも見えた。ビールの栓を抜き、並べたコップに注ぎ入れる。珠生は龍子のわずかに荒れた指先を見て、一緒に暮らす男がいるのかもしれぬと思った。

木村のジープが事務所に戻ったのは、日が変わって午前一時を過ぎたころだった。事務所の横を通り過ぎる際の、ひかえめなタイヤの音で木村だとわかる。椅子から立ち上がろうとする珠生より先に、相羽が居間を出て行った。相羽を追う。階段の明かりが眩《まぶ》しかった。夫のワイシャツの背には皺《しわ》がない。ずっと椅子に背をもたせかけぬまま煙草を吸い続けていたようだ。

珠生は、普段着の衿元《えりもと》を直しておそるおそる事務所に出た。眉を描いただけの顔で男の仕事場に出るのは気が引けたが、木村が無事であることを確かめたい気持ちのほうが勝った。

事務所では、いつも木村が座っている事務椅子の前に保田が立っていた。ストーブの中で、薪が爆《は》ぜる。外気が部屋の空気を混ぜ返し、木村が事務所に入ってきた。木村は一斉に自分に向けられた視線に戸惑ったふうだったが、すぐに相羽に一礼した。

「遅くなりました」

「どっち側か、わかったか」

視線を一瞬揺らした木村が短く「杉原です」と答えた。

相羽の車が去ったあと、誘い込まれるように入り江に入ってきた男は、内地から来た船大工だと名乗ったという。待ち構えていた木村にライトを向けられ、謝りながら「密漁仕様の船の設計を頼まれたのでたびたび噂に上がる相羽組の船がどんなものか、船外機はなにを使っているのかを知りたかっただけだ」と訴えた。

船の大きさに見合わぬほど馬力のある船外機は、組の人間が改造したものだった。

「懐中電灯で確かめましたが、船大工の手ではありませんでした」木村は目を伏せた。

「珠生のことなら、気にしなくていい。報告を続けろ」

木村は喉仏を上下させたあとひとつ頷く。珠生にはその瞳が、いつもより数倍も湿り輝いているように見えた。

「敵は敷地から出て釧路方面へ向かいましたが、途中のドライブインで車を乗り換えて根室に戻りました。根城は杉原が経営権を持つキャバレーの、ホステスの部屋でした」

相羽は「わかった」とひとこと言ったあと、ゆっくり休めと言い残して二階へのドアを開けた。木村も保田も、頭を下げるだけでひとことも話さなかった。

二階に上がると、部屋全体が煙っていた。主《あるじ》がなくても漂い続ける煙草の煙を、珠生は居間と海峡側の窓を細く開けて追い出した。風がひとつ入り込み、ひとつ出て行く。入ったぶんだけ出て行く。ひたひたと冷気の厚くなってゆく床に、相羽と自分のあいだにある沈黙が積もってゆく。

相羽の漁場は霧に煙った海域として、海に出る誰にとっても魅力のある場所だった。海の仕事は陸の仕事に直結し、あらゆる人間の懐を左右する。政治と金が結託すれば、相羽の代わりなどいくらでもいるのだということに気づき、珠生は震えた。

大旗と杉原もまた、一蓮托生――。この半島は大きな荷を積んだ船と同じだった。珠生は荷を積み過ぎた船を想像した自分を責めた。この先、どれほどのことが押し寄せてくるのか、考えただけで身震いする。大旗にも杉原にも、後ろには確実に智鶴がいた。

乾いた潮風が建物をたたき這《は》い上がっては鳴いた。今日を境にして自分たちを取り巻くあらゆる潮目が変わる気がした。今回の成り行きを隠さず見せた相羽の真意は、珠生にひとつの覚悟を強いた。いずれは姉とも妹とも、袖を分かつことになるかもしれぬ、という現実だった。そんなこと、相羽に惚《ほ》れた時点でわかっている。

木村が戻った際に相羽が言った「どっち側」という言葉の意味をもっと深く考えなければいけなかった。男たちが腹を探り合っているあいだに、女のほうはすでに武器を持ち静かに闘っている。珠生がほとんど丸腰に近い状態で応戦していることを、相羽は知らない。

一睡もできぬまま朝をむかえ、寝室を出た。居間の椅子で腕を組み目を瞑《つぶ》っている夫の横を通り過ぎ、台所で顔を洗う。冷たい手ぬぐいを絞り、相羽に渡した。数秒手ぬぐいで顔を覆い、そのあと力いっぱい拭ってこちらに放《ほう》った。体温を吸った手ぬぐいを受け取る。階下で息を潜める男たちは物音ひとつたてない。

窓の向こうに、現場へと向かうトラックが並んで国道に出て行くのが見えた。うっすらと視界を染めた雪が、枯れ葦《あし》の色を含んでいた。敷地は静かになり、男たちが働き始める。

「壁のそっちは、どうなっている」相羽がお茶を淹《い》れていた珠生に問うた。

「どうって、ときどき空気の入れ換えをしていますけど、なにも変わりませんよ」

「いつでも開けられるようにしておいてくれないか」

「あたしを入れるんですか」

相羽はうっすらと笑いながら「そうぴりぴりするな」と返した。

「お前が入れば、俺や木村が守れるだろうさ。けど、俺か木村が入ったときはどうすりゃいいか考えてるんだ」

寝不足の頭が急に重くなり、呼吸が乱れた。相羽か木村を世間から隠さなければならない事態の、ことの重さを考える。ふるりとした寒気が足もとから這い上がってきた。

「そのときは、あたしがここでふたりを守りますよ」

冗談ともつかぬ言葉を放った瞬間、相羽に必要とされることが何にも代えがたい喜びになった。女房より女より、役に立つ部下のほうがずっとこの男に近い気がする。抱き合えぬのなら、一緒に闘うしかないのだろう。心よりも先に、立場が珠生を動かし始めた。

「誰も入らなくて済むよう、あたしは今できることを真っ正直にやっていきます」

「俺も木村も、真っ正直にやってるさ。言えるのは、あいつの判断は間違っていないってことだ。木村は二年三年、必要なら十年でも地下に潜っていられる男なんだ。本人はそこで死んでも仕方ないと思ってる。あいつがいるから、俺の部下は誰も死なないで済んでるんだ」

男たちの繋がりの前では、男と女のことなど二の次なのだった。情のやりとりではない、そこには命のやりとりがあった。珠生の歩んできた道など、到底交じり得ない。

眼裏《まなうら》に、霧に煙った野付半島の景色が蘇《よみがえ》った。

「大切にしなけりゃ、いけませんね」

言いかけたところで、保田から朝食を運んでもいいかという電話が入った。

「ありがとう、頼みます」珠生は一日かけて隠し部屋の掃除をすることに決めて、受話器を戻した。

鈍い冬の光が射す沖合に、空の色に溶けてゆきそうな船体が見えた。珠生は海に目を凝らす。もうなにもかもが相羽や木村を脅かすものに思えてくる。いつか珠生までがそんな存在になるかもしれぬ。誰を信じるかよりも、自分を信じられるかどうかを試されていた。まだ見ぬ明日が心から怖いと感じたのは、生まれて初めてだった。

10

昭和四十年、年の瀬——国が割れた。

しきりに危ないと囁《ささや》かれながらも政権は結局一年ほど保ったことになる。解散にあたっては、当初予想された「雲隠れ」ではなく、「カミナリ」という名が付いた。解散総選挙を告げるテレビ放送が、雷のせいで一時中断したからだった。時勢が変わっても解散の呼び名には雨かんむりが付いていた。楽観的な者はこれを雨降って地固まるための「降り込み」といって縁起がいいと喜んでいる。大旗の出馬を今か今かと待たされていた後援会を筆頭に、年の終わりは街中が沸いた。

北海道五区は、釧路、帯広《おびひろ》、北見《きたみ》、網走、紋別《もんべつ》、根室のほか、支庁管内から五人を選出する。根室からの立候補は大旗善司ひとりだ。長いあいだ機を窺っていた大旗陣営は瞬く間に結束し、鉄板レースに賭ける者たちのかけ声は高らかだった。選挙対策事務所のトップには大旗運輸の金庫番が立った。脇を支えるのが、河之辺水産、杉原一族、そして相羽組だ。相羽が海峡で稼いだ金は杉原の手で別の帯を掛けられ、大旗の選挙資金にまわった。

五区全体では十名が早々に立候補を表明したが、金と地盤の堅さでは、大旗が大きくリードしていると言われている。師走の街は昼も夜もなく、一気に騒々しくなった。内閣解散を受けて、いよいよ珠生もテレビを買った。事務所に一台、二階の居間に一台、作業員の寝泊まりする別棟にも一台。時間になると義務のように、ブラウン管にかかった垂れ幕のような布を上げてその日のニュースを流す。

珠生は箱の中で喋《しゃべ》る人間に慣れることができず、相羽がいるとき以外はスイッチを入れない。自分しかいない居間で、勝手に動いたり喋ったりする人間を見るのが薄気味悪いのだ。事務所で保田や木村と一緒に見ているのは平気なのに、不思議なことだった。

珠生は事務所に下りることが増えた。相羽の名前よりも珠生の名前で協力したほうが喜ばれる会や、直接「相羽組」の名前を出さないほうがいいような寄付金など、こまごまとした依頼が入るようにもなった。対外的に珠生が動いたほうがいい結果が得られるのは、非営利の助成団体だ。ここしばらく、珠生の花街時代が表立って語られることは少なくなった。河之辺家には大変お世話になって、と挨拶をされることが増えたのも、相手にとってはそちらのほうが都合が良いからだった。

珠生が相羽のいない昼時に事務所に下りるのは、もうひとつ理由がある。昼飯はひとりで食べるよりも事務所で摂ったほうが気が楽なのだ。実際のところ、珠生ひとりのために品数を揃えたり運ばせたりという手間が面倒になってきた。相羽組の姐《あね》と呼ばれることにも慣れ、肩に無駄な力を入れずに物事を観察できるようにもなってきた。テレビを見ながら保田や木村、今川たちの何気ない会話を聞いているのも珠生の仕事だ。

師走も残り二日となった昼時、年内の掃除を終えた事務所に下りた。奥にある台所から、鰹出汁《かつおだし》のいいにおいが漂ってくる。

「今日のお昼は、なんなの」

「カツ丼です。いい豚肉が入ったそうです」一礼して、今川が答えた。

地代でもめた際に保田が間に入って助けたことのある養豚業者が、相羽組にご挨拶を、と持って来たらしい。

「魚に肉、うちはずいぶんいろんなものが集まってくるねえ」珠生は出汁に醤油《しょうゆ》が混じるにおいを吸い込みながら、つぶやいた。

保田が言うとおり、今川はよく動き機転も利くようだ。ロシア語も使いこなし、相羽組にとって有益な男なのは確かだった。

昼飯が来るまでのあいだに帳簿を確認したいのだが、と告げた。木村は鍵付きの引き出しから、黒い帳簿を取り出し珠生に差し出した。作業着の袖がすり切れている。中に着ている黒いセーターは、入り江の船小屋から戻ってきたときに着ていたものと同じだ。

事務机の前に座り帳簿をめくりながら、凍った海峡をひとりで歩いている少年の日の木村を想像してみる。氷の上には海豹《トッカリ》だけではなく、さまざまな獣たちがいたことだろう。狐《きつね》や鹿、野犬、オオワシにオジロワシ。相羽や木村にとって、安住とはいったいどんなものなのか。事務所でひっそりと相羽組を動かしている男と、外で一歩も退《ひ》かない仕事ぶりを見せつける男。この建物も組織も、巻き起こる出来事すら、ふたり一対で成り立っている。

厨房から「おぉい」という声がかかり、今川が威勢のいい返事をして小走りでストーブから離れた。保田がストーブの上で湯気をたてている薬缶に手をあてて、熱さを確かめている。

「火傷《やけど》するよ、気をつけな」

注意や命令は自然と声が低くなった。それらしく振る舞っているうちに、すっぽりと「姐さん」の箱に収まっている。どのみちここで生きてゆくのなら、と見てくれを整えてはみたけれど、頭の隅では毎度そんな自分を嗤《わら》っていた。

ふと、相羽もそうではないのかという思いが過《よ》ぎった。わけありの人間たちを寄せ集めているうちに、収まりのいい立場がたまたま相羽組の長だったなら。

似たもの同士か——。

帳簿のとあるページをめくり、珠生の手が止まった。

外の女たちに与えられる月々の手当は全員同じ額だった。そのことに変わりはない。ただ、四人のうちふたりが手当の受け取りを停止していた。

「この四月で止まってるひとは、どうなってるの」

「札幌《さっぽろ》に出た親類を頼って、そちらで働くことにしたそうです。出納の最後に、三か月分を『餞別《せんべつ》』としてお渡しした旨を記しております」

囲われの身から足を洗おうという女が、いったいいくつくらいなのか気になって訊ねてみた。

「二十八歳です」

木村の答えに澱《よど》みはない。あたしより三つ上、とひとりごちた。親類を頼るというのは口実で、年齢を思えば土地を離れ結婚という運びになったのかもしれぬと思った。月々の手当は汗水たらして働くよりずっと魅力的に違いないが、そこに将来的な希望を持つのは難しい。この街にいる限りずっと日陰者と呼ばれ続けるのも、覚悟のいることだ。

珠生は頷きながら四月で切れた女のページの、乾いた金額の書き込みを眺めた。問題は、もうひとりの女だった。小路で暮らす、スミである。どこからなにを訊いていいものか、八月で手当が止まっている。

珠生は大旗の家で会ったときのスミの眼差しを思い浮かべた。スミが自ら身を引く可能性は、珠生がどう期待したところで薄い気がする。

「このひとは、どうしたの」平静を装いスミのページを指さした。

「引っ越しを機に、打ち切ってくださいということでございました」

「引っ越しって、どこへ」

「市内と聞いておりますが」歯切れの悪さが気になった。珠生は、引っ越し先は押さえてあるのかと問うた。引っ越したのを機に、縁を切ったと言っているわけではないのだ。智鶴のほうから金が出ていることは容易に想像がつく。彼女は大旗家の長男の乳母だ。

「会ったことがあるの。ばつの悪い思いをしたけど、性悪っていう感じはしなかった。あの子がうちからの手当を断る理由が知りたいわ」

木村が黙り込んだ。珠生はもう一度帳簿に並ぶ数字を確かめる。八月以降はふつりと空白になっており、帳簿の出納が締められている様子もない。ただの空白が余計に珠生を不安にさせた。

「ご報告が遅くなって申しわけありません」木村が頭を下げた。この男のいいわけの少なさはときに好ましく、ときに疎ましい。

「引っ越し先、教えてもらえないかしら」

木村は数秒黙ったあと、港にほど近い住宅地の町名と番地を告げた。

「訪ねて行かれるのでしょうか」言葉を切る木村の瞳が翳《かげ》る。

「おかしなことかもしれないけれど。どうして手当を打ち切ったのか、訊いてみたいの。そんなことをしたら、相羽が怒るかしらね」

相羽に怒られたことなど、一度もない。女の家を訪ねたところで、夫が珠生に見せるのは無表情だ。男が逸《そ》らす目に憐《あわ》れみが混じることを想像すると腰が退けるが、スミがいったいどういうつもりで手当を断ったのか、こればかりは人づてに訊いても納得できない気がするのだった。不安そうな木村に、微笑みかけた。

そこへ今川と保田が、味噌汁《みそしる》の椀《わん》と浅漬け、丼が載った盆を持って事務所に戻ってきた。話はそこで止まり、珠生も帳簿を閉じて木村に返した。スミの住所はしっかりと頭に入っている。

保田がテレビのスイッチをひねった。ちりちりとした横線のあと、アナウンサーの顔が映る。大きな特徴を消しているせいなのか、七三分けと黒縁眼鏡という、ありがちな情報ばかりが残りそうだ。今年も残り二日となり、東京アメ横では正月の買い物客で賑《にぎ》わっているという話題だった。

「アメ横って、どんなところなのかね」箸を持ちながら何気なく珠生がつぶやいた。

今川がお茶を淹れながら「もとの闇市ですよ」と返す。

珠生の脳裏で何かが引っかかった。木村の様子を窺ってみる。珠生からは横顔しか見えないが、会話に反応しないぶんなにか考えるところがありそうだ。保田がカツ丼をひとくちかき込みながら「昔の闇市も、都会じゃ全国ニュースになるのか」と空気を混ぜ返す。保田はトンカツをひときれ口に放り込み、珠生と木村の疑問を代弁する。

「今川、お前東京にいたことがあったのか」

「いちど集団就職で東京に出たんですが、半年保たずにこっちに逃げ帰ったもんだから、恥ずかしくて」

刈り上げた後頭部をさすりながらうつむいた。木村は黙ってこのやりとりを聞いている。音をたてずに味噌汁を口に運ぶ横顔を見て、珠生はこの場で合いの手を入れるのは自分の役目だろうと察した。

「集団就職ねぇ。けっこうな数がこっちに戻って来るって聞いたことがあるけど。いったいなんの仕事で行ったんだい」

「車の部品を作る会社です。毎日毎日、ベルトコンベアーの前でネジ回しですよ。寮じゃひとつの部屋に五人も六人もすし詰めでした。あれはまるきりムショでしたね」

説明が過ぎて、言わぬでもいいことが滑り落ちてくる。保田が先ほどの軽い口調で「いやだねぇ」と茶化した。

「俺はもうムショはたくさん。お前は何年くらったんだ」

そこで今川もやっと自分のお喋りに気づいたらしい。「いや、ムショってのは例《たと》えの話です。兄貴、すみません」と、慌てた様子で丼を持った。珠生はテレビに視線を戻した。

国単位の話題を眺めていると、おぼろげながら自分の立っている場所がなんの中心でもないことが分かってくる。大旗善司が無事当選したところで、この国ではほんのちいさな出来事でしかないのかもしれない。大旗が遊説先で掲げる国境問題は世間の関心を集めるだろうが、果たしてそこかしこに中心を持つこの国で期待するほどの興味を持たれるだろうか。四島返還運動は国政へのいい手土産だが、年末の東京の映像を見ていると、地元が納得するだけの注目を集めるかどうかが疑わしく思えてくる。

返還の目的を共有できない男たちが、ただ「島」という手がかりだけを御旗《みはた》に掲げて集っている気がした。相羽は領海を越えて操業し、通じる言葉を持ち、故郷の海で稼ぐことができる。しかし、胸を張れない現実は嫌でもそこが今は他国であることを認めさせてしまう。

海を望めば、知床半島の手前に国後がある。手が届きそうな島との間に、相羽が家族を失った海が横たわっている。矛盾だらけの海は、人間の思惑など知らぬふうで凪《な》いだり荒れたりを繰り返す。

家族が消えた海で金を生み続ける相羽の心情を思うとき、珠生の胸は絞り上げられるように痛んだ。この海を歩いて渡ってきた木村の孤独を思うときも同じだった。

選挙資金は、国境でかき集めた汚れ金――この大きな矛盾を抱えた大旗善司の、国政への志とはなんだろう。

「いったいどこが刑務所なのか、わからないわねえ」珠生のつぶやきはテレビの音にかき消され、男たちの耳に届くことはなかった。国が大きく変わろうとするときも、珠生の心のおおかたを占めるのは囲っている女たちの動向と、与えられた仕事の煩わしさだった。

昼飯を終え、今川が食器を厨房へと運んで行った。見れば保田は、洗い物を任せる人間がいることに慣れてきたようだ。爪楊枝で歯をせせりながら、テレビのスイッチを切った。

スミが相羽と切れたとは思えなかった。同時に、保田と早苗のことも珠生の頭を悩ませている。夏の初めあたりから、保田が明け方に車を出すのを何度か見ていた。相羽が戻った後で、事務所番以外の時間ならば自由に外出していいことになっているが、目的が夜遊びではないとなると話は違う。

年が明ければ、早苗の結婚準備も大きく動く。だらだらと引き延ばしをかけていても、素性の知れない男に稽古事の送迎をさせていてさえ、河之辺早苗の婚約は表向きびくともしない。夜中ならば、嫁入り前の娘の外出を河之辺の家が放っておくはずがない。しかし、それが夜明けのころならどうだろう――。

ひとの心は厄介だ。自分もその厄介さとつきあってきて、今も振り回されている。保田の言葉、動作の端々に妙な高揚を見るにつけ、珠生は習い事の送迎を許したのは間違いではなかったかと不安になる。二年間は、傍《はた》が思うほど若い娘にとって短いものではなかったのかもしれない。

珠生は二階に戻る際、保田に声をかけた。

「今朝、掃除のついでに簞笥の整理をしてたら少しきつくなった背広が何着か出てきたの。相羽のお下がりで悪いんだけど、もらってやってちょうだい。あんたなら、背格好も同じくらいだし」

「俺がもらってもいいんですか」視線が意見を求めて木村に移った。「良かったじゃないか」と返ってきた途端、保田の目尻が下がった。

「十分くらいしたらきてちょうだい」

保田の嬉《うれ》しそうな返事を背中に聞いて、珠生は階段を上がった。

胴回りがきつくなった背広を、三着居間の椅子に並べた。茄子紺《なすこん》、濃いめの灰色、夏物だがこの土地ではほとんど袖を通すこともない半ば道楽で作ったような麻の一着。食べるものに頓着しない男は、懐が豊かになると身を飾り始めた。それもまた相羽重之を演じるための小道具ではないのかと思う。珠生が指に光らせた指輪と同じ、ただのこけおどしなのだ。

十分後、階段下から「姐さん」という声が聞こえた。廊下に出て上がってくるようにと返した。おずおずと居間に入ってきた保田が、応接椅子の背もたれに並んだ背広の上下を見て立ち止まった。

「なんだか胴回りがきついのか、着たがらないの。気に入ってくれれば嬉しいんだけど」

「俺、社長がこの背広着て肩で風切って歩くの、後ろで見てました」

感慨深げに言う口元に、歪みはなかった。珠生は三着を背もたれに重ねて、椅子に腰を下ろした。

「ちょっと、そこに座ってくれるかい」向かい側の椅子を示すと、保田の頰から笑みが消えた。そろそろと正面の椅子に腰掛けた男の目を見る。

「ついでと言うのもなんだけど、ひとつ訊きたいことがあるんだよ」

「なんでしょうか。俺でわかることですか」

お前さん自身のことだよという言葉を飲み込み、できる限り微笑み訊ねた。

「最近、早苗の様子はどうかと思って」

「様子はどうかと訊かれましても」

「一丁前の姉とは言いがたいけれども、あの子の結婚に関しては相羽もずいぶん骨を折ったし。もうそろそろ準備も始まってるはずだろうと思ったの。精神的に不安定なところはないだろうかと、それがちょっと心配になってね」

「不安定なところと言いますと」保田は不安げな表情で珠生を窺っている。

「本人にとっては望んだ縁談でもないわけだし、それでも家のためになる道を選んだということだから。独り身でいられる時間も少なくなってきて、自棄《やけ》になってることはないかなって。意地張りな子だから、きっと誰にも泣き言は言わないと思うの」

保田の顔から一切の表情が消えた。珠生は言葉を切り、男の顔を見つめた。国道をゆくトラックの音が響く。冬場の空気は乾ききって、遠くの音までまんべんなく拾い集めてくる。耳をすませば潮の音。このまま黙り込み息を止めたら、異国の衣擦れまで聞こえてきそうだ。先に沈黙に耐えられなくなったのは、保田のほうだった。

「俺は、早苗さんの結婚を邪魔するつもりは」言葉が途切れたあと、整髪料で撫《な》でつけた前髪が額に落ちた。

「送り迎え以外に、早苗と会ってるんじゃないのかい」

保田は首を横に振る。起こした首は重そうに、青い顔を支えている。目は充血し、唇はきつく結ばれていた。珠生はひとつ大きく息を吸い込んだ。きつくなる帯の、その反動で背筋が伸びる。目の前の男は長いこと相羽の腹心だった。相羽と木村と保田、この三人の関係はたとえ女房でも割って入ることは叶《かな》わぬことと言い聞かせてきた。

「早苗も、あんたのことが」

言いかけて、指先を衿《えり》に添わせた。それ以上の言葉が口から出てこない。だったらどうだというのだ――、結論などとうの昔に出ているではないか。冬場の波音は地下から響いてくる。誰もがこの重たい音を胸に聴きながら、耐えている。国境線の在処《ありか》と同じく、男と女のあいだにも見えない境界がある。珠生の脳裏に龍子や智鶴、スミの面影が流れてゆく。交互に現れては消える男たちの表情は、どれも無に近かった。

珠生は自分が人の心を左右できるほどの言葉を持っていないことに安堵《あんど》と失望を感じながら、ちいさな恋の塊となった部下を見つめた。

純粋なものは弱みだ。何があっても隠しとおさねばならない――。

結局、自分の胸に引き寄せて考えることしかできないのだった。他人の痛みは他人のものでしかない。血のつながりに過剰な期待を持たずにやってきたけれど、親の感じる痛みすら義務でしか受け取ることができなかった。

早苗が保田と添う日は来ない。来ないことでより深く、厚みを増してしまう。珠生は肩を震わせる保田を見つめた。帯の奥、皮膚のもっと奥に、針の先に触れたような痛みが走った。

大晦日の朝珠生は、衣装箱から袖を通していない着物を出して床に並べた。大島《おおしま》紬《つむぎ》、色無地、普段着の小紋から礼装まで。染めも織りも気に入った反物ばかりだったはずが、一年以上経っても着る機会に恵まれていない。沈みがちな気分のときは、体に馴染《なじ》んだ軽い紬に、青みの多い帯ばかり締めていた。無駄に明るいものを見ると余計に、気が塞いでいたころを思いだす。

新しいものに袖を通そうという気分になるときは、心が前を向いているときなのだろう。今日改めて並べたものはみな、明るい色ばかりだった。

いつの間にか増えている新品の着物を一枚一枚手にとってみる。女のまるい体を包む平らな布は、好いた男に似て身に着けるたびに肌に添う。いくら値の張るものでも、こんなところにしまい込まれていたのでは気の毒だった。

並べたものの中から珠生は、繰り越しを多めにとった粋筋のものを除《よ》けた。残ったのは手描き友禅の訪問着と桔梗《ききょう》柄の大島紬だった。どちらにしようかと見比べたが、どうにも決めかねる。ならばとその二枚をたとう紙に戻した。双方と同時に仕立てたそれぞれの長襦袢《ながじゆばん》を上に重ねる。薄めの若草色に季節の花々が淡く染め付けられた訪問着には、白地に若松と菊をあしらった帯を合わせることにした。薄紫の大島紬には、茄子紺の名古屋帯を選んだ。

一反風呂敷を広げ、それらを包んだ。紬の軽さと友禅の重みは、同じ絹物という気がしない。けれどどちらも繭から始まった糸の、細く長い旅の果てだった。それは珠生の内側に根を張り続ける一本の樹《き》に似ている。時代を経て羽織り継がれる絹物にも、枝や新芽を伸ばす命が宿っているような気がするのだ。根がある限り成長を止めないこの感情を珠生は、ただの嫉妬《しつと》なのだと言い聞かせた。嫉妬なら、つまらない女でいられる。女に生まれた体にとっては、いちばん楽な落としどころだろう。

衣装部屋を片付け、風呂敷包みを居間に移した。受話器を持ち、階下の木村にひとつ頼みがあると告げた。

「頼みとおっしゃいますと」木村の語尾がわずかに上がる。大晦日の昼時に、こんな頼み事をする自分は、おそらく感情がひと欠片《かけら》死んでいるのだ。

「スミさんの家に、連れて行って欲しいんです」ひと息に言うと、胸の内に空気が入りこみ苦しくなった。一拍おいて訊ねるふうも含みも感じさせない平坦《へいたん》な声を聞く。

「これからですか」

「忙しいのは重々承知で。木村さんにお願いできればと思ってます」

なぜなのか、と問われ「ほかに誰もいないから」と答えた。こんな頼み事をできるのは木村しかいないのだ。どこにも漏れない、だれにも告げない。そんな芸当は皆ができることじゃない。だからこそ、木村の口から現実を知る必要があり、彼に車を出させる意味がある。珠生は「お願いします」と続けた。

「承知しました。お出かけは何時にいたしましょうか」

「準備はできています。すぐに出かけられます」

十分後、珠生は木村が温めた車の中にいた。白茶けた木々が冬であることを教える以外、ただ寒いだけの季節だった。

車は海沿いの道路を市街地へ向けて走った。なだらかな起伏とゆるいカーブを繰り返し、街と港が近づいてくる。金刀比羅《ことひら》神社のあたりにはしめ縄の店が軒を連ねていた。車が列を成しており人の出もある。神棚のお札を求めにきた人波に、子供を肩車した若い父親やかくしゃくとした老人を見ては口元がゆるんだ。女たちは今ごろ、正月の準備で家を整えている真っ最中なのだろう。神棚は、お清めもしめ縄飾りもすべて男の仕事だ。

家を出てから、木村はひとことも喋らなかった。もともと口数の多い男ではないけれど、今日はひときわ気詰まりだ。無駄に口を開けば、珠生のほうもなにを言い出すか自信がない。気づけば笑い話も無駄話も、自分にはなにひとつ年末にふさわしい話題がないのだった。

金刀比羅神社を少し街側に入ったところで、木村が路肩に車を寄せた。ひとつ曲がるごとに道幅が狭くなる地域だ。庭付きの民家が建ち並ぶのを、珠生は車中からぐるりと見回した。命ひとつを元手に海で荒稼ぎをする人間たちが、競うように大きな家を建てている。

数百メートル先に大旗家の敷地がある。太い松がぐるりと屋敷を囲む一角は、そこだけ静かな気配を漂わせているだろう。木村が車を停めたということは、スミの住まいもこのあたりということか。小路の家はたしかに、大旗の家まで少し歩かねばならない。おそらくスミは、智鶴の子供の面倒をみるためにこちらに引っ越したのだろうと考えた。

珠生はもう一度辺りを見回した。喧噪《けんそう》からは少し離れた住宅街だ。どれも女のひとり暮らしには大きすぎるのではないか。バックミラーに眼鏡のつるを映している木村に向かって問うた。

「車で入って行けない通りなのかしら。教えてくれれば、歩きます」

木村は鏡越しに珠生を見て、短く答えた。

「お子様が、いらっしゃいます」

珠生は一瞬、智鶴の息子、信司を思い浮かべたが、すぐに甘い想像はかき消えた。

寒々とした景色のなかに、ひとり取り残された侘《わ》びしさが押し寄せる。

「相羽の子なの」

「はい」と言ったあと、木村の瞳が鏡の中から消えた。

この男は、すべて知っていたのだ――。

冷えてゆく体と心にひとつ、冷やしきれない熱い塊があった。それがいつか自分から流れて行った子供だと気づき、珠生は観念した。ちいさく息を吐き出せば、孤独のかたちが見える。癒えたはずの傷から再び血が噴き出しそうだった。

声が弱くならぬよう気をつけながら、もう一度スミの家がどこにあるのかを訊ねた。木村は無言のまま電信柱二本分の距離を移動した。通りに面した植え込みの向こうに、二階建ての白い家があった。アーチ型になった二階の窓にはレースのカーテンが掛かっている。布団を干すのに便利なベランダもある。相羽組の、要塞のような建物とはまったく違う。

珠生はスミの家にやってくるときの夫の心もちを想像してみた。出来得る限りの深読みや嫉妬を自分に許してみるが、そこにはうっすらと靄《もや》が立ちこめている。この期に及んでも、珠生の気持ちは相羽の心に添いたいのだ。自分の選択が間違いではなかったことを誰より己に言い聞かせたい。業の深い女とはほかでもない、自分のことだった。

木村が運転席を出て、後部座席のドアを開けた。衿にミンクのショールを掛け直す。珠生は、風呂敷包みを持って歩きだした木村を制した。

「車で待っていてもらえますか」

「玄関まで、お供いたします」

「お願いだから、ここで待っていてください」

頼みますと頭を下げた。道の端にあるくぼみに、氷が張っており、日の下でも溶ける様子はない。珠生は自分の胸に手をあて内側に問う。氷ほど冷たくはないはずだ。木村に両手を差し出した。風呂敷包みを受け取り、白い家に向かう。数メートル歩き、家の前で冬草履の鼻緒に力を込めた。背後で車のドアが閉まる乾いた音がした。

コンクリート階段の横が車庫になっていた。相羽が来ているときは、ここに車を停めるのだろう。空の車庫に、明かり取りから差し込む日だまりがある。光の束にはうっすらと虹ができていた。

家を囲むように、等間隔で松が植えられていた。十年もすれば雄々しく生い茂り、やがて高い塀になる。玄関に続く敷石の数を四つまで数えて、日差しとそぐわぬ寒さのなか呼び鈴を押した。

木製のドアが肩幅ぶん開いた。訪ねてきたのが珠生だと気づいたスミの、姿がすっと消えた。閉まりかけたドアに手を掛ける。そっと手前に引くと、つやを消したタイルの玄関に土下座をしているスミがいた。

白いセーターに地味なウールのスカート姿で、床にへばりつくようにして頭を下げ続けている。エプロンの紐《ひも》が細い背中で交差していた。

「申しわけございません。お許しください」

たった数年の芸者生活だったけれど、借金以外のことで土下座をする女を見たのは初めてだった。

「お許しください」スミはなおも床に額を押しつける。珠生は下駄箱の上に風呂敷包みを置いて、スミの細い肩に手を掛けた。

「やめて、そういうのじゃないの。突然訪ねてきて悪かったわ。お願いだから落ち着いて」

青白い頰が珠生を見上げた。上がりかまちに座らせるが、目の焦点がずれている。自分の行動が、スミをここまで動揺させるとは思っていなかった。いっそ塩を撒《ま》かれながら追い返されたほうがましな気がする。

かける言葉を探していると、奥のほうから子供の声がした。ひとりではないようだ。転がり絡まり近づいてくる声のほうを見た。磨き込まれた木目の廊下に姿を現した子供たちが、手鞠のように玄関へと走ってくる。

水色と桃色、色違いのよだれかけを胸にさげた、黒くて丸い目が四つ——。

智鶴の息子はすぐにわかった。髪が生え際の癖で真横に跳ね上がっている。顔立ちは大旗を思いださせるが、髪の癖や耳のかたちは智鶴によく似ていた。

珠生は桃色のよだれかけの端を摑《つか》み、じっとこちらを見ている幼子と目を合わせた。無邪気に向けられた瞳に何者かを問われている。一歩近づけば容易に手が届くのだが、抱き上げる勇気はなかった。もうひとりの幼子は目も唇も、相羽にそっくりだった。

「名前は、なんというの」

「真央《まお》、です」

「どんな字を書くの」

「真実の真に、中央の央です」

娘の名に人の道の真ん中を歩くよう願いを込めたのは、相羽だろうか。

厄介さが失われてだだっ広い草原のようになってしまった珠生の心もちに、戸惑いの風が吹いた。動かしがたい命という現実の前で、ひとはこれほどに無力だ。

いくつなのか問うた。か細い声で「一歳半です」と返ってくる。

「元気なのね。健康、なのね」

スミは背中に子供たちをまとわりつかせながら、自分の放つひとことひとことに「申しわけございません」と付け加える。ほんの少しでいいので上がらせてもらえないかと頼んだ。スミの涼しげな目元が大きく開く。

「こんな忙《せわ》しない時期にお訪ねしたのには、わけがあるんです。聞いてくれませんか」

スミはぎこちない仕草で立ち上がり、子供たちの手を引きながら珠生を居間へと通した。子供たちはすぐにスミの手をふりほどき、板の間にできた日だまりへと駆け込んだ。台所と続いた洋室には四人家族用のダイニングセットがあり、椅子のふたつは腰高の子供用だった。固定のベルトも青と赤の色分けがされている。

このまま、託児所として使えそうな部屋だ。珠生が憧れて止《や》まぬ「家族」の気配はつよく漂ってはこない。スミはここでひとり、子供を育てている。ときおり訪れる男は、どれだけ心の慰めになるだろう。たとえそれが珠生の夫であったとしても、だ。ゆるやかに下降線を描いていた相羽への恋心は、この家の門をくぐったときに底を打ち、別の空間へと飛び散った。珠生はこんなに静かな心もちを想像していなかった。

板の間に風呂敷包みを置き、結び目を解いた。

「お願いというのはほかでもない、月々の手当のことです。生活に不自由がないのはここにやってきてよくわかりました。でも、こうして子供もいる以上、やっぱりうちが面倒をみていることだけは、曖昧にしてほしくないの」

「わたくしの勝手で、わがままだけで産みました。ひとりで育てようと決めた日からずっとお断り申し上げておりました」

珠生は木村の顔を思い浮かべた。帳簿には変わらず金額を記載し続けることもできたろうに。なぜ木村はそうしなかったのか。スミは、珠生の問いに言葉を切りながら答えた。春から、自分の寄る辺を明らかにするために時間をかけて何度も相羽に頼んだ、と彼女は言った。引っ越しは、ひとつのきっかけだった。この家はスミに子供の世話を任せるため、智鶴が与えたものだった。

相羽は、そんなところに通っていたのか――。

一年以上も耳に入らなかった、珠生のほうがおかしいのだ。智鶴が自信たっぷりで息子をスミに任せていたことにも納得がゆく。スミはただの乳母ではない。赤ん坊に乳を含ませることができ、生活に負の材料を抱えた、姉にとって誠に都合のよい手駒だったのである。珠生は広げた風呂敷を挟み、スミと向かい合った。彼女の、束ねた髪のこめかみから頬へ後れ毛が滑り落ちた。

「お願いに上がるのに、手ぶらも考えものと思って。これ、袖は通していないの。スミさんに似合う気がして持ってきました。受け取っていただけたら、嬉しいのだけど」

スミは「めっそうも――」から言葉が続かない。何度も口にしては、そこで途切れた。

「今は無理でも、子供の手が離れたら身に着ける機会もでてくるでしょう。いくつになっても着られる柄だと思うから。相羽に見つかったら、珠生が無理やり押しつけて行ったと言ってちょうだい」

女房という言葉をためらうのが、負い目なのか遠慮なのかわからない。

珠生はたとう紙に包んだ着物をスミの方へとずらし、不意の納得に心臓を摑まれた。

自分は惚《ほ》れた男がどんどん大きくなってゆくのを見ているのがただ嬉しかったのだ。男の横に、誰がいてもよかった。うまく騙《だま》してくれさえすればいい。

言葉にならぬ安堵を抱え膝前に両手をついた。

「相羽のこと、よろしく頼みます」

珠生には、海峡の要塞で果たすべき役目があった。

スミの目からほろほろと大粒の涙がこぼれ落ちた。拭うこともせず、珠生を見上げている。珠生はひとつ頷いた。同時に、産む苦しみと産めぬ苦しみにどんな違いがあるのかを未《いま》だ正体を見せようとしない神、あるいは悪魔に問うた。

11

松の内を過ぎた街には、街宣車から絶え間なく放たれる候補者の名前と清き一票という言葉が溢《あふ》れていた。選挙対策本部には直接名を連ねることのない珠生だったが、大旗智鶴の実妹として招かれる会合も増えた。立候補をした大旗自身は地盤を妻の智鶴に任せて他の地で選挙活動をしている。

昭和四十一年一月、智鶴が主宰する「北方婦人の会」が定例昼食会を開く当日の朝、本人から電話が入った。珠生の胸の内をどう思っているのか、智鶴はみごとに知らぬふりを通している。

「今日はよろしく頼むわね。みんな珠生ちゃんがどんなお召しでやってくるかどんな宝石を着けているのか、とても楽しみみたいよ。宝石屋さんに、珠生ちゃんと同じものが欲しいっていう奥さんもいるらしいの。面白いわね」

智鶴の声は昔と少しも変わらずおっとりと優雅だ。珠生は短く泥染めの訪問着を予定していることを告げた。この電話が大旗の母屋に筒抜けであることを思うと、言葉数も少なくなる。

「婦人会のみなさんの評判は、珠生ちゃんがいちばんよ。小股の切れ上がったいい女ってのは、ああいうひとを言うんだって。珠生ちゃんが来てくれるときは、会員のお嬢さんやお嫁さんが参加したがるので、どうしても洋食になってしまうの」

「そんなに持ち上げられても、困るわ」

「持ち上げてなんか。本当のことよ」

一拍あけて、軽い調子で智鶴が続けた。

「そうそう、早苗ちゃんの結婚が先送りになったわ」

なぜかと問うた。智鶴は声の高さも速さも変えずに「だって、こんな時期だもの」と言って笑った。

「大旗さんが国会で落ち着いてから、ってことなの」

「まだ当選するかどうかなんてわからないわ。もしもってことがあるのよ。ここは海に囲まれた土地だから、昔からときどき季節とは逆の風が吹くじゃないの」

「智鶴ちゃんが、決めたことなの」珠生の語尾は上がりきらない。

「まさか。わたしにそんな力があるわけないじゃないの。河之辺と大旗の判断よ。賢明だと思うわ」

「杉原家はどう言ってるの」

「丸呑《まるの》みよ、当然でしょう」

　でも、と智鶴がそこだけ笑いを含んだ声で言った。

「案外、いちばん喜んでるのは早苗ちゃん本人かも」

　保田のことを言っているのだ。言葉にならぬ怒りがこみ上げてきた。保田の気持ちを知っていながら、送迎だけなどという建前でふたりを放っておいたのは、珠生の許されない失点だろう。ここで笑える姉の性根を、真正面から恨みに思った。スミを通して自分に向けられた敵意には刃向かう術《すべ》もなかったが、部下の心ひとつが軽んじられている現実は許しがたい。

「聡明《そうめい》な大旗智鶴とは思えない、不謹慎な言葉だと思うけれど」

「不謹慎かどうかは、人間関係と利益のバランスが決めることだと思うの。最後の最後は落ち着くにしても、早苗ちゃんはあんな男とは結婚したくないと思ってるのだし。結婚が延びたことで珠生ちゃんが怒る必要あるのかしら」

　ない、と返した。電話の向こうで、智鶴がくつくつと笑っている。

「このまま婚約が流れるってことは、ないの」と訊ねてみる。

「ないわね」間髪を入れずに智鶴が言った。

妙に乾ききって、こちらの質問の意味も頃合いも最初からわかっていたような響きだった。珠生の耳奥で再びつよい潮騒が始まった。鼻先に海峡のにおいが漂ってくる。これは血のにおいだ。

絶え間なく動き、ひとときもその場に留《とど》まることをしない男のそばにいると、生き残ることだけがこの世の価値のすべてであるような心もちになる。智鶴の闘いも果てがない。それは珠生にも言えることなのだった。

「智鶴ちゃん、あたしもテレビを買ったのよ」ふと視界の先にあるものを言葉にした。スミの家にはテレビがなかったことを思い出した。落ち着いたら木村に手配を頼むことにしよう。誰のためでもない、ふたりの幼子たちと珠生自身への慰めだ。

「ねえ珠生ちゃん、テレビっていいものでしょう、世の中の情報が目に見えるんだもの。スターが、普通に食べたり飲んだり、台詞《せりふ》をつっかえたりしてる。こんな楽しいものってないわ。隣近所のひとに会っているより、ずっと面白い」

「そんなに面白いかしら」

「こんな面白いものが世の中にあったなんて。これがあれば田舎も都会もない。今日のスターがもしも明日どこかで物乞いになっていても、スターだった事実をひとは忘れないわ」

姉をこんな怪物に育てたのは、誰でもない彼女自身で、同時に彼女を産んだ河之辺の母だった。

「智鶴ちゃん、今日の集まりも、みんなお上品なひとばかりなんでしょうね」

「ええ、とっても」

智鶴の「じゃあ会場で」のひとことで通話は終わった。珠生は受話器を置き、黒光りする電話を見下ろした。自分たちの会話がすべて大旗の母屋と対岸の国に聞かれているとして、それがいったいなんだというのか。このなんということのない、前進も後退もしない会話をそんなに聞きたいか。珠生の胸にふるふると怒りがこみ上げてくる。

智鶴の電話で始まった一日は、会食に使われた洋食店でも同じ気配を放ち続けた。

「いよいよ智鶴さんも代議士夫人ね、投票日が待ち遠しいわ」

「当日まで、何が起こるかわかりませんわ」

「このお店、美味《おい》しいわ。今度主人も連れて来るわね」

「いつでもどうぞ。最近わたくしも、支払伝票が投票用紙に見えるようになって参りましたのよ」

露骨な言葉も、智鶴がおっとりとした調子で言うとなぜか場が和んでしまう。ひとりに放ったひとことは、二十人が囲むテーブルをぐるりとひとまわりして場の結束を促してゆく。珠生の真向かいに座った老婦人が、口元を懐紙でおさえたあと柔らかな笑みを浮かべて言った。

「智鶴さんも珠生さんも、こんなにご立派になられて嬉しいわ」

目も鼻も口も、皺《しわ》に埋もれてしまいそうな笑顔だった。喜楽楼時代の、周辺の小間物屋、稽古事の師匠を思い浮かべたがどれも違う。曖昧な表情も失礼だと思い、正直に詫びた。

「ごめんなさい、覚えていないのはあたりまえなの」

老婦人は品良く微笑んだあと、自分は河之辺の三姉妹を取り上げた産婆だと打ち明けた。

「智鶴さんのご長男まで取り上げさせていただいて、ありがたいことでした。みなさんがお元気でいらっしゃることを、生きる励みにしておりますよ」

産婆の言葉に裏や含みは感じられない。沖縄戦で夫を、空襲で我が子を失ったことも、遠い昔のことと言い、こちらに向かって軽く手を合わせるのだった。

「珠生さんや早苗さんのお産も、この婆の生きる糧でございますからね。どうかそのときは頼りにしてくださいましよ」

ほんのすこし、東北の訛《なま》りを残した産婆の笑みに誘われ、珠生は頭を下げた。胸の中にさざ波が立つ。スミの家の日だまりを思いだし、棘の刺さった場所が再びうずき始めた。産婆から三人向こうの席にいた化粧のきつい女が智鶴に声をかけた。

「早苗さんのご結婚も、そろそろでしたわね」

「それが、延びましたの」智鶴は、半分笑いをこらえているような口元で言った。

辺りが急に静まりかえった。誰もが智鶴のほうを見ている。

「もっと早い時期に解散とばかり思っていたのに、選挙がお式の予定と半年置かないとなれば、地域のみなさまに落ち着かない思いをさせますでしょう。河之辺の家と話し合って、もう少し先にしようということになりました」

「それでは先方の杉原家が黙っていないのじゃありませんか」女の語尾が意地悪く上がった。

「ご心配をおかけしてごめんなさい。これは向こうにも快諾いただきました。じゃないとこの場で話題にはできませんもの。どちらを優先ということではございませんの。街にとっていちばんよいかたちですべてを祝い事にいたしましょうという、日頃からお世話になっているみなさまへの、わたくしどもの気持ちです」

智鶴はとりわけ後半をゆったりと語り、悠然と紅茶を口に運んだ。その場の誰もがつられるようにカップを持ち上げた。姉の頭の中には「こちら」と「向こう」の、明確な線引きがあるのだった。へりくだっているようでいて、すべての決定権は自分たちの側にあることを遠回しに見せつけている。

早苗の婚約が長引きそうだという話題のお陰で、その後はそれぞれの家にある縁談話の披露会となった。女たちの口ぶり、興味の方向を眺めていると、投票日まで秒読みということも忘れそうになる。相羽は毎日朝から夜中まで、ときには翌朝まで家を空ける。洋食屋に集った女たちの、一日の長さがみな違うことを考えてみた。仕方のないことという思いが、凪の波打ち際のように静かに寄せて返した。

その日相羽が帰宅したのは、午前二時のことだった。

夫が眠ったあと、明け方にかけて妙に目が冴えた。スミと真央のことが頭を離れない。相羽とふたりでいる限り仕方のないことだと頭ではわかっていても、眠れぬ夜更けにひとりで抱え込むには重たい。

珠生はもうそこから眠りに戻ることができず、綿入れ半纏《はんてん》を羽織って廊下に出た。夜明けに向けて下がりきった気温は、月明かりが差し込む廊下で珠生の息を白くする。半纏の袖口を合わせ、内側で腕を組んだ。

夜明けにはまだ時間があった。内窓を開ける。急激に凍りついた硝子の、中央に向かって氷の紋様が進んでいた。息を吹きかけると、真白く氷結した部分が一瞬溶けて黒くなり、再び氷に戻った。

居間のストーブに火を入れた。煤《すす》でくもった覗き窓から、赤い色が漏れてくる。石油ストーブの暖に手をかざした。こすり合わせた両手が乾いた音をたてた。

ぼんやりと小窓の炎を見ていた珠生の視界に、台所の明かり取りから光が飛び込んできた。急いで立ち上がり、国道側に面した居間のカーテンをめくった。結露の隙間に、敷地から出て行く車の尾灯が見える。夜更けの丘陵に目を凝らした。保田が向かう先はどこだろう。夜明けにしか会えぬ仲のふたりに、明るい明日がない事実をどう腑《ふ》に落としてゆけばいいのかわからなかった。

投票日を六日後にひかえた早朝、花咲港に停泊していた河之辺水産の漁船が一隻姿を消した。第二喜多丸はもともと三浦水産が手放した漁船だ。その日漁の予定を入れていない船が港にない、という情報はすぐに相羽組の無線に入った。喜多丸はもう引退を決めた船であり、今期で解体を予定されていたはずだという。

乗組員は当初不明だったが、木村と保田の放った無線の網に一件だけ有力な情報があった。ソ連の巡視船がその情報を流すということは、この件に関してソ連側は一切関知しないという表明でもある。それほどに旨みのない船だった。

乗っていると思われるのは、樺太からオホーツク海経由で流れてきた無籍者と、大陸に戻ることができなかった北方民族のようだ――。

船は盗難に遭ったということだった。領海を越えて銃撃されても、船は廃船手前の盗難船で乗組員は全員日本人ではないから、大きく報道もされない。海峡側はいつ流氷がやってくるかわからぬ状態だった。逃げるとすれば太平洋側だろうと、相羽が言った。

「なにを好んで、こんな時期にボロ船を盗むかね」

やけにのんびりと響くのは、現場が多少でも緊張しながら動いているせいだろう。

無線の情報を待つあいだ珠生は、事務所のストーブにアルマイトのたらいを載せて、ありったけの銚子を使って燗《かん》をつけた。食事も仕事も、男たちは淡々と持ち場を守っているように見えた。珠生にできることは、彼らの体が冷えぬよう燗酒をふるまうことくらいだ。部下を妙な緊張に誘わないのは相羽の持って生まれた特質かもしれぬと、男たちの様子を見ながら思った。天気予報が流れるテレビ画面を見ながら、相羽が言った。

「沖が荒れなきゃいいな」

木村は酒に手を付けず、無線部屋と事務所を行ったり来たりしていた。

「目撃情報が入りました。やはり霧の中を太平洋沖に向かっていたそうです。沖ですれ違った厚岸の漁船からです」保田が事務所に駆け込んできた。

翌朝五時、薪を取りに行った保田が、敷地内にある大型倉庫の外側に煙が上がっているのを発見した。幸い火は保田が着ていた半纏を使い消し止め、ぼや騒ぎで済んだ。

倉庫の中には大型重機や雨風に弱い建材、燃料がある。燃えたのは倉庫の壁と積み上げた古タイヤの一部だが、内部の燃料や重機に引火していたら爆発事故になっていた。大型倉庫の建っている場所は敷地の外れで崖縁だ。事務所はほぼ全員が漁船の一件で起きていた。正面から車で入ってきたのなら、誰かが必ず気づく。無線室との行き来、敷地内の見回りを徹底しているはずの木村と保田が見落とすとは考えられなかった。

倉庫を建てる場所は崖のいちばん切り立った処を選んでいる。崖は自然が作った城壁だった。事務所の内側と外側に見張りを立たせ、相羽と木村がぼや騒ぎのあった場所に向かう。角巻《かくま》きを羽織り、珠生も男たちの後を急いだ。

「ここです」保田が白い息を吐きながら倉庫の壁を指さした。古タイヤの四分の一ほどが溶けて、倉庫の壁に焼け焦げた痕が残っていた。火の気には充分気を配っているはずの場所だった。付け火と思って間違いない。半纏一枚で消し止められたということは、火を点《つ》けられてからまだそれほど時間が経っていなかったのだろう。

「なるほどな」

事態は深刻なはずだが相羽の声はいつもより飄々《ひょうひょう》としている。崖からは、重たく垂れ込める真冬の空が見える。一歩踏み出せば落ちそうな危ない場所だが、柵もなければ街灯もない。暗いうちは地形がわかっていなければ動けないことが、この場所を要塞として機能させてきた。珠生はあまりの寒さに、肩から羽織っていた角巻きを頭から被《かぶ》り直した。

相羽が倉庫の裏手に回り込んだ。一メートルの幅を残し断崖がある。砂利の上にところどころ、風のかたちに吹き溜《た》まった雪が残っていた。

「ここか」

相羽が示した場所には、鉤《かぎ》形の杭《くい》が一本打ち込まれていた。木村が「なるほど」と頷いた。ここにロープを引っかけ、上り下りする者の姿を想像してみる。なにかおかしい気がするのだが、見えているものと微かな疑いを上手く結びつけることができない。珠生は相羽と木村を交互に見た。頰に冷たい風が容赦ない。ふたりの男は少しも寒がっていないように見えた。

相羽がちらりと珠生を見下ろす。別段、この場を説明しようとも思っていないふうだ。崖から上がってくる冷たい海風で歯が嚙《か》み合わないなか、珠生はふたりに「いったいどういうことか」と訊ねた。木村が一瞬相羽を見上げたあと答えた。

「この杭は偽装と思われます」

「なぜそんなことを」珠生の問いには相羽が答えた。

「マッチひとつで簡単に吹っ飛ぶから、気をつけろということなんだろう。その気になれば、寝首を掻《か》くのも簡単という意味だ」

寒さが増して、奥歯がカチカチと鳴り始めた。

相羽が島の方角に向き直った。その向こうには知床半島がある。曇天の下では崖下に打ち寄せる黒々とした海面しか見えない。

今回の選挙戦では、大旗の事務所に手伝いと称して警護を送り込んでいる。相羽のほうに表向きの見返りはない。倉庫の前にまわり事務所へ戻る道すがら、相羽がつぶやいた。

「この時期に問題を起こせば大旗の失点なんだよな」

珠生は相羽の薄笑いがなにより怖かった。送り込んだ部下のぶんくらいは、相羽の身辺にも大旗側の目が光っている。杉原の頼みで雇い入れた作業員を調べたところで、こちらの動きが漏れてゆくだけで良いことはなさそうだった。

大旗なのか、それとも杉原か――。夫の敵がいったい何者なのかを考えるとき、吹く風より冷たいものが珠生の背筋を通り過ぎていった。

事務所に戻ると、保田がすぐに熱いお茶を淹れて持ってきた。ストーブを囲み、言葉少なくかじかんだ手で湯飲み茶碗を受け取る。相羽が指示するより早く、木村が別棟を含めた各部屋を見回って戻ってきた。

「特別おかしなものはありません。無線部屋もあれから進展はないようです」

相羽が大きく頷いた。重たく響きそうなやりとりだが、頬には崖縁で見た薄笑いが残っている。珠生は手薄になっている事務所と、変わらず外出の多い夫の身が気になっている。

できることなら相羽を二階の隠し部屋に閉じ込めておきたいくらいだった。選挙が終われば変わるだろうか。街の喧噪がなにかを見えにくくしている。ちいさく息を吐き、色を増した夫の無精髭《ぶしょうひげ》を見上げた。

「少しのあいだ、せめて選挙が終わるまで、家にいることはできませんかね」

「それもいいかもしれないな」

湯飲み茶碗を机に置いた相羽の口から、意外な言葉が漏れ落ちた。

「わたくしも、そうされたほうがいいと思います」

木村が深く頷いて、机に置かれた相羽の湯飲み茶碗を盆に戻す。表情が変わる様子もない。保田がストーブの上の薬缶からアルミの急須に湯を注いだ。

「二階にいても、特別することはないでしょうけど」

言ってみて、嫌味に取られはしないかと不安になり慌てて「なにかあっても心配ですし」と続けた。ふと気になって、事務所をぐるりと見回す。

「そういえば、今川は奥にいるのかい」

「昨日から選挙対策事務所の応援に行ってます」木村が答えた。

「てっきり建物内にいるものだとばかり思ってた。選対事務所に泊まり込んでるの」

「寝泊まりする場所もあると聞いています」

保田がいつもの調子で「あいつ、けっこう小回りがきくんですよ」と付け足した。

「小回りか」言いながら相羽が前髪をかきあげる。珠生には、夫が三浦の配下にいたころよりふたまわりほど大きくなったように見えた。実際には多少ズボンがきつくなっただけで背丈も体型もほとんど変わりない。

「今日中に片付けられるところは、よろしく頼む。倉庫には誰か張りつかせておけ」

「承知しました」

木村に指示したあと、ストーブの前を離れ二階に向かう相羽を追った。背後で保田が朝食を運んでもいいかと訊ねた。珠生は振り向き「頼むわ」と答えた。まるで早朝のぼや騒ぎのことなど忘れたかのようなやりとりだ。

居間の椅子に深々と腰を下ろした相羽が癪《しゃく》に障り、珠生はわずかに声を高くする。

「五日間、ここでどうやって過ごしましょうかね」

「ここしばらく忙しかったし、テレビでも見ながらごろごろするのも悪くないと思うが。嫌なのか」

「そういうことじゃありません。船が消えたり倉庫に火を点けられたりしていながら、そんなにのんびりと構えてるのは変だと思ってるだけです」

珠生の剣幕に驚く様子もなく、相羽が組んだ両手を後頭部にあてて背を伸ばした。

「慌てれば、敵の思うつぼだろう。それもひとつの手かもしれんが、木村の好みじゃあないんでな。いつも言ってるだろう、あいつの選択に間違いはないんだ」

寄せた眉のあいだに二筋の皺が寄る。珠生はしゃがみ込んでストーブの暖房目盛りを一センチ分上げた。いくら選択に間違いがなくても、周りの人間が木村の思惑どおりに動くとは限らない。船が一隻消えた翌日に付け火騒ぎだ。この状況でのんびりしろというほうが無理だった。

「案外、いい休養になるかもしれん。鬱陶しいかもしれないが、つきあってくれないか」

その言いかたがあまりに間延びしており、知らず珠生の肩から力が抜ける。いくら口や手を出したところで、結局自分は男たちの世界において蚊帳の外なのだった。

「いいんですよ、本当はどこにいたって。行きたいところに行けばいいんです。無事なら、どこにいたって誰といたっていいんです」

抜けた気が萎《しぼ》みきって、胸奥からしょっぱいものがこみ上げてくる。頬に力を込めて、涙を押し戻した。

相羽は本当に選挙の前日まで家から一歩も出ずに過ごした。日中はときどき階下に下りたりもするのだが、食事は三食二階で摂《と》った。この期間で珠生が知り得たことは、相羽組の仕事のほとんどはこの要塞のような建物の中で完結するということだった。

四日間、事務所に入る電話が普段より少し多いくらいで、大きな動きも急な変化もない。電話もおおかたが酒の席に出てこいというものだ。相羽は風邪をこじらせており出て行けば皆に迷惑がかかる、という木村の言葉はすんなりと通ったようだ。

いちど、日付が変わろうかという時間に智鶴から電話が入った。

「こんな遅くにごめんなさいね。さっき家に戻ったのよ。後援会長から、相羽さんが風邪で寝込んでいるって聞いたの。お加減はどうなの」

「たいしたことはないの。だいじょうぶよ」

「お見舞いを届けさせるわ」

「智鶴ちゃんこそ毎日夜遅くまで忙しいでしょうに。こっちのことは気にしないで、少しでも休んでちょうだい」

心にもない言葉のやりとりは、夜の闇に溶けてしまいそうに軽い。電話のあった翌朝、智鶴から届いた果物籠には林檎《りんご》やバナナ、柑橘類《かんきつるい》が、光る緩衝材の上に行儀良く並んでいた。仮病を見破っていると言わんばかりの仰々しさに辟易《へきえき》しながら、珠生は林檎をひとつ手に取った。勘ぐれば、すべて智鶴の差し金ではないかと思えてくる。自分はそれほどに智鶴のことを信じていない。冷たく硬い果実の皮が、磨き込まれつやつやと光っていた。

決戦日――、朝一番に投票会場入りした相羽と珠生は、車三台計六人の護衛を引き連れて大旗に票を投じた。風邪ひきの情報を嘘にしないために、相羽には顔の半分が隠れるくらい大きなガーゼのマスクを着けさせた。挨拶に駆け寄ってきた人間には、まだ本調子ではないから感染《うつ》ると申しわけないので、と珠生が頭を下げる。何度かそんなふうに恐縮を演じているうちに、本当に夫が病人であるような気分になってくる。相羽がそれらしく振る舞っているのもだんだん楽しく思えてくるから不思議だった。

こんな風に、あとで笑いに変えられるような一日一日を積み重ねられるのなら、どんな生活でも良かったのではないか。そこまで考えて、馬鹿なことをと嗤った。珠生に、スミのような暮らしは無理だ。もしもどちらがいいかと訊ねられても、相羽珠生と答えるしかないのだ。胸を張って演じなければならぬ、今日のように。

昼食のあと、窓から入ってくる冬の日差しの頼りなさを眺めているうち、浅い眠りに漂った。夢のなかで珠生は、居間の窓から雪景色を眺めていた。視界が一面銀色の世界など見たこともなかった。これは夢なのだとまぶしさに目を閉じたところで目覚める皮肉に、わずかに傷つき立ち上がる。朝の投票が、もう遠いところにあった。大旗は当選する。夜が来たら、街は昼間のような明るさに満ちるだろう。

長い時間一緒にいると、だんだん交わす言葉も減ってくる。相羽が黙り込むたびにスミと真央のことが脳裏を過ぎった。珠生は夫が家にいる理由を胸奥に箇条書きする。細かく短く何行か揃えたのち、やはりここから出すわけにはゆかぬと思う。

相羽がテレビのスイッチを入れた。全国各地の投票光景が次々に映し出された。投票用紙に候補者を書き込む後ろ姿、投票会場にできた行列、カメラを気にしながらぎこちなく歩く人々。ちいさな箱のなかに納まっている人間を見ることに、まだ慣れていない。箱に納まるときは骨になるとき――、そんな言葉が思い浮かび、両腕に鳥肌が立った。

「家から出ないのもいいもんだな」

「そんなこと言ったら、お天道さまも驚きますよきっと」

「お天道さまは言い過ぎだろう」

結果も家で待つことにすると言うので、承知しましたと応えた。台所で林檎の皮を剝《む》こうとした珠生を相羽が止めた。

「果物よりも、なにか甘いものが食べたい」

「いつから甘党になったんですか」

「わからん」

どこぞに甘党のおひとでも、と言いかけてやめる。

「階下《した》になら、なにかあるかもしれません。ちょっと待っててくださいな」

電話で訊けば済むことだが、珠生はほんの五分、息抜きのつもりで事務所に顔を出した。いつもなら昼飯時に得られる事務所の外情報が途絶えているのも気になっている。ただ、相羽に急の電話が来ないということは、万事滞りなく運んでいるということでもある。

事務所のドアを開けた。木村が電話中だ。現場の応援だろうか、幌付きの小型トラックが一台敷地から出て行く。珠生がやって来たのを見て、受話器を置いた木村が立ち上がる。

「相変わらず、相羽に出てこいっていう催促ですか」

「ええ、まあ」投票日だというのに、ゆったりとした空気が流れている。木村しかいない事務所ではテレビの音もしなかった。保田の所在を訊ねると、奥の無線室にいるという。

珠生は伏せた湯飲みをひとつ手に取り薬缶の湯を注いだ。指先に湯の熱が伝わり来る。ときおり、国道をゆく大型車が凍った地面を震わせた。

「こっちに、なにか甘いものはないかしら。相羽が果物よりもそっちが食べたいと言うんだけれど」

「社長が甘いもの、ですか」

「いつの間に甘党になったんだか。おまんじゅうか最中《もなか》のひとつもあったら分けてもらおうと思って来てみたんです」

ふと、木村の横にある電話機に目をやった。今まで気にも留めていなかった、外線電話の使用ランプが赤く灯《とも》った。珠生は、なぜ今までランプの存在を気にもせず過ごしてきたのか考えてみた。そういえば、自分が事務所に下りているときは常に相羽が外出中であった。

二階で相羽が外線電話を使っている。どこにかけているかよりも、ランプに目を留めたのを木村に気づかれていることがかなしかった。

「甘いもの、ないかしらね」手の中の湯飲み茶碗に視線を移し、もう一度問うてみた。

「訊いてみます」木村が軽く腰を折って横を通り過ぎ、数秒後には背後で厨房《ちゅうぼう》に声をかけた。珠生はもう一度、ランプを見た。三十秒、四十秒――。ランプは木村の「ありました」の声と同時に消えた。振り返った珠生の前に、栗羊羹《くりようかん》を手にした木村がいた。

「好きなやつがいるんだそうです。うちも、酒飲みばかり集まってるわけじゃなかった」

わずかにはにかむ瞳に頭を下げて、羊羹を受け取った。

「ありがとう。喜ぶと思う」

二階に戻ると、相羽が窓辺に立っていた。四隅が結露した窓から向こうの景色を見る背中に声をかけた。

「栗羊羹を分けてもらいましたよ」

「うん、ひとくち切ってくれ」

夫の目を見なくて済むことが、これほどありがたかったこともない。珠生はすぐに台所に立ち、玉露を淹れる準備をしながら羊羹を切った。問えば相羽がそのまま帰って来ない気がして、珠生は切り落とした羊羹の端を口に入れた。

通り過ぎる甘みを飲み込んだ涙が追いかけて、ほどよい味になる。塩気の濃い男と甘口の女など、こんなものだと言い聞かせた。やはり自分たちは長い時間一緒にいてはいけないのだ。一家を構えた男の女房は、より娼らしくここで咲かねばならない。

「さぁ、どうぞ」

羊羹をふた切れ皿に載せ、一緒に玉露を差し出した。相羽は無言のまま、羊羹を口の中に放り込んだ。

「美味しいですか」と問うと「うん」と返ってくる。

珠生——。

夫の言葉を最後まで聞かず、珠生が返す。

「お出かけでしたら、保田に車を用意させましょう」

頷く男の頬がわずかに硬くなるのを見た。珠生は受話器を上げて、階下の木村に車の用意を頼んだ。

全国の当選者が次々と発表になるなか、北海道五区の開票速報は遅れた。選挙区が狭い土地の集計は当然早い。道東は端から端まで車を飛ばしても五時間かかる、中選挙区とは名ばかりの広域選挙区だった。珠生はテレビを点けっぱなしにして、相羽の帰りを待っていた。

当落の結果が発表されたのは、午後十時を回ったころだった。

大旗善司　当確――。

テレビに名前が出たところで、年明けからの疲れが一気に襲ってきた。大旗の野望のひとつだった五区でのトップ当選には約一万票届かず、帯広の候補者がさらって行った。海側は票をまとめられたが、内陸は海の人間にとっての深海であった。しかし、初出馬で海側をひとまとめにできたことは大きい。十年かそれ以上か、大旗が地元に担がれているあいだ、街は智鶴がまとめ続ける。

珠生はひとつ大きく息を吐いた。姉との縁が思わぬところで切れた気がする。智鶴の道が修羅ならば、珠生の道も修羅だろう。女の役どころになんの違いもない。夫が政治家か裏稼業か、というだけだ。どこを向いているかの違いだけで、やっていることはほとんど同じだろう。

当確が発表されても相羽家の電話は鳴らなかった。それが自分たちの役割をみごとに言い当てているようで、珠生はひとりかさかさと笑った。

時計を見て、やれやれと腰を上げる。当確が出たからには、選対本部に顔を出しているころか。夫はその前に、消えた船のことや部下を放り出しても行かねばならぬ先があったのだ。今夜はそちらに泊まるかもしれない。珠生は大旗家の電話がひっきりなしに鳴り続けているところを想像しながら、テレビのスイッチを切った。珠生が顔を洗う前に、と階下に下りた。珍しく事務所のテレビが点いていた。珠生が顔を出すと、木村がぴしりとその場に立ち上がる。

「こんばんは。結果が出てほっとしました。木村さんもお疲れさまでした」

無線部屋から、なにか情報が入ってきたかと訊ねてみる。「あっちは変わりないかしらね」は、もうふたりの間で挨拶代わりになっていた。木村は珠生から軽く視線を外し言った。

「よく似た形の船が港に近づいてきているとの情報が入っています」

勝手に港を出た喜多丸が、花咲港に向かっているという話だった。双眼鏡で確認するも、月明かりしか頼るものがなく船体が黒いとなれば形から推測するしかない。目撃した漁船の乗組員も、光ひとつ漏らさぬ船がゆっくり陸を目指すのが薄気味悪くてすぐに離れたという。

「いったい何のために」珠生が沖とはどのくらい離れているのか訊ねると、木村は約十キロと返した。

「喜多丸かどうか現状はっきりしませんが、不審な船ということは間違いないようです」

木村の落ち着きは、いっとき珠生から不安を削《そ》いでくれる。

「ただ、無線が入ったころにはもう船はその場所にいなかったはずです。向こうは陸との距離を保ちながら幅広く移動できますし、なにより太平洋側なので」

海峡側であれば、両目で鼻を見るくらいの近さに陸がある。ソ連と根室半島、知床半島の目をかいくぐっての逃亡は難しい。ただ太平洋側は男のいいわけと同じで、逃げるとなればどこまでも逃げられる。

「相羽はおそらく、今日は戻らないでしょう。無事選挙も終わったし、いい加減あたしと一緒に家にこもっているのも気詰まりだったでしょうから。心配は尽きないけれども、よろしく頼みます」

相羽の行き先について、珠生は訊ねなかった。保田が車を出し、木村が把握しているだけでいいのだ。聞けばまた、あれこれと考えることになる。スミかもしれない、と思うだけで充分に心の負担だった。

スミの元には真央がいる。外の女たちを何人束ねたところで、愛娘《まなむすめ》には敵《かな》うまい。真央の前では、珠生すらも束にされた女たちのひとりになる。相羽と切れて札幌に出たという女も、自分の居場所をよく知っていたのだ。ならば、と珠生は衿を整えた。そして、余計なことは知らないのがいちばんと、胸奥に向かってつよく言い聞かせた。

河之辺の両親は今ごろどうしているだろう。娘を嫁がせた甲斐に、手を叩いて喜んでいるころか。いや、と首を振った。母から生まれ、母から巣立ち、智鶴は実の親さえ手駒にして己の図面に従い動いている。務めを果たした長女を讃《たた》えている心の隅で両親は、言葉にできぬ気持ちの置き場所を探しているのではないか。

「選挙が終われば、あっちもこっちも落ち着きますかね。木村さんにも余計な負担をかけさせてすまないことでした。なんだか長い一週間でしたね」

珠生はただ微笑むことしかできない。男たちへの労いは、折に触れて長く言葉にし続けるしかないのだ。そろそろ寝支度をしようかとストーブのそばから一歩離れたとき、事務所の電話が鳴り出した。珠生はつと足を止めた。木村は珠生を見ずに受話器を取った。

なに——、語尾が上がる。木村の横顔がすぐに背中へと変わった。心もち男の両肩が持ち上がり幅が狭くなった。受話器を置く音が、流れ続ける開票速報に紛れた。

「どうかしたの」珠生は軽く苛立《いらだ》ち、なかなかこちらを見ない男に問うた。振り向いた木村の顔から色が消えていた。気遣いも余裕もない仕草で奥の間へと走り珍しく大きな声を出した。

「事務所にふたり寄こせ」

奥からすぐに大柄な男が出てきた。厨房《ちゅうぼう》を任せている者があとに続いている。木村は小声でなにか囁《ささや》くと、鍵棚から車の鍵をひとつ手に取った。嫌な空気だ。事務所の中に、おかしな緊張が漂う。

「木村さん、待って。あたしも行きます」

電話を切ってから、初めて木村の動きが止まった。まるで珠生がそこにいたことに、いま気づいたというような顔をしている。二階に防寒着を取りに行く暇はなさそうだ。

「連れて行って」

相羽のことなんでしょう、という言葉を飲み込んだ。木村がこれほどまでに取り乱すことがあるとすれば、相羽のことしか思いあたらない。木村はひとつ頷くとすぐに、引き戸を開けて外に飛びだした。珠生も後を追う。ウールの着物一枚きりだが、寒さは感じない。風が止まっている。

珠生が後部座席に飛び乗ると、容赦ない速さで車が国道へと滑り出す。飛んでしまうのではないかと思うほど急激に速度が上がる。両肩がシートから離れない。直線道路になったところで珠生が問うた。

「相羽に、なにがあったの」

「わかりません」と木村が答えた。そんなはずはないと思いつつも、言葉にならない。木村が慌てているだけで、おおかたの答えは出ているのだ。車が向かう先に、夫がいる。そして行き先を木村は言わない。ハンドルに迷いは見えない。この道はいつか——、珠生は金刀比羅神社の見える交差点で呼吸を整えた。

街に入り速度を落とした車は、白い家の前で停まった。狭い通りは辺りに赤色灯の点滅を散らせながら物々しいざわめきに満ちていた。スミの家にも点滅が映る。別の世界へと紛れ込んだような景色に、珠生は一歩踏み出した。木村が珠生の前を歩く。

パトカーがもう一台、やってきた。玄関に通じる階段を上がったところで振り向く。

珠生を見つめている野次馬の瞳も、赤、闇、赤、交互に染まっていた。

パトカーから飛びだした警官ふたりが、珠生たちを追い越し立ち塞がった。待てという声に向かって木村が「どけろ」と怒鳴る。制止を振り切ると、今度は珠生が警官に腕を掴まれた。

「待てと言ってるだろう、誰だお前らは」

珠生は声と腕を振り払い、怒鳴った。

「『相羽組』の、相羽珠生だ」

警官ふたりが一瞬後ずさった。珠生はその隙に木村の後を追い、玄関に入った。草履を蹴飛ばし、居間へと走り込む。先に到着していた警官ふたりが振り向き、木村と珠生を見て両手を広げた。制止のつもりらしい。珠生は制服の向こうにある光景を目にして、彼らをかき分ける気力を失った。

相羽が壁を背にして座り込んだスミを、庇《かば》うようにして崩れ落ちていた。白く広いシャツの背にふたつ赤い穴が空いている。相羽の血がシャツの背を染め、床はふたりの血に濡《ぬ》れている。スミの額にも赤黒い穴が空き、目も口も開いていた。みんな、穴だらけだった。

耳の奥にうねり響く潮騒が、珠生の全身を包んでゆく。

シゲ、──木村が吼《ほ》えた。

珠生はぐらぐらと揺れて板の間に崩れそうになる自分の体を帯で支えた。真っ直ぐ立っていられるのは、巻いた帯のおかげだ。見れば木村も同じく、両脚を踏ん張ってその場に立ち尽くしている。珠生は帯と衿の間に親指をひっかけ、心もち胸元をゆるめた。

「そこ、どきな」警官はこちらがなにを言っているのかわからぬようだ。珠生は大きく息を吸い、もう一度声を上げた。

「どけろって言ってるんだよ」

公務執行妨害──、そんな言葉が耳に入る。

ふざけるな、そこにいるのはうちの亭主じゃないか。

背後からも警官がふたりやってきて、珠生と木村を挟んだ。珠生は、この骸《むくろ》ふたつになにを思えばみなが報われるのか、ひとしきり考えた。

「木村」、精いっぱい睨みを利かせて男を見る。

はい——。かすれ声の男に問うた。

「真央は——、子供はどこ」

珠生は初めて、この男が足音をたてないで走ることに気づいた。こんなときに、と思いながらどんなときだと問うている。胸奥はいつも蛇腹のようだ。階段を上がってゆく気配から数秒後「二階におります。無事です」と聞いて、帯の支えが絶えそうになる。右膝が力を失い体が傾くと同時に、珠生は相羽とスミに背を向けて、警官ふたりの間を抜けた。背後から、潜めた声で「妾《めかけ》」「二号」「子供」といった言葉が聞こえる。構ってなどいられるか。いま珠生を支えているのは一本の帯だった。

木村が戸口に戻ってきた。両手に毛布でくるんだ真央を抱いている。珠生は木村に向かって両腕を差し出した。男の顔にためらいを見て、首を横に振り更に腕を持ち上げる。受け取った。眠る幼子の体がそのまま命の重みのようで、いっとき自分が子供を抱いている理由を見失った。

「事情を訊かないと。ふたりとも、署にきてください」

警官の視線が木村と珠生を往復する。自分たちの車で行くと告げた。ひとりがなにか言いかけた。珠生は警官の顔をひとつひとつ睨んで言った。

「言われなくても行きますよ。事情を訊きたいのは、こっちのほうなんだ」

パトカーに先導され、木村の運転する車で警察署へと向かった。相羽の護衛を任せたはずの保田がいなかった。珠生は運転席の木村にそれを問うた。

「電話をかけてきたのは、今川です」

「選対本部にいたはずじゃ」

「警察が来るのが早すぎます。我々とほぼ同時に警察にも電話を入れたと思われます」

どのみち警官が来ていたのでは現場に手を出すわけにもゆかないのだった。珠生はなにも知らずに腕の中で眠る真央を見た。信号待ちの街灯に照らされた頬が、ふっくらと丸い。幼子には、男と女ふたりぶんの命が詰まっている。

「みんな、穴だらけになってしまった。あたしも穴だらけの人でなしだ」

最初から、穴を埋めようなどと考えてはいなかった。己の器に入らないものなど、欲したりはしなかった。

相羽重之ともあろう者が――、珠生はありったけの愛しさを言葉にした。

馬鹿な死にかたをしたもんだ――。

翌日の新聞は二時間遅れて届いた。選挙の開票結果と当選者のひとことが載った紙面の片隅に、「深夜の住宅街に男女の射殺遺体」とあった。選挙の話題におされて、ちいさく事実のみが伝えられている。相羽の遺体は、まだ戻ってこない。

河之辺の父から電話が入ったが、相羽のことにはあまり触れず「体を大事にしなさい」というのみだった。遺体が戻らないことには、葬儀の手配もできない。

保田と今川が行方をくらましており、港の近くには保田が使っていた車が乗り捨てられていた。今のところ手持ちの情報はそれだけだった。

珠生は淡々と眠り、飯を食べた。半分死んだ情に嫌々つき合っているような時間だ。真央の食事と排泄《はいせつ》の世話をしているだけで、半日などすぐに過ぎた。真央は気づくと日だまりや椅子の陰で積み木遊びをしているような、静かな子供だった。

昨日相羽がスミの家にかけつけたのは、珠生の目を盗んで掛けた電話で真央が熱を出したことを知ったからだった。木村がベビーベッドの上に、水枕と氷嚢《ひょうのう》があるのを見たという。

優しさに間違いも正解もないのをわかっていながら、責める先を探したくなる。かなしむ前に考えなければならないことが山積みなのはありがたかった。来期も、組の仕事は詰まっている。しかし主《あるじ》を失っても仕事が続行されるかどうか。

昼飯を食べたあと、真央が椅子の上でころりと丸まって昼寝を始めた。珠生は真央の背中に毛布を掛けた。知らない家に来たからといって、泣いたり母親を恋しがったりはしない。泣かれたら、誰かに預けようと思っているうちに時間が経っている。三度に一度は間に合わないが、尿意と便意はちゃんと告げる。よくしつけられているのだが、子供はもっと泣くものじゃないのかと、その手のかからなさにスミの遠慮がちな顔立ちを思いだしてしまう。思いだせばまた、相羽の背中に空いた穴が脳裏を過ぎった。

実感がないといえばないのだ。けれど、信じられないというわけでもないのだった。相羽の体に空いた穴に風が吹き込むように、珠生の胸にもまた風を通す穴が空いている。同じ風を胸に受けて、ひどく心許《こころもと》ない。

亭主の浮気ごときで騒ぎ立てるような嫌な女になりたくないという願望が、はからずも亭主を失うことで叶えられた。尽きぬ苛立ちの根っこを断たれて、気がふれているのかもしれなかった。気がふれて昨日と同じく過ごせるのなら、それはそれでいいではないかと思えてくる。部下に今さらのように今川の詳しい身元を調べさせている木村の心根も、珠生と大きな差はないだろう。

隠し部屋の壁は、向こう側に倒したままにしてあった。明かりを点けておくと、真央がおもしろがって入ってゆくのだ。階下に妙な動きがあればみんな筒抜けだ。二階で珠生が真央を追いかけている様子も、聞こえているということだった。男たちの声はよく響いた。

――昨夜保田の兄貴は、港の近くにいた漁船員何人かに、今川を見なかったかと訊いて回ってたようです。

警察から港から、男たちがかき集めてくる事件の断片を、できる限り感情を排して組み立てる。事件当夜、港から小型のモーターボートが盗まれていたという事実。ボートも不審船も消息を絶ったままだ。

珠生は目を閉じ、今川がやってきた日を思いだす。市民斎場落成の記念式典の日だった。あのとき相羽が見せた甘さが、仇《あだ》になったのか。だとしたら木村は、反対で押し切るべきだったとつよく悔いているに違いない。保田にしても同じだ。誰も責めることなどできはしない。責められるべきは、かなしみのかたちがぼやけたままの、珠生の心だ。あまりにも凪いで出口を見失っている。

真央が目覚めぬよう、戸をそろそろと開けて階下に下りた。

事務所の壁にある「着工、竣工《しゅんこう》」の文字が並ぶ予定表を見た。主を失っても、やりかけの現場は動く。飯場の男たちは納期までに仕事を終わらせるため、今日も飯を食い仕事に出かけている。

警察は護衛の保田が現場から消えていることから、組織内部の犯行を疑っていた。

港の公衆電話から、警察には「銃声を聞いた」と、相羽組には「組長が女の家で死んでいます」という通報が入ったが、声の特徴からどちらも今川と考えられた。

警察の言う「盗まれたボートでふたりが逃げた」という説など端《はな》から信じてはいない。胸に一発、背中に二発という弾の入り方で、犯行動機が「強い怨恨」加えて「計画的犯行」と断定する警察の、何を信じろというのか。

この場に座っていなければならないことを最も苦痛としているのは木村なのだろう。夫の言葉が今になって大きく珠生の耳奥に響く。

――あいつの判断は間違っていないってことだ。

木村が事務所を空ければ、珠生が立ち往生する。誰もがそれぞれの甘さを悔い、責任を取るため屈辱に耐えて今をやり過ごしているのだった。ストーブに薪をひとつくべる。火の粉が舞った。

「準備をしないといけないと思うんだけど」

本来ならば相羽の遺体が戻ったらすぐに葬儀だ。木村がひとつ大きく頷いた。こんなときも表情を変えない男の、現場で放った「シゲ」のひとことが珠生を正気に戻す。

相羽は珠生と出会うずっと前から、木村とともに生きてきた。相羽組での役割を決めたあとも、忠実に自身の仕事をしてきた男たちだ。彼らの前では、珠生の哀楽などひどくちいさなものだ。

「できたら、ひっそりと誰にも報《しら》せずにお骨《こつ》にしてあげたいの。しっかり焼いて、この世の未練を断ち切ってあげたいんです」

木村はすぐには頷かなかった。じっと床を見ている。この判断は木村ではなく自分がしなくてはいけないことだった。珠生は続けた。

「義理を立てたい人間も大勢いると思うけど、笑いたい人間も同じだけいます。静かに送ってやりたいんだけれど、駄目ですか」

「いいえ、いいと思います」きっぱりと木村が言った。

「葬儀の問い合わせには、後日、日を改めてということでご理解いただくようにします」

ありがとうと返した。

「いろいろ手間をかけさせるけど、よろしく頼みます」

言うだけ言ってしまうと、膝のあたりに力が入らなくなった。軽く頭を下げて、二階へ上がろうとドアを開けた。草履を脱いだものの、脚が持ち上がらない。珠生は吐くだけ息を吐いて、回れ右をした。三段目に腰を下ろす。閉まったドアを見た。こんな風に眺めたことはなかったな、と思ったときふるりと涙が溢れてきた。事情を訊きたいと呼ばれた取調室でのひとことが、脳裏に蘇る。

——亭主の浮気に腹を立てた女房が、部下を使って殺《や》ったということも考えられる。

――女の人たちはみんな、うちの社員だと割り切っております。

――しかし子供までとなれば、あんたも穏やかではいられんだろう。

珠生はこのたびのことで初めて、木村が戸籍を持っていることを知った。いつか相羽が話してくれたことが本当ならば、彼は別人になりすましているのだった。もう、ほとんどのことが霧に隠れている。海峡と街を動かしていた男たちのことを、この先どう腑に落としてゆこう。

泣くのは、まだ早いのではないか。違う。ドアの取っ手が霞んだ。不意に、階段口に風が滑り込んだ。涙にぼやけた木村がいた。珠生を見てドアを閉めようとした男の、嘘かもしれぬ名前を呼んだ。感情がひとつ、熟れて枝から落ちる。

「あなた本当は、誰なの」

木村は答えなかった。

「相羽は、どうしてあんなところで――」

言葉が虚しく男の脇腹をすり抜けていった。珠生はひとしきり泣いたあと、玄関先に立ち尽くす木村を置いて階段を駆け上がった。

新聞の地元欄に「大旗善司・快勝」の文字が躍った日、長男を抱いた大旗の横で花束を持つ智鶴の写真が大きく載っていた。「快勝」の添え物となった家族の肖像を、虚しく眺めた。

スミの家には、着替えもおむつも、子供ふたり分あった。ほとんどスミが育てていたことくらい、着物を届けた日に気づいても良かったはずだ。近所の人間が「てっきり双子」だと思っていたことも、後で知った。

警察から遺体を引き取りに来るようにと連絡が入ったのは、事件から三日後のことだった。淡々と検死結果を伝える係官の表情にこちらを窺う眼差しを見つけ、珠生は深々と頭を下げた。

「お役目、ご苦労様です」

女房や部下には犬死にと見えても、本人はどう思っていたのか。棺《ひつぎ》に入って帰宅した相羽は、すでに物になってしまっており重かった。最期にスミを見た瞳が、しっかりと閉じられているのが唯一の救いだった。事務所での仮通夜のみで荼毘《だび》に付すことを、河之辺の父にだけは珠生本人から電話で伝えた。

父は「残念だった」とひとこと言ったあとしばらくのあいだ言葉を切り、娘の言葉を受けいれた。

「お前がしたいようにするのがいい。そこは男衆ばかりで、女手が必要なときもあるだろうから、早苗を行かせようと思っているんだが」

父の言葉にはおかしな含みを感じなかった。早苗の名前を耳にして、引っかかりのひとつが顔を出した。保田がなんらかの連絡を取る先があるとすれば、まずは早苗ではないか。向こうから珠生のところにやってくるのなら、機を窺いながら訊ねるより都合がいい。珠生はそこまで一気に考えてしまってから、はっとする。心に引っかかったまま流れ落ちない疑問が急に輪郭を露《あら》わにしたのだった。

「早苗ちゃんが一緒にいてくれると心強いです。ありがとうございます」

明日まで棺を事務所に置くことを告げた。弔問の問い合わせには木村が対応することになった。河之辺の家に電話を掛け早苗の名前を聞いてから、珠生の思いは重い場所へと引きずられ続けた。

事務机を壁側に並べ、ドライアイスで腐敗を遅らせている相羽の棺をストーブからいちばん遠い場所に置いた。壁の上には神棚がある。海と現場の安全を祈っていた棚には金刀比羅の御札と鏡。覗き込めば真実が見えるという鏡は、どれだけ目を凝らしても、何かを疑い続ける己の顔しか映らない。

夕刻、河之辺家の名代として早苗が黒いウールのワンピースを着て事務所にやってきた。背中まである髪をひとつに束ねて黒いリボンを結んでいる。

「このたびは突然のことで」

早苗の言葉はそれきり続かなかった。蛍光灯の光加減なのか、黒いものを着た人間ばかりのせいなのか、妹の頬は青白く削《そ》げている。

「ありがとう早苗ちゃん。無理しないでちょうだいね、体調がいいようには見えないわ」

早苗の目の縁が赤くなる。早苗はバッグから数珠とふくさを取り出し、香典を木村に差し出した。木村が一礼して受けとる。早苗は相羽の棺の前へと歩み寄り、体がぐらつくほど長いあいだ手を合わせた。珠生はストーブに手をかざしながら「すまないわね」と声を掛けた。

相羽の亡骸《なきがら》を見ても、涙は出なかった。それがほどよい自信になり、もう心も揺れない。大きく葬儀を執り行わないことに決めてからは、このまま日常に戻れそうな気さえしている。女のところへ行ったきり戻らない亭主に、愛想を尽かした女房を演じればいい――。

事務所は入り口にふたり、体格のいい男を置いていた。ここでテレビを見ながら木村や保田らと昼食を摂っていたことが、遠い昔のできごとに思えた。ストーブに手をかざしたまま、珠生は早苗がそばにくるのを待った。木村に頭を下げ、ゆるゆるとした足取りでストーブの前にやってきた妹へ、珠生は静かに微笑んだ。

「早苗ちゃんのほうが、今にも倒れてしまいそう」

「突然のことに驚いたの。いろいろ重なって。けど、珠生ちゃんに比べたら」

「あたしはもう」

珠生はそのあとに続く言葉を飲み込み、憐れな妹にひとつ訊ねた。

「教えて。保田はどこにいるの」

男たちは空気を揺らさぬよう努めているのか、頭ひとつ指先の一本も動かさない。早苗はわずかに瞳を揺らしたが、視線はすぐに珠生の背後にある乳母車へと移った。

「その子なの――」

「ふた親を亡くしても、毎日元気に食べて寝てる。図太い子に育つわ。子供のことなんぞなんにもわからないあたしに、気を遣ってるみたいに手が掛からないの。おむつも取れていて、すべすべきれいな肌をしてる」

「珠生ちゃんのところまで届いているかどうかわからないけど、街の中は大旗さんのことと相羽さんのことで、ひっくり返りそうな大騒ぎよ」

「相羽もいいところに建ててくれた。ここにはなんにも届かない。もっとも誰も寄りつきやしないけど」

「届かないと言ったって――」

珠生はゆっくりと顔を上げ、続く言葉を待った。

「ここも、解散って言われてることくらいは」

「解散て、どういう意味なの」

「『相羽組』はもう続けられないって」

誰がそんなことを言っているのかと問うと、杉原も大旗もそのつもりでいると返ってきた。珠生の胸奥に、枯れ木が折れる乾いた音が響く。音は何層にも連なって、内側から内臓の壁を引っ搔いた。

「相羽はあした骨になるけれども、会社まで焼くとは誰も言ってないわ」

早苗が口を開きかけたところへ、黒い車が二台敷地内に入ってくるのが見えた。珠生の視線はそちらへ向いた。下半分が霜に覆われた引き戸の硝子越し、男がひとり車から降りてくる。男が開けた後部座席から、黒いオーバーコートを羽織った智鶴が現れた。戸口に立った部下ふたりが、同時に木村を見た。木村がひとつ頷いて戸を開けるように命じた。

智鶴は外気を振り払い運転手にオーバーを渡し「仏様はどちら」と訊ねた。木村が腰を折り、左手のひらで棺を示す。事務机に白い布を掛けて作った仮祭壇を見て、智鶴が眉を寄せた。早苗よりいくぶんゆっくりとした動きだが、河之辺の姉妹であることを念押ししているのではと思うほど同じ仕草で木村に香典を渡し、お参りを終えた。

「お父様から、早苗ちゃんがこちらにお手伝いに来ていると聞いて駆けつけたのよ。もっと早くに珠生ちゃんを慰めに来たかったのだけど。こちらもこちらでいろいろあって」

「忙しいのに、悪かったわ。智鶴ちゃんが来てくれるとは思わなかった。せっかくの当選だというのに、こんなことになってしまって、申しわけありません」

なにを水くさい——。智鶴の言葉はするするとよく滑り、気づくともうどこかへと流れている。凍てついた窓とその向こうに広がる丘陵地帯からは想像もつかぬような柔らかな声だった。

「わたしもさっき、うちの者にスミちゃんの遺体を引き取りに行かせたところよ」

智鶴はそこだけ声を詰まらせて、後れ毛を耳の後ろにかけた。指先に大玉の黒真珠がひとつぶ光っていた。

「まさか、スミちゃんと相羽さんがおつきあいしていたなんて」

珠生は耳を疑った。この期に及んで、姉はなにも知らなかったで済ますつもりらしい。

乳母車で眠っていた真央をそっと抱き上げた。なにかこの両腕に持っていなくては、真っ直ぐ立っていられない。胸になにか押しつけてでもいなければ、心臓の音が皆に聞こえてしまう。

「智鶴ちゃんは、なにもかも知っていたんでしょう。だから彼女に自分の子を預けていたのじゃなかったの」

「そんな、まさか」

智鶴は悲しげな瞳を向けて、珠生の言葉を否定する。早苗の顔色がますます白くなった。珠生は腕の中にいる真央の寝顔を覗き込んだ。智鶴は珠生と早苗の顔を見比べて首を横に振った。

「スミちゃんが相羽さんの子を産んだと知っていたら、最初から乳母など頼まなかった。好きなひとに家庭があってどうしてもひとりで産んで育てたいというから、気の毒に思ってのことだったのよ。わたしもお腹が大きかったし、相手の名前は可哀想だから訊ねなかった」

そう言うと、智鶴は早苗のほうへ向き直った。

「早苗ちゃん、珠生ちゃんのことお願いね。突然のことで、気が動転しているのよきっと。できることならわたしがそばにいてあげたいんだけれど、今はそういうわけにもいかないの。早苗ちゃんが頼りよ。よろしく頼むわ」

眼差しは変わらず慈悲深い光をたたえている。じゃあ、と暇を告げる姉の横顔に向かって、珠生は吸い込んだ息を一気に放つ。

「智鶴ちゃん、『相羽組』は解散しない。相羽をこんな目に遭わせた人間の心臓を握りつぶすまで、あたしはここにいる」

智鶴がひときわゆっくりと振り返り、憐れみを含んだ眼差しで言った。

「珠生ちゃんがしたいようになさい。わたしは姉としてできる限りのことをさせてもらうつもりよ。それが相羽さんに対するわたしなりのご恩返しだと思ってくれたらありがたいわ」

珠生は腕の中の真央をきつく抱きしめた。体も心も前後に揺れている。戸口の前で智鶴が立ち止まった。

「その子のことだけれど、すぐにお産婆さんに連絡を取ります。誰か適当な里親を探してもらわないと」

「智鶴ちゃん」早苗が一歩前に出た。

「早苗ちゃんも珠生ちゃんも、よく考えてごらんなさい。夫が外に作った子供を育てるなんて、無理よ。今はいっときさびしいから気も紛れるでしょうけれど、女ひとり生きていくのだって大変だというのに、なにをそんなに頑張る必要があるというの」

悪いけれど――、珠生は震える唇に力を込めた。

「何でも智鶴ちゃんの思い通りにはいかないのよ」

「わたしは今までなにひとつ、思い通りにできたことなんてないけれど」

智鶴の声が室内に響く。聞かぬふりを続ける男たちも、息を殺して成り行きを窺っているのがわかる。

やめて、とか細い声で早苗が言った。

「ふたりとも、相羽さんの前でそんな話をしないで」

ひとたび静まりかえった事務所のなか、薪が爆《は》ぜる。相羽に放たれた銃弾のように、間を置かず二度響いた。

「残念だけど、もう死んでるわ」

智鶴はそう言うと、その場に立ち尽くす男たちを後目に、自ら戸を開けて事務所を出て行った。冷たい風がひとつ渦を巻いて室内を一周する。珠生も早苗も、木村もみな、無言のまま敷地から出て行く車を見送った。

その夜、黒豆の入ったおこわを分け合い、ささやかな通夜をした。

龍子が駆けつけたときにはもう、まばらな弔問も退《ひ》けたあとだった。珠生は、もしも死んだのが自分だったら、敷地に入りきらないほどの人間がやって来たろうと思った。そんなものだと聞いてはいたが、いざ己の身に降りかかると、人の世のあまりの滑稽さに笑いたくなってくる。

二階に上がり、早苗と三人で帯をゆるめ腰を下ろした。

「本当に、育てるつもりでいるのかい」龍子はすっかり細った腕で真央を膝に座らせた。人見知りをしない子だと驚きながら「熱はすっかり引いたんだね」とつぶやく。もう、そんなことまで街に知れ渡っているのだった。

「女将さん、この子のことを知ってたの」

静かな心もちで訊ねた。ひとつ頷き、龍子が言った。

「珠生ちゃんに知れたときは、相談にのるつもりでいたのだけど。まさかこんなことになるとは思わなかった」

「知っていたからといって防げるものじゃなかった。殺ったのは一昨年《おととし》うちに入った男だった。まだ捕まってないの。今回のことは内部的なもめごとということで処理されるみたい」

相羽重之の死にざまで、これほど恥ずかしいこともないのだった。龍子がひとつため息を吐《つ》いた。

「なんでそんな男にわらじを脱がせたりしたんだい」

うまい言葉が出てこない。そこを詰めてゆくと、今度は目の前から木村が去ってしまう。相羽も保田も消えたいま、心頼みは木村ひとりになった。階下に部下が何人いたとしても、木村と同じようには動けない。龍子が真央を抱いて立ち上がった。

「そこの壁にある穴はなんなの」

「相羽が用意した隠し部屋」

なにを隠す部屋なのかと問われ、珠生は「最初はあたしってことだったのよ」と答えた。しかし言ってからすぐに、隠すべきは相羽だったことに気づく。叶わなかったことばかりが脳裏を通り過ぎた。珠生は龍子がいる今ならば、と早苗に向き直った。

声を落として訊ねてみる。

「早苗ちゃん、もう一度訊くわ。保田はどこにいるの」

嫌な間がひとつ空いた。早苗は壁の穴にしばらく視線を定めたあと「知らない」とつぶやいた。龍子の衣擦れが真央を抱いた重みのぶんゆったり遠ざかる。

「知ってても言わない。だって、言ったら木村さんがあのひとを殺すもの」

早苗の口調は穏やかで、使う言葉の昏《くら》さを感じさせない。ワンピースの裾からのびる、細いふくらはぎを見た。膝頭が、その身からどんな情報も漏らすまいと閉じている。

「殺しやしないわ。事情を知りたいだけよ。相羽のかたちが残っているうちに、会わせたい人間は保田だけだから」

早苗の瞳が涙にふくらんだ。絞り上げられるような胸の痛みのなかで珠生は、妹がもう女であることに気づいた。保田を主従関係で押さえつけることはできても、早苗までは及ばなかった。保田の思慕だけで済ませられると楽観したのが間違いだったのだ。女の心は、凍てついた窓から見る雪原のようにいつか溶けて、温まった土からは緑が芽吹く。柔らかで動きの鈍い恋心は、いったいいつこんな激しいものへと変化したのだろう。

事情ならば自分が言う、と早苗はひとつ息を吐いた。龍子の気配が更に一、二歩遠ざかる。

「あの日は、会う時間と場所が決まってた。習い事の二度に一度はお休みしてたから。週に一度、たった二時間。時間は限られていたし。だから、早朝のランニングと偽って家を出ることを思いついたときは、会えるかもしれないことがすごく嬉しかったのよ」

早苗はぽつぽつと、投票日のできごとを話し始めた。

選挙が終わるまで相羽が外出しないことになって、珠生の知らぬところで事務所の様子も緊張していた。保田に限らず、みな時間のやりくりは難しくなっていたはずだ。

金刀比羅神社東屋《あずまや》の、海側にある死角がふたりの約束の場所だった。

「わたしは夕方、選挙事務所の手伝いに行ってくると言って外に出たの。事務所にはちゃんと行ったわ。その日ならどさくさに紛れて外出できるし、自由になる時間がいつもよりあると思ってた」

「習い事」送迎の短い時間、次はいつ会えるのかを話しながら「これが最後かもしれない」予感を孕《はら》み恋心は成長してゆく。相羽が、選挙が終わるまで外出しないとわかったとき、保田は早苗にひとつ提案した。

——投票日の夜は社長も選挙事務所に顔を出すはずだから、なんとか時間を作れると思う。

しかしその日、相羽はスミの家に行くことになった。自分から言い出しておいて約束を破ることも、早苗を寒い場所で待たせることもできない保田は、必死で会うための策を練っただろう。

「あのひと、約束の時間に十分遅れてやってきたの。外套《がいとう》も着ないで車もなしで、走ってきたのよ」

――助かった、選対本部担当のダチがたまたま大旗の奥さんの言いつけで子供を迎えに来たんだ。そいつ、俺に借りがあるからさ。そうじゃなけりゃ、来られないところだった。

保田はスミの家にやってきた男に「このあと一時間でいいから見張りを代わってくれないか」と頼み込んだ。頼まれた男は「今日は事務所もゴタゴタしているし、ちょっとくらいならだいじょうぶだ」と承知した。

男は大旗の長男を事務所に届けて、保田の代役を務めるため、急いでスミの家の前に戻ってきた。

「そろそろ戻らなきゃならないって言われて、もう少しって引き留めたのはわたし。貸しがあるなら大丈夫だろうって。十分遅れたんだからもう十分一緒にいてくれって言った」

東屋の片隅で海風と人目を避けて会うふたりを思い浮かべた。気温は氷点下だ。たとえ火の気のないところだろうと、白い息を吐きながらでも会いたい人間がいるのは幸福なことに違いない。早苗が引き留めた十分が一時間になったところで、相羽が命を落とすことに変わりはなかった。

結果的に「組長射殺事件」の片棒を担がされた保田は、今どこにいるのだろう。妹の乾いた告白を聞きながら、珠生はいつのまにか龍子の腕で眠る真央を見ていた。みんな女に会いに行って駄目になった。死んで終わりなのは男だけでいい。結局命のけじめは女がつけなくてはいけないようにできているらしい。智鶴の顔が思い浮かんだ。

「本当の鬼ってのは驚くほど優しい顔をしてるって、いつか聞いたことがある」

珠生のつぶやきに、龍子が振り返った。そういえば、そんな話を聞かせてくれたのは、若い日の龍子だった。早苗が感情を忘れてしまったような声で言った。

「智鶴ちゃんは、みんな知ってると思う。いつか、そんなに会いたいのならこっそり部屋を用意してあげるって言われて、断ったことがあるから」

なぜ智鶴の誘いを断ったのか訊ねた。早苗は少し黙ったあと「たとえ相手が誰だったとしても、借りを作るのは嫌なの」と答えた。龍子が真央を抱いたまま椅子に座った。

「あぁ、重たいこと」

濃紺に縦縞の地模様が入った大島紬に黒い帯を締めている。ずいぶんと地味な、と思ったところで階下に相羽の亡骸があることを思いだした。ときおりすっきりと「今」が抜け落ちるこの心もちに、胸奥がざわついた。気持ちを仕舞う棚が見つけられなかった。龍子が抱いた真央を揺らしながら言った。

「珠生ちゃん、あんたがこの子を育てるのは無理よ」

「女将さんは、引き取ることに反対なの」

「反対とか、そういうことじゃない。人間、心もちがいいときと悪いときがある。この子は女の子なのよ、珠生ちゃん。今はなんとなく鼻筋や目のあたりが相羽さんに似ている気はするけれど、子供の顔は年齢で変化するの。十年もすれば女の子らしくなっていくでしょうよ。心穏やかに育てられるような子ではないと思うの。女の子はいつか、女親にそっくりなことをするものだから。腐るほど女を見てきて、つくづくそう思う。最後の最後で女の選択は血がさせると思う場面を、いくつも見てきた。いつか優しい顔の鬼になるくらいなら、今ここで鬼のふりをしてこの子を手放しなさい」

早苗が台所に立ち、お茶の準備を始めた。番茶がどこにあるのか訊かれ、戸棚の一段目だと答えた。今夜は、この三人で過ごすのがいいのだろうと数秒目を瞑る。出さねばならない答えも、終えねばならない時間も、明日にはおおかたが珠生を通り過ぎてゆくはずだった。

夜中、珠生は真央を寝かしつけ階下に下りた。スタンドの裸電球の明かりひとつで、棺の前に座る木村がいた。

寝ずの番ですか――。

言いかけてつま先を止める。木村はいつか相羽と一緒に作ったツイードの背広を着ていた。ゆっくりと振り向いた顔は、無防備なほど穏やかだ。珠生は息をのみ、男の顔を見る。

「驚かせてしまって申しわけありません。建物の周りに車を置いて、番をさせていますから、二階のみなさんはご安心ください。別棟も騒ぎが起きるようなことはございませんから」

こんな夜中に背広を着込んで相羽の棺に語りかけている男の、煮えたぎる胸の内を想像した。ふるりと寒さが漂い、ストーブに駆け寄り薪を一本炎の中へと放った。

「寒くありませんか。今から背広を着込んで、朝までそうしているつもりですか」

答えぬ男に向かって、珠生は続けた。

「あの子を引き取ること、女将さんにも反対されてしまいました。正直自分でもどうして連れてきてしまったのか、説明はつかないんですよ。けど、ここに来るには誰にでも理由があるような気がしてましてね。考えてみたら、みんなひとりきりなんです」

木村もひとり、真央もひとり、そして珠生もひとりきりになってしまった。寄る辺なさを抱えて、生きることで恥の落とし前をつける——。

珠生はふと、木村の様子に薄寒い思いを感じて問うた。

「木村さん、ここを出て行くつもりですか」

長い沈黙のあと、ぽつぽつと男が言った。

「今川を探し出さなくてはいけません。保田も。すべての発端が自分の判断間違いだったことは、重々承知しております。社長をこんな姿にした責任だけは取らせてください」

珠生の脳裏に、早苗があと十分と保田にすがりつく様子が浮かんで消えた。すべてにおいて従順であり続けた木村の、心の方向は決まっている。なにひとつ譲れないからこその従順ではなかったか。木村を穏やかな人間に見せていたのは、相羽の存在だったのかもしれない。

「相羽は、木村さんのことを島にいたころから知ってたと言っていました。山奥で暮らしていた木村さんと漁師の息子だったうちの人が、どうして――」

木村は珠生に背を向け、棺の中の相羽に話しかけるように語り始めた。

「山奥に、魚油でせっけんを作る場所があったんです。山がまるごと魚の腐る臭いに包まれるので、人里ではできないことでした」

相羽は親から山奥まで魚を運ぶ仕事を言いつかって、一日に多いときで持籠《もっこ》に三杯も運んだ。三度目の魚を運び終えるころには山はもう薄暗くなっていた。少年の日の相羽は暗さを増す森で道に迷った。下がっているはずの道がいつの間にか上がっており、もう朝まで動かぬほうがいいと腹を決めたところで急激に外気が冷えだした。相羽が体温を奪われ寒さに震えているところへ、野ウサギを三羽腰に提げた少年が声をかけた。

——寝たら駄目だ。

寒さで震える相羽に自分の着ている獣の上着を着せて、人里の明かりが見えるところまで送った。

「夏でも、国後の山奥は冷えます。こちらが近づかない限り、里の人間はほとんどわたしたちの存在には気づかないんです」

少年の日の相羽重之は、いつか自分を助けてくれた男の子に渡そうと、山へ登る度にマッチを持って行った。狩りと穴ぐらの生活では、冬場の火熾《ひおこ》しは大変だろうと思ってのことだった。相羽がひとりきりで歩いているところを見つけて、少年の木村が葉音をたてた。音のする方を見て、ぱっと明るくなった顔を今も覚えている、と言った。

「お互い名前も知らなかったけれど、また会えたことがなんだか嬉しかった。同じ年頃の人間と話したのは初めてだったんです」

ほどなくして戦争が始まり、相羽は山へ魚を運ぶより父親と漁に出るほうが多くなった。

「再会は、根室の浜でした」

番屋の近くに浮浪者がいるという話を聞きつけて見回りに来たのが、相羽だった。

――良かった。借りを返せる。

少年ふたりのやりとりが聞こえるようだ。

戸籍は再会のあとすぐに、相羽が用意した。木村という名は三浦の番屋で面倒をみていた樺太からの引き揚げ者で、就籍した直後に心臓の発作で死んだ男のものだった。死亡届を出さずにいたのが幸いした。

「本当の名前は、なんというの」

少し間を置いて「アンドレイ」と短く答え、木村が立ち上がった。珠生は深々と頭を下げて言った。

「ここにいてください、頼みます」

頷いたのか、首を横に振ったのかは見なかった。

翌日、細長い煙がひとすじ空に立ち上り、相羽重之が骨になった。同じ空にはひと足先にスミも上っていた。せめて着物のひとつも着せてやるのだった、と思ったところで珠生は、これは相手が死んでいるゆえの安堵であろうと目を伏せた。優しげな鬼の顔を、誰にも見られたくはなかった。見れば真央はすっかり龍子になついている。珠生と一緒のときはおとなしいのではなく、単純にこちらの様子を窺ってのことだったのか。早苗も気づいたのかそっと珠生に耳打ちした。

「あの子、珠生ちゃんを警戒してるのよ。やっぱり手放したほうがいいんじゃないかしら」

そしてわずかな間をあけて、吐き捨てるように続けた。

「わたしはいつか珠生ちゃんに言われたとおり、喜んで結婚することにするわ」

冬空に上る煙を見ながらそんなことを言わねばならない妹の、顔を見ることができなかった。

夫の骨を拾いながら、自分がいつまで相羽珠生を演じればいいのか、改めて己に問うてみる。これが最後のひとつと決めてちいさな欠片を拾ったとき珠生は、答えは相羽と一緒に焼かれてしまったのだと思った。出逢ってから六年余りで、己の意志ひとつでは別れられない男になってしまった。忘れることは、もう無理だ。

箱に納まった相羽の骨は、この世に残した未練の証《あかし》か見かけよりずっと重かった。

12

氷が去って海が明けた。

階段の上に、真央の落下を防ぐため、にわか仕立てだが開閉式の柵をしつらえた。最近少しわがままを言うようになったのは、警戒心が薄れたおかげと思うことにしている。自由にならぬものを身のそばに置くことと、その行動の始終が視界に入っていることが不思議でならなかった。真央が智鶴の視界で育つことだけは避けたいと思った。産婆からかかってきた電話が、余計に珠生を意固地にさせている。

——真央さんが一人前になるまで、智鶴様はご自分が面倒をみたいとおっしゃっています。珠生様とその子は、ただの「なさぬ仲」ではございませんのです。のちのちの事をよくお考えくださいな。智鶴様からは、すぐに連れて来るようにと言われておりますが、これぱかりはいくら産婆でも難しいのです。婆《ばば》はいつでも待ってますから、どうかご無理だけはしないでくださいまし。意地を張ってはいけませんですよ。

ひとつふたつ、風に逆らったことでなにがどう変わるのか、この目で見てみたいと思った。情の欠落が、妙なところで珠生をつよくしていた。真央の、相羽が外に作った子供という位置になんの変わりもないが、その事実が珠生の身にしみるのは龍子が言うように、もっと先のことだろう。

表向きは反対しながらも、龍子は足繁《あししげ》く子供服や靴を届けにやってくる。龍子に真央を預け、取引先に頭を下げにゆくこともたびたびだ。しぶる相手に発注を続けてくれるよう頼むと、反応はおおむね「どなたかに会社を譲られてはどうか」となる。「女ひとりではいろいろと大変でしょう」と言いながら、みな暗に組を畳めと促しているのだった。

四月に入り、相羽組が請け負う仕事はじわじわと減っていった。主を失った組織は割れた柱を補強するので手一杯だ。珠生が名代として先頭に立ったところで、海はやはり男のものに変わりはないのだった。

土建の仕事は大旗や信金のからみのないところから減っている。からみのあるところがひとつでも抜ければ、一気に仕事がなくなることを意味していた。代わりはいくらでもある。智鶴ならば難なくやってのけるだろう。珠生が折れない限り、安泰はないという警告でもある。

珠生は毎朝、相羽の遺骨に手を合わせた。仏壇を発注するつもりはなかった。そんなことをしたら相羽が笑う気がするのだ。月手当の半年分を今までのお礼にと渡した女たちからは、不思議なことにすべて同じ地酒が届いた。遺骨を拝みにくる女も、後に残るような手紙を寄こす女も、生活の不安を訴える女もいなかった。まるで相羽が生前、そうするようにと命じてでもいたようだ。

真央の手を握り、一段一段ゆっくりと階下に下りた。木村に「海が明けましたね」と声をかけた。

「例年どおり、船を出しています」と返ってくる。

カニもウニも、漁獲量は減っている。しかし海で稼ぐ金が結局は大旗へと流れていたのだと知った今は、なにがなんでも漁場で生き残らねばと思う。

日差しがあるときは、日中の薪入れを忘れるくらいだった。窓から見えるのは緑で、霧がくる前の半島はいっとき柔らかな春景色に包まれる。季節が移り変わりのどかな景色が広がり始めていても、情報はめまぐるしく頭上を飛び交っていた。木村が無線室の様子を見に行く。珠生は真央を膝にのせ、事務椅子に腰を下ろした。

相羽組の二代目就任の挨拶状を送るのは、街が新しい噂を手に入れたころと決めている。軽く受け流されることを期待するが、同時に蓋をしていた面倒ごとが表面に出てくるだろう。それでも――、と珠生は思う。この要塞を、放り出すことはできない。むしられるようにかたちを失ってゆくことが許せなかった。まだなにも明らかになっていない。

己の面倒な性分にため息を吐きながら、真央を膝からひょいと下ろしてやる。前へ進む足取りがおぼつかなくて、まるで自分の背を見るようだ。

木村が事務所に戻ってきた。

「無線室のほうはどうですか」

洗いざらした作業服の中は、セーターではなく衿のよれたワイシャツだ。食べて眠り、相羽の不在を確かめもせず真央と過ごしているうちに、春が来ていた。木村は「変わりありません」と、同じように答える。いつもならば次の質問ができなくなるが、海が明けた今日はそういうわけにいかなかった。

事件は保田と今川が結託して相羽を殺したことになっていた。内部抗争がその理由ということにしておけば相羽組だけの問題で終わり、そのせいで組織が消えればなおいいという態度が透けて見える。

木村がふたりの情報をなにひとつ摑めていないなどというのは嘘だろう。根気よくひとつひとつ、順序よく取り出さねばならない。そうでなくては、木村は永遠に嘘をつき、珠生は時間に流され続ける。このままでは、一歩も前に進めない。海明けを、喪の明けと決めていた。一年も待っていたら、それだけ踏み出す一歩が重くなる。時間に取り残され、すべてが埋もれてしまう。

「木村さん、野付半島に連れていってくれませんか」

「野付、ですか」

「日の高いうちにお願いしたいんです」

一時間後、木村の運転する車の後部座席に真央と並んで座った。縮緬《ちりめん》の風呂敷に包んでいるのは、相羽の骨だ。真央と相羽に挟まれて、自分はなにを思うだろうと期待していたが、想像したほど心は揺れていない。相羽の長旅は今ごろどのあたりだろうと考えるが、己がどれほど遅れを取っているかという問いが残るのみだった。

山間《やまあい》を抜け海岸縁に出ると、海の向こうでは雪に巻かれた山々が連なっていた。海峡は変わらず、半島と半島の間に異国を挟んでいる。その景色はまるで、女の膝頭に置かれた手だった。油断すると途端に隙を突いてくる。

馬鹿馬鹿しい口説き倒し――。

芸者と客じゃあるまいし、と珠生は独りごちた。真央は朝ご飯でお腹いっぱいなところを車に揺られ、いつの間にか珠生の膝枕で眠っていた。幼子の丸い体に手を添える珠生の、ゆるやかな時間を裂きながら車は野付へと向かっていた。

　沿道に野付半島の表示が現れたところで、バックミラー越しに木村と目が合った。車内の空気が揺れた。逸《そ》らした眼差しを追う。フロントガラスに向かって男が言った。

「今川は、殺る相手を間違えたんです」木村はひとつ大きく息を吐いた。

「どういうことなの」

「事務所に電話をかけてきた際あの男、『親父の仇《かたき》は討った』と言いました。黙っていて申しわけありません」

「仇って、いったい誰が誰の仇なの」知らず、声が低くなる。珠生は鏡に映る男の顔から目を離すことができない。長い沈黙は男の告白で絶えた。

「三浦社長を手に掛けたのは、わたしです」

　いつか相羽が言った「一蓮托生」の意味が重い塊となって珠生の臓腑《ぞうふ》に落ちてくる。事務所でいくら訊ねたとしても、木村は本当のことを言わなかっただろう。骨壺《こつつぼ》を持って出てくる覚悟を見なければ、珠生の思いなどひと欠片も伝わらないのだ。誰を相手にしたところで、ここから先はこんなことの連続だと思うと、車のシートに体がめり込んでゆきそうになる。

「組は、畳みませんよ」

　珠生の放った言葉に、木村は応えなかった。ハンドルが大きく切られ、窓から見える景色が逆になる。明けた海には沖の流氷に似た島々が並んでいた。もう、漂うもののなくなった海だ。時間と人だけが世に浮いている。

行けるところまで——。

珠生の指示どおり、木村は入って行ける場所のぎりぎりで車を停めた。

角巻きで包んだ真央を木村に渡した。目覚める気配もない。眠った子供は重たくて、そのあとに胸に抱いた相羽の骨壺が軽く感じるほどだった。

珠生はようやく緑が芽吹き始めた泥の道を歩き始めた。風呂敷包みのお陰で、汚れてゆく足もとが見えないのがありがたい。着物の袖に、穂を垂れる春の芒《すすき》が触れては揺れた。

背丈を超える枯れ芒の間を、人幅の小道が続いていた。いつか霧でなにも見えなかった場所は、片側の湿地に立ち枯れた木々を抱く一本道だった。

黒みがかった青空を、オオハクチョウが三角定規をあてたように隊列を組み飛んでゆく。風はたしかな春を告げて、珠生の後れ毛を震わせて去っていった。振り返ると、真央を抱いた木村がいた。珠生は足を止めることなく芒の原を抜けて海峡側の海岸縁へと出た。砂浜と流木と、雪を抱いた山々が在った。

静かな心もちで、乾いた砂の上に風呂敷包みを置いた。足袋も草履も泥と砂にまみれていた。珠生は風呂敷の結び目を解いた。骨壺の蓋を開ける。珠生の横を通り過ぎる相羽の、髪のにおいを嗅いだ気がした。立ち枯れた木々と同じ色をした骨は、今日のためにひとつひとつを硬貨の大きさになるまで砕いておいた。木村のつま先が視界に入った。見上げると、目覚めた真央を抱く男の眉間に戸惑いの皺が寄る。

「家族のところに、帰してあげようと思います」

木村はなにも言わなかった。この男が島から歩いてきた道は、氷が去ってまた海になった。繋がったり離れたりを繰り返す海峡に、今日は灰色の警備艇が浮かぶ。

野付半島は、相羽が流れ着き、初めて生きることを覚えた場所だ。

珠生は持ち上げた骨壺を胸に抱いて波打ち際まで歩いた。木村がついてくる。壺の中からひと欠片、相羽を摑んだ。きつく握りしめた珠生の背後で、声がした。

たまきです――。

驚いて振り向く。真央が相羽によく似た目をこちらに向けて、舌足らずな声で「たまきです」と言った。

ここしばらく、相羽の葬儀を出さないことや、墓を建てないこと、会社を続けることを報せるためにあちこちに電話を掛ける日々が続いていた。いちばん覚えやすかったのなら、父が付けてくれたこの名前にもなにか意味があるのだろう。

おおかたの連絡先は「珠生さんがそうおっしゃるなら」と言葉を切った。

葬儀も墓もない浮き世の不義理は承知の上だ。いつか早苗に向かって言った言葉が今度は自分に返ってくる。言葉の波は寄せて返し、潮目を変える。

——女子供の不平不満じゃ、世の中なんにも動かない。

珠生は大きく息を吸い、真央に向かって言った。

「珠生です」

無垢《むく》な微笑みが返ってくる。

たまきです——。

つぶやきながら、波に向き直り、手の中のものを高く放った。空、頂の雪、海へと色を溶かして相羽が帰ってゆく。

ひとつ、ふたつ、相羽が生まれた場所へと帰る。砕いた骨のように刻まれた記憶の断片を、珠生は胸の内側で拾い集める。

シゲさん、珠生です——。

死んで欲しいと思ったことなどただの一度もないのに、この静かに凪いだ心もちは何だろう。最後の欠片を放り、胸の底にひとつ冷たい滴がこぼれ落ちた。

相羽はもう、珠生を傷つけない。

すでに珠生の心は半分死んだのだ。本当の鬼は死んだ半身を憂いながら優しい顔で笑う。

男波《おなみ》がひとつ長い縁を珠生のつま先へと伸ばした。たちまち足袋が濡れ、草履が砂に引き込まれる。波に体をさらわれそうになりながら、両脚に力を入れて踏みとどまる。女波《めなみ》が水縁をなだめた。

骨の代わりにひと握りの砂を入れた骨壺を、再び風呂敷に包んだ。

もうなにを前にしても、手を合わせたりなどしない――。

祈っても、願っても、なにひとつ変わりはしない――。

気温が上がり始めた。みるみる島影が霞《かす》んでゆく。視界があるうちに車に戻らねば。

珠生は立ち上がった。

「帰りましょう」

木村が頷いた。

今日から、海峡の鬼になる。

霧の向こうは、鬼にしか見ることが叶わないのだ。

寄せては返す波の音を背にして、珠生は歩き出した。

解説——霧の向こうに道は続く

小出和代

『霧《ウラル》』が単行本で刊行されたとき、宣伝文句に『ゴッドファーザー』や『極道の妻《おんな》たち』『宋《そう》家の三姉妹』といった映画が並んだ。これらのタイトルに反応してしまう人なら、『霧《ウラル》』も同様に面白く読めるというひとつの手掛かりだ。

いやもう、まさにその通り！　と、諸手《もろて》を上げて賛同する。ただし、これから読もうとしている人は少しだけ心に留めておいてほしい。『霧《ウラル》』が格好良くて面白いのは確かだけれど、映画のように派手な銃撃戦も暴力も革命も登場しない。中心になるのは、惚《ほ》れた男をそばで支えようとした、ひとりの女の生活と変遷である。

舞台は、昭和三十五年から四十一年にかけての根室。終戦の記憶がまだ、伝聞ではなく経験として残っていた時代だ。主人公の河之辺珠生は料亭「喜楽楼」の芸者で、二十歳という年齢ながら、ひとりで座敷を任されている。彼女はここで、常連客の秘書を務める相羽重之という男に出会い、惹《ひ》かれてゆく。

河之辺家は水産業の会社を営む名家であり、珠生は親に反発し、十五で家を出ていた。珠生の上に長女智鶴が、下に三女早苗がいる。物語は珠生の視点で語られ、相羽との関係、智鶴や早苗との関係が、実家や他家の目論見《もくろみ》を巻き込みながら変化していく。根室の街をめぐる金と権力を最終的に牛耳るのはどこの誰か。男たちの生臭い話と、女たちの情やプライドが交錯する。

珠生が実家を飛び出したのは、自分の意志で生きる人生が欲しかったからだ。十代の娘らしい意地は、芸者としてひとり立ちすることで、自信と矜持《きょうじ》に化けた。やがて相羽に惚れ、この男の戻る場所として妻になるのだが、そこへ穏やかに収まることはできない。相羽が「組」を立ち上げたため、珠生も否応《いやおう》なく「姐《あね》」の座に押し上げられてしまう。

このあたりからの葛藤の軌跡は、特に読みどころだ。無様をさらせば即、組長である夫の立場に影響する。動揺の原因が夫であっても、自分で折り合いをつけて飲み下すしかない。自分の意志に忠実に選んできたはずの道で、珠生は己の本心を抑え込むべく格闘するのだ。現代の女性だと理解しがたい部分もあるかもしれない。似たようなところを何度もまわりながら、彼女は次第にヤクザの姐にふさわしい輪郭と、どこに立っても揺らがない己を獲得していく。珠生とともにラストシーンに辿《たど》り着けば、そこで繰り返される一見無邪気な台詞《せりふ》が、ひときわ深く響くだろう。

珠生の進む道のりに一番影響を与えるのは相羽だが、珠生の姉妹、智鶴と早苗もまた重要な鍵になる。

智鶴は実家にいる間、おっとりと、母の求める百点満点の娘であり続けた。しかし、嫁いだ後は政界を目指す夫を支え、自らも人を束ねる完璧な才媛へと変貌する。作中で珠生も言及していたが、智鶴が周囲の求める理想通りに自分を変えるのは、決して弱い女だからではないだろう。むしろ逆で、外面の変化くらいでいちいち崩れない、己の強さがある証《あかし》だ。そう気づくと、化けっぷりの完璧さが恐ろしくなる。

逆に三女の早苗は若いこともあり、わかりやすくて真っ直《ます》ぐだ。気位の高さもそのまま表に出る。貧乏くじを引かされたような気になるのか、早々に家を出た珠生につっかかりがちだ。やがて彼女自身にも縁談が持ち上がり、後半の思いがけない展開へとつながっていくのだが、おそらく早苗が大きく変わるのはここからだろう。作中の出来事以上に、その後の彼女が気になって仕方がない。

姉妹三人、互いの言動はどうしたって影響しあい、道行きを変えていく。『霧《ウラル》』は河之辺家の女たちの物語でもあるのだ。

もちろん男たちも多く登場する。むしろ、表舞台で根室の海と街を動かすのは彼らの方だ。それでも読者の目がどうしても女たちに寄っていきがちなのは、この物語が珠生の視点で語られているせいだろう。

創作技術の話になるが、複数の人間の思惑が入り乱れる群像劇の場合、たとえば章ごとに視点人物を変えるやり方がある。今何が起きていて、誰がどう画策しているか、多方向から説明されるので、読者にとっては見通しがよくわかりやすい。

しかし『霧《ウラル》』では語り手が珠生に固定されているため、珠生が知らないことは読者にも知らされない。彼女がまた、人の語らぬことをむやみに探らない質《たち》だから、なおさらだ。相羽もその腹心の部下も極端に口数が少なく、物騒な話が漏れ聞こえることもない。かくして男たちがうごめく姿は霧の向こうで影になり、その分、見えている珠生の手元からは気が逸《そ》れないというわけだ。

『霧《ウラル》』は題材だけを見れば、外連味《けれんみ》たっぷりに語ることもできそうなのに、あえてそうしていないのだ。声高にならず、温度低めで話を進めるのは、桜木紫乃という作家の特徴である。

もうひとつ、桜木作品の特徴だと感じるのは、情景描写が濃密に「語る」という点だ。何しろ地の文に情報が多い。風景の話が、単なる風景で終わっていない。たとえば天気や季節の移り変わりに、登場人物の心情を二重写しにする書き方がある。これ自体はよくあるやり方なのだが、どの程度の割合で入れるか、風景と心情の間に糸をどれくらい張っておくかというバランス部分が、作家や作品によって違う。

桜木作品はもともと自覚的に重ねられていて、情景と心理をつなぐ糸が多い方だ。『霧《ウラル》』もまた然《しか》り。わかる人だけが何となく察するというレベルから、ぴたりと縫いつけられて勘違いのしようがないレベルまで、多彩に織り交ぜられている。海や霧の描写を読みながら、読者はそこに乗った珠生や周囲の人々の心象も一緒に飲み込むのだ。着物や煙草《たばこ》、料理のひとつだってそうして語られるから気が抜けない。

そして情景が語る分、登場人物の言動は控えめにしか解説されない。好ましいところだ。明るみで種明かしすれば、消えてしまう陰影がある。桜木紫乃は陰影を手放さない。男にも女にも余計な口を開かせず、その分、風や波に語らせる。

一歩間違えば、読みたいところは曖昧なのに、違うところが妙に長いという欲求不満を生みそうだが、そこは腕の確かな著者だ。安心してほしい。光と陰、濃さと薄さ、どこを書けば読者に伝わるか、どこまで削っても話が通じるか、全体のバランスは常に考え抜かれている。毎度毎度、惚れ惚れと読まされてしまうのだ。

さて、このように練った文章で抑制のきいた作品を書く桜木紫乃という作家は、本人もクールでドライなのかと思えば、案外そうでもない。二〇一三年、『ホテルローヤル』で第一四九回直木賞を受賞した際の会見に、模型メーカーのTシャツを着てあらわれ、好きなバンドについて熱く語っていた愉快な姿を覚えている方もいるはずだ。サービス精神旺盛で、その後もしばらくTVにラジオにと引っ張りダコだった。

『霧《ウラル》』を面白いと思った読者には、次に読む本として『ラブレス』か、『凍原』や『氷の轍《わだち》』といった警察ものをお勧めしておきたい。桜木作品には、大きな動きのない日常を丁寧に描写するものと、エンターテイメント的に山あり谷ありな題材を、独特の温度で読ませるものがある。『霧《ウラル》』も、今挙げた既刊も、後者の作品だ。もちろん、語り口そのものが気に入ったならば、既刊のどれを読んでも満足できるだろう。

個人的な願望ながら、「桜木紫乃はヤクザの姐さんを書くのが上手《うま》いに違いない」と、ずっと思っていた。これまでの作品にも登場してきた、群れず媚《こ》びずの生き方をする潔い女たちが、どこか任侠《にんきょう》映画を彷彿《ほうふつ》とさせたからだ。

念願叶って、『霧《ウラル》』で読むことができて、とても嬉《うれ》しい。思った通り格好良くて、少しばかり難儀な珠生は、私の好きな女のひとりになった。

「惚れた男がたまたま極道だった」……映画『極道の妻たち』の台詞は、珠生の声にも重なって聞こえる。何も見えない野付の砂嘴《さし》からはじまった彼女の道は、晴れやかな空の下に辿り着いた。ヤクザの姐として収まった珠生が、この先どう歩いていくのか、続きを読ませてもらえるとなお嬉しい。切に切に、願うばかりだ。

頼みますよ、桜木姐《ねえ》さん。


（こいで・かずよ／紀伊國屋書店新宿本店）

※本作品はフィクションであり、
登場する人物、事件、団体名等は、
すべて架空のものです。

本書のプロフィール

本書は、二〇一五年九月に小学館より単行本として刊行された同名作品を改稿し文庫化したものです。

小学館文庫

霧《ウラル》

著者 桜木紫乃《さくらぎしの》

二〇一八年十一月十一日 初版第一刷発行

発行人 岡 靖司
発行所 株式会社 小学館
〒一〇一-八〇〇一
東京都千代田区一ツ橋二-三-一
電話 編集〇三-三二三〇-五九五九
販売〇三-五二八一-三五五五
印刷所――大日本印刷株式会社

この文庫の詳しい内容はインターネットで24時間ご覧になれます。
小学館公式ホームページ http://www.shogakukan.co.jp

ISBN978-4-09-406578-7